丫鬟我最大 1

風文創 139

凌嘉 著

目錄

自序

穿越小說流行有些年頭了，我從最初看穿越小說時就一直在想一個問題，如果是一對情侶同時穿越，他們在異時空會發生些什麼故事呢？他們的感情還會一如當初嗎？他們面對各種困難時，禁得起考驗？他們能繼續牽手走下去嗎？

《丫鬟我最大》就是在這種想法下醞釀出來的故事。雲舒和卓成，本是一對剛剛確定關係的情侶，他們突然穿越到西漢，面對生存的挑戰，雲舒選擇互相扶持共度難關，而卓成選擇唯我主義，在困難面前暴露出了人性的缺點。正因兩人堅持的信念不同，選擇的道路各異，就此引領他們走向不同的人生。雲舒用她的勤勞、智慧和真誠收穫了幸福，而卓成則在自私自利的狹隘之路上迎來毀滅。

在寫作時，我覺得把兩個穿越者放在對立面是件非常有趣的事，換位思考他們的心態、決定，就像是一個人獨自下一盤棋，白子和黑子，正義和邪惡，誰輸誰贏？同時也在想，穿越者帶著超前的知識和預知本領，是否真的能所向披靡？這個答案，請讀者們隨著我的故事去尋找答案吧！

我一直認為，小說不僅要告訴讀者們精彩的故事，還要帶來一些其他的價值和思考。在這套書裡，我盡己之力將我最鍾愛的西漢呈現給大家，那是個亂世出英雄的年代，有少年君王、有蓋世英雄、有美人傾城、有烽火硝煙……

名垂千古的漢武帝劉徹和傳奇勇武的衛青、霍去病，以及富有爭議的兩個皇后陳嬌和衛子夫，他們已經被不同的故事演繹過很多次。在翻閱西漢史籍時，另一個人引起了我極大的興趣，那就是大司農——桑弘羊！

他是誰？何以僅十三歲稚齡就能取得皇帝的信任成為近臣？他是誰？有怎樣的本事能在經濟不發達的西漢，將國家財政治理得井井有條，並支撐漢武帝征戰多年的巨大軍費？

他是誰？他有什麼故事？這個統領西漢中央財政近四十年的臣子，到底是個怎樣的人？一想到這些，我就覺得太有意思了，一定要寫一個關於他的故事！關於這些，大家在這套書中都能看到！

寫書的過程是充實而快樂的，希望這套作品能帶大家看到一個不一樣的穿越故事，領略到不同層面的西漢風采。同時感謝為這套書辛勤付出的編輯們，沒有你們，這個故事不能夠展現在讀者面前；更感謝此刻正在閱讀此書的讀者們，你們的支援和陪伴，是我們創作前行的動力源泉。

再次真摯感謝大家！

凌嘉

二〇一三年十月

第一章　生存之爭

雲舒覺得好餓，胃都快磨穿了。她現在才知道，餓到極致的時候，肚子是不會「咕嚕」作響的。

她看了眼頭頂似火的驕陽，又看了眼默默跟隨在她身後的卓成，而後忍著頭暈目眩繼續低頭往前走。

他們兩人已經在沙漠裡徒步行走兩天一夜了。四十個小時之前，她正在高檔咖啡店相親，對象就是卓成。

可是眨眼間，他們卻落到了一望無際的沙漠裡！

雲舒記得很清楚，她和卓成在咖啡店裡相完親，彼此的感覺都還行，於是去對面的電影院看場電影，加深一下感情，誰知電影播放途中，電影院竟然失火！

她被戲院掉下來的天花板砸暈，等她醒來時，就已經躺在沙漠中了！

雲舒不知道自己怎麼會出現在沙漠中，她生在江南、長在江南，離沙漠十萬八千里，可是一眨眼，她的的確確就是躺在沙漠中！

除了黃沙，別無一物的沙漠！

幸而卓成也躺在她身邊，她並不是孤孤單單一個人。

這四十個小時裡，他們滴水未喝、粒米未進。

雲舒周身除了一個皮包，沒有半點食物或飲水，不過皮包裡有一把瑞士軍刀，那是一個男性朋友送給她的生日禮物。

她才過完二十五歲生日沒多久，還不想死！

雲舒正在思考逃脫的方法，後面突然傳來一個倒地的聲音，她回頭一看，卓成暈倒在沙堆裡。

她返身蹲在卓成身旁，在他耳邊鼓勵道：「卓成，別停下，快起來，我們一直朝南走，一定能走出去的！」

昨天，他們兩人在沙漠裡遇到三個駝鈴人，他們告訴雲舒，一直朝南走，就能走出沙漠，卻怎麼也不願意帶上雲舒和卓成。

雲舒知道那些駝鈴人帶的飲水和食物有限，如果再帶上她和卓成兩個人，他們可能會一塊兒餓死或渴死在沙漠裡。

因此雲舒對駝鈴人並無怨言，不過卓成倒是罵了一晚上。「他們不願帶我們走出沙漠也就算了，連一個饃饃、一袋水、一張毛毯都不肯給，簡直眼睜睜看著我們餓死、渴死、凍死！」

沙漠晝夜溫差大，昨天夜裡寒風刺骨，雲舒和卓成不得已只得相擁取暖、以沙覆體，勉勉強強度過漫漫長夜。卓成將雲舒緊緊抱著，一個熱吻突然印在雲舒唇上，呢喃道：「妳真暖……」

雖是生死危難之際，雲舒仍然紅了臉。這是她的初吻呀，不料竟然在這種情況倉皇交了出去，但想到這世間彷彿只剩他們兩人了，她便心有所感，低聲說道：「我們是彼此唯一的依靠。」

卓成輕哼了一聲，就不再言語，也不知是凍得說不出話，還是睏得睡過去了。

雲舒看著浩瀚的星空，感動地想著：「幸而……幸而有他，若是自己一個人突然陷入這莫名其妙的困境，真不如直接死了好。天無絕人之路，我們一定會活下去的！」

也算是他們在厄運中的幸運，這一夜並沒有遇到沙暴，不然的話，哪裡還有命去抱怨……

只是此時此刻，他們又走了半日，沙漠依舊一望無際，並無半點生機。

卓成的腦袋動了動，側過臉，睜著一雙陰鬱的眼看著雲舒，說：「雲舒，我們一定是在作夢吧？也許我們在這裡死了，夢就能醒，不要再掙扎了……」

雲舒心中著急，推了卓成一把，說：「你想什麼呢？雖然我也不知道到底現在發生了什麼事，可是我們一定不能死，要活下去！」

卓成苦笑了一下，說：「昨天那些人說現在是漢朝，皇帝姓劉……雲舒，妳相信這些嗎？怎麼可能發生這樣的事情？我們一定是在作夢……」

雲舒沈默了一下，最後不得不說出她一直不願相信的事。「也許我們兩人真的穿越時空了……」

只有穿越才能解釋他們為什麼沒有死在電影院的火災裡；只有穿越才能說明他們為什麼會突然出現在沙漠裡；只有穿越才能解釋駝鈴人告訴他們的那些話！

他們穿越了，穿越到劉氏天下的大漢帝國！

雲舒看到卓成快要放棄了，不得不強笑著說：「卓成，老天爺讓我們穿越，肯定不會讓我們就這麼死掉！只要走出這片沙漠，一定能活下去！你是大學的歷史系講師，對漢朝最了解了，可以從政；我是學經濟的，漢朝經濟尚不發達，我可以做生意賺錢！我們政商結合，還怕有什麼搞不定的事情？我們一定能活得很好！」

聽到雲舒的話，卓成蒙上死灰的臉上重現一絲光彩，他掙扎著坐起來，看著雲舒說：「是啊，我們知歷史、懂科學，比這些古人厲害多了，有什麼好怕的？」

雲舒笑著對卓成伸出手，說：「來，我們繼續走，一定能走出沙漠的！」

黃沙無邊，這一走，又是一整天。

當夜幕降臨時，雲舒也堅持不住了，她舔了舔龜裂的嘴唇，竟是連一滴口水也沒有！

她雙腿一軟，跪坐在黃沙裡，卓成從後面挪過來，坐在她身邊，奄奄一息地說：「雲舒，怎麼辦才好？沙漠裡什麼吃的都沒有，也沒有遇到綠洲，我們真的會死的！我、我快不行了……」

雲舒體能已消耗殆盡，這兩天裡，她一心一意想走出沙漠，醒著的時間幾乎沒休息過，眼皮都快睜不開了，可是她心中提著一口氣，自己一定要活下去，她堅信自己絕對能活下去！

雲舒慢慢往前爬著，聲音嘶啞地說：「就算是爬，我也要爬出去，我絕不放過一絲生存的機會！」

卓成在雲舒身後愣愣地看著她蠕動的身影，忽然想起他曾經看過的一個故事——有一艘迷失在大海中的輪船，船上的乘客與他們的情況一樣，沒吃的，也沒喝的，在生死邊緣徘徊的時候，他們集體投票，殺死了一個老頭，分吃他的肉，喝他的血，支撐到救援隊到來……

如今，卓成看著雲舒的背影，雙拳握得愈來愈緊，心跳聲愈來愈大……

「雲舒……」

雲舒停下來，回頭看了站在原地的卓成一眼。

「卓成，怎麼了？快走吧。」

卓成垂著眼睛，不敢看雲舒，只是悶悶地說：「我記得妳包包裡有把瑞士軍刀，借我用一下，我睏到不行，掐自己的肉都沒用，我想用刀扎自己，提一下神。」

雲舒未作他想，便從包包裡翻出軍刀，朝卓成扔了過去，並囑咐道：「別傷到自己，刺疼一下就好了。」

卓成接過軍刀，打開最鋒利的那片刀刃，看到刀刃在寒月冷輝下泛著幽藍的光澤。

「對不起、對不起、對不起、對不起……」

卓成低聲呢喃著，雲舒聽不清楚他在說什麼，於是一面轉身一面問道：「你在說什麼？」

當她轉過身時，只見寒光一閃，卓成握著軍刀，滿臉猙獰地向她撲過來，並舉刀刺下！

「啊！卓成，你做什麼！」

雲舒被卓成撲倒在地，兩人一起從沙坡上滾了下去。雲舒感覺到肩頭一陣劇痛，鋒利的刀子已插進了她的肩膀裡！

卓成大喊道：「我要吃了妳、吃了妳！只有吃了妳，我才能活著走下去！我受不了了，我太餓太渴了，對不起……對不起！」

雲舒難以置信地看著卓成，她不敢相信自己的耳朵，卓成竟然說要吃了她！

她一面跟卓成在沙堆裡扭打起來，一面說：「卓成你清醒一點！在陌生的環境裡，我們只有相互依靠，才能活下去啊！」

卓成拚命搖頭，幾近癲狂地說：「我可以活下去，吃了妳我就能活下去！歷史我一個人知道就夠了！」

男女力氣終究不同，雲舒被卓成按在身下，只能眼看著刀刃刺入自己的胸膛！

她能感覺到心頭的痛，她能聽到刀刃與骨頭磨擦的聲音，她能感覺到卓成抓起她的手腕，拚命吸食她的鮮血……

力氣一點點消失，痛苦一點點加劇，直到雲舒眼前徹底變黑……

第二章　靈魂再生

水……雲舒感覺到清涼的水，終於有水了！

雲舒下意識張開嘴，大口大口喝水，誰知道水從四面八方湧入她的口鼻，一下子嗆入肺裡，幾乎讓她被嗆暈過去。

雲舒在心中苦笑。短短幾天內，她先被砸暈，再來差點渴死餓死，現在還要被水淹死嗎？

不，不對！她是被卓成殺死、吃掉的！

想到這一點，雲舒驚恐地睜開眼，可是入眼的卻是一片渾濁幽綠，她在水裡，什麼也看不見！

這又是怎麼回事？怎麼沙漠變成了水域？她不是被卓成亂刀砍死吃掉了嗎？

不管怎麼回事，雲舒下意識裡想要求生，先活下來再說！

雲舒會游泳，只是剛剛被幾口水嗆得有點頭暈，體力也不太夠。正當她準備划水的時候，水面上突然撲下來一個身影，向她游來。

有人來救自己了！

雲舒拚命朝那個人影游過去，可是體力不支，讓她再次暈厥，陷入了黑暗之中。

令人慶幸的是，雲舒意識殘存的最後時刻，她感覺到有隻充滿力量的手，緊緊捉住她的手臂。

等雲舒再次恢復意識時，她耳邊充斥著各種聲音，有人聲、腳步聲、牛馬聲，也有車輪轉動的聲音。

雲舒發現自己躺在一輛有布篷的牛車上，車外傳來狗吠聲和公雞鳴叫聲，這輛牛車顯然走在鄉間道路上。

雲舒坐起身來，茫然地打量了一下牛車，車篷裡除了她，沒有其他人。

在經歷過穿越時空、沙漠求生，又被卓成殘殺分食這種種震撼人心的事情之後，雲舒現在突然變得很淡定，所以當她發現自己的身體和手變小後，她也沒太驚訝。

她現在這雙手很小，像小孩子一樣，但是黑而粗糙，手心長了很多繭；她的雙腳瘦得跟竹竿一樣，而前胸……更是一馬平川！

難道說她的身體穿越之後，靈魂又穿越了一次？

雲舒愣愣地想了好一會兒，除了這個解釋，她想不到第二種可能了。

「也許……也許是老天可憐我，覺得我被卓成殺了，太冤枉了吧！」雲舒自我安慰道。

她一閉眼，眼前就浮現出卓成拿著刀撲向她的情景，同為穿越人，卻要自相殘殺，她心中不禁感到悲涼。

經歷兩次死亡的雲舒，現在格外珍惜這條生命。她在心裡對自己說，這一次，她絕不會那麼天真，她一定要保護好自己，好好活下去！

打定了主意，雲舒便小心翼翼掀開車簾，想看看外面是什麼情況。

她剛把車簾掀起來，外面就有個少年看到了她。

那少年歡喜地對前面的人喊道：「阿妹醒了，阿妹醒了！」

雲舒嚇了一跳，想放下車簾，但是看到少年臉上洋溢雀躍的笑容，想來不是什麼壞人，而替她趕車的一位老大爺，也是一臉歡欣地看著她。

雲舒想起自己之前被人從水裡救起來，看來這些人應該是她的救命恩人，於是也衝他們笑了笑。

一個長相斯文的中年人聽到少年的喊聲，便從前方的馬車上走下來，來到雲舒的牛車前說：「阿妹醒了？」

雲舒點了點頭，問道：「請問你們是什麼人？我為什麼在這裡？」

中年人態度和藹地說：「我們是桑家商隊，路過河前村時，看到妳被一群孩子推下河，是我家大公子救了妳。河前村的人說妳是來歷不明的流浪兒，被村裡一群孩子欺負很久了，大公子怕妳再待下去就活不了，便把妳帶走了。」

中年人又說：「大公子聽說妳醒了，要我帶妳過去，隨我來吧。」

「多謝大叔。不知大叔怎麼稱呼？」雲舒一面爬下牛車，一面問道。

中年人和氣地說：「大家都叫我旺叔，妳也這麼叫我吧。」

雲舒點了點頭，隨旺叔往前方馬車走去。她現在這副身體很孱弱，只不過走了幾步路，就有些喘。

在短短的時間裡，雲舒心思急轉，思維前所未有的敏捷。她定下心神，開始整理自己的思緒。

雲舒確認自己重生成了一個古代小女孩，不知道這女孩之前是什麼身分，也不曉得自己現在所在的古代是不是之前穿越的漢朝，唯一清楚的，就是桑家商隊的人救了她，而她很弱小。

在這種未知、被動的環境下，如果離開了這個商隊，雲舒沒有絲毫把握能活下去，所以她已經打定主意，一定要想辦法留在這個商隊裡，然後再做打算。

旺叔剛剛說，他家大公子是看雲舒重生的這個身體被人欺負，擔心她活不下去才帶她走，由此推斷，他應該是一個心腸很好的人，想要留下來，應該不會太困難。

想到這裡，雲舒微微鬆了口氣。

等她回過神來，已隨旺叔走到一輛青布馬車前。

旺叔微微躬身，對馬車裡的人說：「大公子，人帶來了。」

「讓她上車說話吧。」

雲舒聽到這個聲音後愣住了。這聲音實在太年輕了！

旺叔掀開車簾請雲舒上去，雲舒看向車廂裡，果然是個很年輕的少年端坐在那裡。他的面龐俊美如玉，雙目黑亮，看起來很有親和力，向上斜挑的眉毛襯得他多了一絲英氣。少年的臉龐透出一些稚嫩，洩漏了他的年齡，雲舒判斷，他絕不超過十五歲！

「阿妹不必拘謹，我家大公子待人親和，妳不要怕，上車跟大公子說話吧。」旺叔見雲舒不動，好意勸道。

雲舒聽到旺叔的話，趕緊垂下眼簾。

她輕手輕腳爬上馬車，馬車不算特別大，裡面充斥著淡淡的藥香，雲舒聞到這個味道，忽然覺得很安心。

在雲舒胡思亂想的時候，少年率先開口，問道：「阿妹終於醒了，有沒有覺得哪裡不舒服？旺叔經營藥材生意多年，也懂些醫理，妳若有不適，可以讓旺叔幫妳看看。」

少年清澈舒緩的聲音讓雲舒覺得很輕鬆，於是笑著感謝道：「雲舒多謝大公子相救，我現在覺得好多了，並沒有哪裡不舒服，多謝關心！」

少年微微有些驚訝，說道：「妳叫雲舒？名字取得倒不錯。」

他頓了一下，又問道：「妳是哪裡人？可還有親人？我擅自把妳帶走，也不知道妳願不願意，現在妳醒了，特地喊妳來問一問。我們不是壞人，更不是人口販子，妳若要離開，我們絕不阻攔。」

說到重點了！

雲舒可不想離開商隊，於是趕緊將已經想好的說辭托出。「我的家鄉遭逢水災，我一個人逃出來，親人全沒了！一路上受盡苦頭，險些丟了性命，多虧遇到大公子相救，才能倖存人世。不知大公子的商隊還差不差人手？我會做很多事，也會算帳，懇請大公子收留！」

少年一面聽，一面點頭。他之前聽村民說這小女孩是流浪兒，便猜到她是孤苦伶仃一個人，才決定帶她離開，果然她也願意留在商隊裡。

只是聽到最後，少年有些訝異，問道：「妳會算帳？」

雲舒繼續扯謊道：「先父尚在人世時，做過教書先生，也做過帳房先生，我自幼耳濡目染，各種東西，都還算略知一二。」

少年頻頻點頭，說道：「既然妳願意留下來，便跟著旺叔，他會安排的。」

雲舒總算放下心中的重石，呼出一口氣，並問：「大公子要不要考我一考？」

少年搖搖頭，微笑著說：「不用，我相信妳能做事，而且我看妳的言行，心中已有數。妳放心跟著旺叔吧，如有不懂的地方，儘管問他。妳孤身一個人在外流浪，現在加入桑家的商隊，就是桑家的人，不用再害怕、擔憂了。」

雲舒看著少年和善的笑容，聽到他溫暖的話語，忽然覺得很感動。之前她那麼信任卓成，但卓成不僅殺害她，還吃了她，可眼前這個陌生人，卻無條件地信任她。

雲舒心中動容，歡快地對少年說：「多謝大公子收留！」

桑家商隊配備有牛拉貨車十五輛、馬車兩輛、車夫二十名、護衛三十名、雜役四十名，另有管事、廚子數名，浩浩蕩蕩百來人，規模並不算小。

雲舒自從被桑家大公子收留之後，便跟在旺叔身邊當雜役。

旺叔是商隊的大管事，雲舒跟著他很輕鬆，她跟著旺叔坐另一輛馬車，不用像其他雜役一樣步行，也不用做搬運貨物的重活，就是幫旺叔傳個話，或是在旺叔記帳時幫忙整理書簡，抑或是替桑家大公子送飯。

桑家大公子很少下馬車，身邊有一個叫顧清的小廝在旁侍奉，旺叔和另外幾個管事會經常去他的馬車裡商議事情。

雲舒自從清醒過後被桑家大公子召見，再沒有特地被傳見過。顧清事情多到忙不過來時，就是由雲舒幫忙替大公子送飯。那時雲舒總是看到大公子在車廂裡看書，次數多了，雲舒不得不佩服大公子的定性好，竟然能夠這麼「宅」！

這天商隊途經一個小城，商隊人數多，大公子吩咐不用進城，城外有路可以直接繞過，只派了旺叔帶著顧清還有幾個雜役去城裡買一些補給品。

車隊停在城廓的樹林裡等旺叔幾人回來，但一直到中午都不見人影。

廚子看差不多是吃飯的時辰，便架起鐵鍋，燒起柴禾開始煮飯。

旺叔離開時關照過雲舒，要她注意服侍好大公子，於是等廚子做好午飯，雲舒就取來大公子那一份食物，用托盤端著送到馬車裡。

馬車裡臨時支起一張小案桌，大公子正在案邊看書簡，見雲舒進來了，便放下手中的書簡問道：「到吃飯的時候了？旺叔還沒有回來嗎？」

雲舒挪進馬車裡，先將托盤放在一旁，一面收拾案上的東西，好讓大公子有地方吃飯，一面說道：「可能是要買的東西比較多，還沒回來呢。大公子先吃飯吧。」

大公子點了點頭，雲舒便把飯菜端到案上。

大公子用餐時，雲舒便把散落在案桌附近的書簡捆好擺整齊，正整理著，不經意間掃過書簡上一行字：「豬肉三十斤，每斤四十錢，共一千兩百錢。牛肉十五斤，每斤五十錢，共八百五十錢……」

咦？八百五？

這應該是旺叔昨天記的帳，送來給大公子審閱的，雲舒看著不太對勁，便說：「大公子，你看這裡，牛肉不應該是七百五十錢嗎？」

大公子眼中閃過一絲訝異，他看了雲舒一眼，而後放下筷子接過書簡仔細看了起來。

「嗯，旺叔果然算錯了。」

大公子拿起擱在一旁的毛筆，在書簡上修改了一筆，而後極認真地抬頭看向雲舒。

「妳會心算？」

雲舒點了點頭。

雖然在雲舒看來，十五乘以五十等於七百五這種乘法只是小學生水準，但是在古代早些時期裡，會心算的人非常少。

大公子這時忽然想起，雲舒在清醒那天便說她能識字、會算帳，當時他以為她是為了留下來而說大話，現在看來，她說的都是事實。

大公子想了想，嘗試著問道：「我看妳心算極快，是不是學過《九九歌》？」

「九九歌？」雲舒略微一想：大公子應該是說九九乘法吧？

雲舒試著問道：「大公子說的是九九八十一那個乘法口訣嗎？」

大公子臉上綻放出驚異而高興的笑容，說道：「妳果然會！」

雲舒看大公子如此興奮，有些訝異。這個年代的數學和經濟雖然不是很發達，但沒想到會個九九乘法就如此引人重視。

在靠「體力」還是靠「智力」謀生的抉擇中，雲舒選擇了後者。她如今所依附的商隊，正是她發揮特長的舞臺，而大公子目前看起來也是一位「明主」。

想清楚這一切之後，雲舒決定要把握這次機會。

「大公子，我爹以前很會算帳，九九歌就是他教我的，我還會很多其他複雜的演算法，大公子如果用得著我，我一定盡力為大公子做事。」

大公子頻頻點頭，心裡很是高興。他這次離開本家，隨商隊出來歷練，一是想出來看看，累積一些行商經驗，更重要的一點，就是想培養一些可靠的心腹。

當他從河裡救起雲舒，並聽說她是流浪兒時，就起了將她留在身邊，教養成心腹丫鬟的想法，如今見她這樣聰明伶俐，不禁欣喜萬分。

他原本想讓雲舒再跟著旺叔一段時間，學著做點事情，等旺叔把她教得差不多了，再放到自己身邊。

這幾日，他觀察雲舒的言行十分有度，並不像是沒有經世的小女孩，如今見她有才學，立刻就說：「好，妳從今天起，就直接跟在我身邊，等旺叔回來了，我就跟他說。」

雲舒得到想要的結果，心中歡喜得不得了，只覺得在這朝代生存下來更有把握了！

旺叔在夕陽落山之後帶著顧清等人匆匆趕回，原來他們在採辦時，遇到缺斤少兩的黑心商販，商販仗著他們是外地人，竟打算做一回欺人的惡霸，卻不料被旺叔鬧到官兵那裡去，徒增牢獄之災。

大公子正帶著雲舒在車廂裡整理商隊貨物清單，聽旺叔講了城中之事，便囑咐道：「下次去採辦時，帶幾個護衛去吧，不用把他們都留著照顧我。你們在外辦事，安全第一，若再像今天遇到惡人，恐會吃虧。」

旺叔感激地說：「多謝大公子關心，我下次會小心一些。」

大公子見大家安然回隊，便沒有多說，只告知旺叔：「雲舒從今天開始就跟在我身邊做事，你那邊若缺人手，可以讓顧清幫你。顧清在我身邊多年，學了些東西，再等他大些，也該外放出去了，跟著你先學學也好。」

旺叔略微訝異地看了雲舒一眼，而後低頭應下此事，便退了出去。

過了一會兒，就有一個眉目清秀的男孩進來見大公子，說了些多謝大公子栽培，以後會跟著旺叔好好學做事之類的話。

雲舒心想，這大概就是那個叫「顧清」的男孩吧，想必是大公子親近信任的人，不然也不會這麼用心栽培他。顧清如果做得好，大概會成為像旺叔一樣的管事。

雲舒看到了別人的前途，不禁想到自己。她在大公子身邊做丫鬟，以後該怎麼辦呢？像電視裡演的那樣，丫鬟只能往上爬當通房、做姨娘？不！絕對不要！

雲舒向來不願以色事人，她一定要運用自己的頭腦、智慧，博得大公子青睞，等到累積足夠的實力後，進而想辦法脫身獨立。

第三章　主僕夜聊

因旺叔進城採辦遇到惡人耽誤了些時間，等回到商隊裝好新採辦的貨物時，天已經黑了，大公子便決定在城外的樹林裡紮營休息，明天再趕路。

長夜漫漫，商隊的護衛、雜役們十來個人聚在一起，生起火堆坐成一圈，或談天說笑，或唱歌划拳，十分熱鬧。

大公子的車廂裡點了一盞油燈，為了防止油燈傾倒，雲舒小心翼翼地守在旁邊。

大公子看書看累了，聽到外面熱鬧的聲音，便掀起車簾向外看去。

看到眾人無憂無慮地說笑，大公子臉上也露出淺笑。雲舒坐在大公子身邊，也好奇地跟著往窗外看去。

雲舒忽然想起，她進商隊這些日子，從來沒看大公子下過車，於是說道：「大公子為什麼不下車去走走？車廂裡待久了，會悶的。」

大公子搖搖頭，對雲舒說：「妳如果想出去玩，便去跟他們玩吧，我一個人在這裡躺一會兒。」

雲舒也搖搖頭說：「大公子不去的話，我也不去，大公子想休息就躺著吧，我在旁邊守著。」

大公子用溫潤的聲音說道：「現在躺久了，晚上恐怕睡不著，我們兩人不如說說話吧。」

雲舒現在知道的東西少，自然想聽大公子多跟她說一些，便道：「大公子隨著商隊走南闖北，一定見過不少奇人異事，說些給我聽吧。」

大公子淡笑一聲，說：「我這是第一次離家出門，多虧了旺叔替我求情，才徵得父親同意。」

「一定是老爺看大公子年幼，擔心你的安危，所以才不讓你出來。」

這是雲舒下意識的想法，她也這樣說了出來，可是大公子聽了，卻連連苦笑。

「妳是從讀書人家出來的，想必不知道商賈人家的規矩。」

大公子對雲舒緩緩說道：「我桑家數代從商，到我父親這一代，已是洛陽第一富賈。行商雖說就是做買賣，但是從貨源採集到跑商運輸，再到店鋪販賣貨物，這幾個重要的環節一個也不能馬虎。各地商鋪的大當家、各商隊的管事，都需要仔細挑選，擇取親厚可靠之人方妥。」

雲舒連連點頭，大公子說的這些經商道理她都知道，但這些東西對古人來說，是非常寶貴的經驗，對於一個少年而言，更是難能可貴。大公子能知道這些，不得不說頭腦真的很清楚。

「我身為桑家長子，早該隨商隊去各地商鋪行走，見一見各位大當家和大管事，但因為家中一些原因，父親遲遲不肯讓我出門，這次機會，對我來說很重要。」

雲舒聽了之後，心裡覺得很奇怪。大公子是長子，是日後家業的繼承人，老爺怎麼會不准他深入參與呢？只不過，雖然疑惑，但雲舒沒有追問大公子具體原因是什麼。大公子若願意讓她知道，自然會跟她說，現在她要是追問，反而顯得多嘴。

大公子說了這些，彷彿想到一些不開心的事，兩眼望著車外的火堆出神了。

雲舒有點擔心大公子在家裡的處境，但想想又覺得好笑；她命途坎坷，前後死而復生兩次，才暫時安穩了下來，自顧尚且不暇，卻跑去擔心別人！

如此想著，雲舒不禁嘆了一口氣。

大公子聽到雲舒的嘆氣聲，問道：「妳又為什麼嘆氣呢？」

雲舒最近經歷了太多事情，眼下又孤苦無依，但她很慶幸自己遇到一個性格好，又對她親切的大公子，現在聽他柔聲詢問，便編編湊湊，將自己的經歷用另一種方式說了出來。

「幾個月前家鄉遭難的時候，我隨鄰居一位大哥一起逃難。我很信任那位大哥，誰知在逃難途中，他搶了我的錢，還差點把我害死。我很傷心，本來兩個人應該相依為命，沒想到他卻為了自己害我。」

大公子眉頭皺得緊緊的，他眼神擔憂地看向雲舒，說道：「沒想到妳還遭遇了這些事情！被自己信任的人背叛，的確會傷心難過，但是過去的事情就不要想了，以後會好的。」

雲舒苦笑著說：「我也不願去想，只是我不知道那個人現在在哪兒，萬一我再跟他相遇，不知他會怎麼對我……想到這裡，我有些害怕。」

雲舒是真的害怕。她死而復生之後，一直沒敢打聽自己所處的年代，因為她擔心自己還留在漢朝，害怕跟卓成處在同一時空之下！

一提到卓成，她就想起卓成為了自己活命，竟然殺她、吃她！這件事情像一根心頭刺，無時無刻不在心底威脅著她。

大公子見雲舒臉上、眼裡都是苦色，便安慰道：「別怕，妳現在不是一個人，即便再遇見對方，他也欺負不了妳，有我在呢！」

雲舒再次被大公子感動。簡簡單單「有我在」三個字，就讓雲舒心裡充滿了溫暖和力量。

雲舒醞釀著一些話好感謝大公子關心，但話還沒說出口，顧清的聲音便在馬車外響起。

「大公子，換藥的時辰已到，我進來了。」

雲舒替顧清挑起車簾，並好奇地看著他手中捧的木碗，碗裡是些又綠又黑的草藥膏。

雲舒跟大公子在車廂裡待了半天，都沒發現大公子身上有傷，不禁問道：「大公子受傷了？」

顧清瞥了雲舒一眼，眼神有些冷漠，看得雲舒心裡一慌，立刻覺得顧清很討厭她。

顧清語氣冷冷地說：「大公子為了救妳，在河裡被尖石劃傷了腿。」

雲舒心頭一驚，她終於明白大公子為什麼這麼多天都不下車走動，終於了解為何顧清看她的眼神帶著責備了，一時之間，她心中充滿了愧疚。

顧清已經坐在大公子身邊，掀開大公子的衣襬，捲起褲管，開始幫大公子換藥。

長長的傷疤出現在大公子白淨的小腿上，傷口看不出有多深，但周圍有些紅腫，導致整條腿看起來很猙獰。

雲舒用抱歉的眼神看向大公子，問道：「大公子的傷口還疼嗎？」

大公子在換藥途中完全沒皺一下眉頭，他淺笑著說：「早就不疼了，妳別放在心上，是我自己不當心，才被石頭劃傷，不怪妳。」

可顧清顯然不這麼認為，他不滿地說：「若不是因為她，大公子又怎麼會下水？」

「顧清！」大公子喝止了顧清的抱怨，說道：「若這樣說，我豈不是要怪你不會泅水？你若諳水性，當時就不用我下水，我也不會受傷了。」

「是，都怪我沒用，竟然還要大公子下水救人，我回頭一定去學泅水！」顧清一板一眼地開始賠罪，惹得大公子一臉無奈。

雲舒看他們主僕如此，心中感到寬慰。她並不怪顧清給她臉色看，顧清一心為主，她能理解他的想法。

大公子宅心仁厚，難怪顧清對他如此忠實，就連雲舒也被大公子的好心腸給打動了。

第四章　初至南陽

自從雲舒知道大公子腿上有傷之後，對他的起居生活格外注意，生怕他的傷口發炎，或再度裂開。好在商隊裡草藥齊全，當初也及時用藥，大公子的傷口恢復得很好。

這天商隊來到一個叫「南陽」的大城。

這裡是商隊的目的地之一，當眾人看到南陽高大的城門時，一時雀躍不已。

按照計劃，大公子會在城內住個幾天，並會一會桑家在南陽的大當家，以及和桑家有生意來往的人。如此一來，眾人就可以歇息十天左右，吃住舒服又不用趕路，大家自然高興。

雲舒第一次來到古代的大城市，內心充滿了好奇，從城外一段距離開始，就一直趴在馬車簾後面朝外偷看。

南陽城門不算太高，約莫兩層樓，用石磚堆砌而成，共三個門洞，中間最大的門洞關著，左右兩個門洞開著，一進一出，分別有四名官兵看守。

一般百姓進出城門時，官兵並不會盤查，但像桑家這種百來人的大商隊，不會那麼容易放行。

不過桑家在南陽城中有人接應，雲舒遠遠就看到一群人整裝站在城門下面翹首盼望。

那群人的領頭是個頭戴小帽、留著山羊鬍的中年人，大公子指著那個中年人對雲舒說：

「中間戴帽的那位就是南陽城的王大當家，過年時曾見他來向父親拜年，他是桑家的老人，妳一會兒見了他，不可失禮。」

雲舒從車陣中偷偷看去，只見王大當家迎上來，和隊首的旺叔互相抱拳問好。碰頭之後，旺叔帶領王大當家向馬車走來，雲舒趕緊放下車簾，在馬車裡坐好。

「王勝給大公子問好，大公子一路辛苦了。」

說話間，旺叔已經撩開車簾，向大公子引薦道：「大公子，這位就是南陽城店鋪的大當家王勝。他聽聞大公子隨隊抵達，特地出城迎接。」

大公子面帶微笑，坐在馬車裡，身子微微向前探，伸出手說道：「王大當家不必多禮，有勞你專程出城相迎，這段時間要叨擾你了。」

管理一方生意的大當家都是桑家的老人，不論跟桑老爺的私交，還是在桑家商務上的談話權，都有重要的地位。對於大公子這種還未掌權的少爺來說，大當家在老爺面前如何評論他，某種程度上關係著他在家裡的地位，所以大公子對王大當家格外客氣。

大公子畢竟是桑家長子，極有可能是未來的繼承人，他對王大當家客氣，王大當家也不敢自大，趕緊回話說：「這是我應該做的。聽說大公子受傷了，我已請好郎中在家中等候，大公子快隨我進城吧！」

大公子點了點頭，便讓旺叔帶著官方的通商文書去見守城的官兵。

當旺叔將文書遞上去之後，官兵粗略檢查了一下他們拉貨的牛車，順利放他們進入南陽城。

商隊進城之後，引來了不少百姓圍觀。雲舒看到有百姓拉著車隊的雜役打聽他們是什麼人，當眾人知道是洛陽桑家的商隊之後，臉上疑惑的表情頓時轉化為了然，看來桑家商隊在南陽有些名氣。

一行人走過兩條街，來到王家大宅門前。王家的大門很普通，三階青石板階梯之上，是兩扇紅木方門，門上嵌著兩個虎頭鐵門環。

大公子行動不便，王大當家命一名大漢將他揹往竹園去歇息，雲舒、旺叔和顧清等人則提著行李跟在大公子身後。

待進入了宅院，雲舒神色一震，因為宅院裡面的富貴光景跟外面大門樸質的模樣完全對不上！

雖然她對古代的物品了解不多，但那氣派的主廳、精緻的雕花、水磨光淨的地面，還有兩側桌上的奇石異草，無一不透露出主人家的富貴。

雲舒低頭想了想，大概明白了王家「裡外不一」的原因。

古代的商人地位很低，哪怕再有錢，有些超過規制的東西也不能在外面使用。有些時代甚至出現過商人不可穿絲綢、不能戴金，也不可騎馬的規定，所以王勝雖然身為大當家，也不許隨意越過規制。

王宅後方有一片綠茵茵的竹林，那裡就是王大當家替大公子準備的落腳地——竹園。竹園內的環境清爽靜謐，非常適合休息養傷。

大漢剛剛把大公子送進竹園的主房，就有一個郎中揹著箱子過來幫他查看傷口。

雲舒緊緊跟隨在大公子身旁，時不時根據郎中的眼色猜測狀況。

郎中的臉色很和順，他查看完傷口之後說：「這傷口看著又長又深，形狀可怖，但幸好沒有傷到脛骨，只是皮肉之傷，加之用藥得當，傷口癒合情況很不錯，我再替公子添兩副補血養神的藥就行了。」

大公子之前用的藥是旺叔配的，聽到郎中的話，雲舒看到旺叔臉上隱隱有些得意之色。

旺叔不是郎中，只是做過藥草生意，沒想到光憑經驗就能配出郎中都點頭稱讚的藥，這一點讓雲舒覺得這些管事或大當家，都是十分厲害的人。

郎中走後，王大當家走近大公子身邊問道：「大公子，您這次出來，身邊怎麼沒帶幾個服侍的人呢？就這一個小丫頭，恐怕不夠用。您腿上有傷，行動不便，不如我再調幾個得力的人手過來照顧公子吧。」

王大當家說這話的時候，很怕大公子誤會他的用意，擔心大公子以為他要在他身邊安插眼線，但他沒料到大公子臉上沒有一絲異色，直接點頭說：「既然住在大當家家裡，自然一切聽從大當家安排，有勞了。」

大當家見大公子如此親和好相處，便高興地退下去安排人手。

王勝一走，旺叔便說：「大公子，您先休息幾日，商隊貨物的事情就交給我安排，我每晚會把帳目和清單送過來。」

大公子滿意地點頭，說道：「旺叔一路上辛苦了，不過除了那些貨物，還有一件事要旺叔親自辦一下。」

旺叔說：「大公子儘管吩咐！」

「南陽城中的鍾家跟我們桑家有世交，父親在我出門之前，特別叮囑要我來拜訪鍾老爺。我明天寫個請帖，你派人送去，再到南陽最好的酒樓訂下三天後的晚宴，到時候我在那裡宴請鍾老爺。」

旺叔眼中閃過一絲雲舒不太明白的精光，以至於她覺得大公子這次來南陽，送貨物是假，拜訪鍾老爺才是真。

第五章　居心叵測

旺叔跟顧清都離開竹園後，王大當家領了三個丫鬟、兩個小廝來到竹園。

「大公子，這三個丫頭手腳都很俐落，這個叫翠屏，可以留在公子身邊服侍，另外兩個叫子菁、子茜，是粗使丫頭，就跟小廝一起在屋外做些粗活吧。」

大公子點頭應下，並未多說什麼，只是看了雲舒一眼。雲舒立即會意，對那幾位丫鬟說：「我叫雲舒，以後就有勞幾位姊姊跟我一起侍奉公子了。」

那三個丫鬟聞言，便對雲舒回禮，王大當家看著滿意，便向大公子告退。

翠屏不愧是王大當家特別推薦的近身丫鬟，王大當家一走，她就指使兩個小丫鬟和小廝開始燒水、打掃，搬運大公子的東西。

雲舒是大公子的人，翠屏不會指使她做事，雲舒也樂得輕鬆，索性坐到大公子床前，跟大公子一起看書簡。

古代的文字跟現代文字有較大的差別，有些字任憑雲舒怎麼猜也猜不出，只好向大公子詢問。

大公子和氣地一一向她解說，並對她好學的態度十分滿意。

兩人看了沒一會兒，翠屏就端了熱水茶盞過來，讓大公子喝水解渴，並詢問晚膳要吃什麼。

「我家老爺說大公子腿上有傷，每天的飲食都會派人送來竹園，不用大公子挪動。大公子若有什麼特別想吃的，儘管告訴我，我讓廚子做去。」

大公子淡淡地說：「聽聞南陽城的伏牛山珍最為有名，不知這個時節是否吃得到？」

翠屏一聽，眉眼立即飛揚起來。「大公子來得巧，我們南陽的伏牛山珍最美味，有花菇、茶樹菇、猴頭菇、鹿茸菇等二十多種，這時候的山珍最美味，我這就讓人去準備。」

說完，翠屏便興高采烈地出了房門張羅晚膳去了。

經翠屏這麼一介紹，雲舒才知道「伏牛山珍」是什麼東西，內心立即陷入糾結。

「大公子，伏牛山珍雖是值得一嚐的特產，但您腿上有外傷，不能吃菌類這種發物啊。」

大公子微微訝異地問道：「哦？有這種說法？妳懂醫術嗎？」

雲舒感到有些汗顏。她真不懂醫術，但有外傷的時候，為了幫助傷口癒合、防止感染，不能吃讓人容易上火的發物這種事情，是她小時候聽長輩說過的，應該是正確的常識。

「我以前聽家裡的長輩說過，也不知道是不是真的，只是擔心公子的傷口。」

大公子點頭說道：「那一會兒我就不吃山珍，吃其他菜好了。」

雲舒見大公子從善如流，十分欣喜。「那我要不要去跟翠屏姊姊說一下，不用麻煩她們準備了？」

大公子搖搖頭說：「讓她忙去吧，我不太想讓她留在我身邊。」

雲舒頓時明白，原來大公子是故意支開翠屏的。

只見大公子扔下書簡，看著門口的方向，重重嘆了口氣。

雲舒不解，問道：「公子哪裡不舒服嗎？」

大公子嘆道：「翠屏這個丫鬟來歷不簡單，王大當家把她放在我身邊，只怕我受用不起。」

雲舒眼中的疑惑更深了，大公子便解釋道：「如我一般的公子尚不敢穿錦緞，她一個商人家裡的丫鬟，何以能穿綾羅？而且她手腕上的那個玉鐲，也不是俗物，並不是一個丫鬟能夠擁有的。」

經大公子這樣一說，雲舒才恍然大悟。翠屏的確跟子菁、子茜兩個丫鬟有很大的差別，她一開始還以為是近身丫鬟與粗使丫鬟的正常差別呢。

大公子對雲舒叮囑道：「我們住在這裡的這些日子，妳多注意翠屏一些，但願王大當家沒有什麼其他的意圖。」

雲舒提起精神，連忙應下。

這天的晚飯十分豐盛，翠屏準備了滿滿十八道山珍，還有其他小菜，一張桌子根本擺不下，彷彿吃流水席一般，輪流傳菜，讓雲舒覺得十分奢侈。

大公子想來是過慣了好日子，並未表現出驚訝或覺得不妥，只是對翠屏的殷勤服侍不予回應。

待晚膳用完了之後，大公子便吩咐兩個小廝抬來熱水，準備沐浴。誰知翠屏竟說要親自服侍公子，但大公子卻想也沒想便拒絕了。

翠屏不死心地說：「大公子腿上有傷，郎中特別交代不可沾水，若無人服侍，恐有不妥。」

大公子不冷不淡地說：「這倒是個問題，就讓那兩個小廝服侍我吧，女孩子力氣小，恐怕抬不動我。」

大公子一再的拒絕讓翠屏有些失落，只好退出房間，讓小廝進來。

雲舒站在旁邊有些尷尬，她不知道自己是該留下來幫忙，還是該出去。

還好大公子在小廝進來後發話。「雲舒，妳先回房休息吧，等我洗完澡，再來陪我對一下帳單。」

雲舒自然應下，雖然大公子長相好看，但她也沒興趣旁觀他洗澡。

雲舒的房間被安置在主房旁邊的一間耳房，離主房不過幾步距離，而翠屏等另外三個丫鬟則住在更遠一點的房間裡。

她這段時間坐馬車成天顛簸，全身痠軟，現在好不容易能休息，立刻躺在床上，感覺舒暢萬分。

「啊，終於睡到床上了！」雖是硬硬的木床，但比起馬車裡的顛簸，實在好太多了！

誰知她躺了沒一會兒，就有人敲門。

「妹妹在休息嗎？我是子茜，給妳送衣服來了。」

雲舒聞言，趕緊起身開門。只見子茜笑吟吟地捧了兩套布衣進來，說道：「這是我們老爺要我送來的，雲舒妹妹若還有什麼需要，直接跟我們說好了。」
雲舒很驚訝，沒想到王大當家這麼細心，連她這個小丫鬟也注意到了。
雲舒一直穿著青布男裝，那是她從水裡被救起來之後換上的。商隊裡沒有女裝，她只好穿男裝將就著，現在看到布裙，難免有些驚喜。
雲舒第一次換穿古代女裝，很是好奇，便抖開衣服在自己身上比劃起來。她歡喜地試了一會兒，突然記起還沒有向子茜道謝，一個轉身，卻發現房間裡已經找不到子茜的影子了。
「呀，只顧著看衣服，卻失了禮數。」
雲舒想想不妥，便追了出去。
她來到子茜房門外，剛要伸手敲門，忽地聽到裡面傳出談話的聲音，甚至提到她的名字。這一猶豫，正要敲門的手便縮了起來。
屋內子茜、子菁正圍在翠屏身邊說話。
子茜一臉不滿地說：「那個叫雲舒的小丫頭真是不知好歹，我送衣服去給她，她不僅沒讓座，更沒倒個茶。這也就罷了，她竟然連一句謝謝都不說！她真是主家出來的丫鬟嗎？一點規矩也不懂！」
另一旁的子菁也說道：「可不是，今天下午就我們幾個在那裡忙，她倒好，坐在大公子身邊看書，她以為她是小姐嗎？」
雲舒在門外聽到這些「直言不諱」的批評，頓時有些臉紅。

她是真的不懂什麼丫鬟的規矩，大公子當初留她在身邊，並未告訴她該怎麼做，她只是按照自己的理解，盡可能地照顧大公子，其他並未多想。

如今聽到這些話，雲舒不禁開始反思，自己是不是太隨興了……

坐在屋內的翠屏聽到子茜、子菁兩人的話，開口說道：「我看那丫頭多半是大公子半路上撿的或買的，她面黃肌瘦，還穿著男人的衣服，大公子身邊的大丫鬟怎麼會是這樣一個毛丫頭？絕不可能是從本家帶出來的。」

哇！雲舒不禁點了點頭，怪不得大公子對翠屏這個人刮目相看，她竟然說中了。

子茜走到翠屏身邊，開始幫翠屏捏肩膀，說道：「難怪老爺要讓二小姐親自來侍奉大公子，大公子出門也不帶個貼心的人，真是太隨意了。不過就是苦了小姐，您哪裡做過服侍人的活兒呀！」

雲舒聽到子茜的話，頓時在門外愣住了。翠屏竟然是王家的二小姐?!

翠屏嘴角一勾，笑道：「多虧他身邊只有那個毛丫頭，不然我哪裡有機會呢？不過大公子未免也太難伺候了，我想對他好，卻總是被他軟軟地擋回，真讓我頭疼！」

子菁忙寬慰道：「小姐別灰心，這不是才第一天嗎？小姐一定能夠心想事成！」

屋內主僕三人還在說著話，似乎對美好的未來充滿了憧憬，而雲舒則是默默離開，心中又吃驚又好笑。

王家為了讓二小姐當上桑家大少奶奶，竟然讓她扮成丫鬟親自侍奉大公子，真是荒唐！

雲舒淡淡笑了笑，翠屏為了嫁個好人家，這樣做也沒什麼不對，只怪大公子眼睛太厲害，一眼就看出她的不同，翠屏的小心思只怕是要落空了。

大公子還在房中沐浴，等雲舒回到房裡換了身裙子，重新梳了頭髮，小廝才抬著洗澡的木桶出來了。

雲舒進到主房，大公子已換了身白布褻衣，外面披了一件雨青色外衣坐在床上。見雲舒也換了衣服，大公子笑道：「妳換上女孩子的衣服，打扮整齊後，就好看多了。只是妳太瘦，面色也不好，以後要給妳多吃點東西才行。」

雲舒笑道：「自從跟了大公子，我衣食無憂，比以前過得好多了，全是託大公子的福！」

雲舒到現在還沒照過鏡子，並不知道自己的模樣，但是她看到自己粗糙的皮膚、乾燥發黃的頭髮，便知道自己好看不到哪兒去，想來自己這個身體以前生活過得不好。

不過，她只求自己的五官端正、不要有缺陷，皮膚、頭髮什麼的，等以後慢慢調養，應該會漸漸好轉。

大公子指著牆角一個帶鎖的箱子，吩咐道：「來，把箱子搬過來，我得查一下這批貨物的帳單。」

雲舒應下，拖著大木箱慢慢挪到床邊，喘了一口氣，心想要是有紙就好了，這一箱書簡不但記不了多少東西，搬運起來還很麻煩，真吃力！

商隊帳務內容全都寫在竹簡上，一條條豎著寫，看起來十分不方便，雲舒建議道：「大公子，您整理帳單的時候，其實可以做個表格，那樣看起來就容易多了。」

大公子眼神一亮，問道：「哦？表格？說說看，是什麼樣的？」

「橫排寫內容，豎排寫日期。」說起來其實很簡單，哪怕是在竹簡上，也可以做表格，只不過沒有前人這樣做，所以很難想到。

雲舒對大公子稍稍一提，大公子就明白雲舒的意思，不禁露出驚豔的表情。

「雲舒，妳真是我撿到的寶，這些是從哪兒學來的？」

雲舒尷尬地笑了笑，說：「是我爹，他以前遇到了一位高人，這些都是那位高人教的，我在旁邊學了些皮毛……」

大公子十分興奮，立即要雲舒研墨，準備用竹簡製作表格。

夜晚漫長，雲舒不怕做事，就怕無聊到必須早睡，所以她很樂意陪大公子在燈下整理帳單。

中途翠屏來過幾次，送水、送點心，也催他們早點休息，可大公子興致上來了，哪那麼容易擱筆睡覺。

雲舒見翠屏一個勁兒地打瞌睡，便勸道：「翠屏姊姊早點休息吧，這裡有我照顧公子就好了。」

翠屏搖了搖頭，堅持想陪下去。

雲舒又勸道：「翠屏姊姊明天還要照顧大公子的起居飲食呢，如果今晚不休息，明天我們兩人都暈暈乎乎的，可怎麼辦？」

翠屏想想也有理，便告辭休息去了。

第二天一早，雲舒和翠屏剛服侍大公子起床，旺叔就帶著顧清來回稟昨天整理貨物的情況。他們從洛陽運來的草藥、米糧以及布疋，都已歸整進倉庫，並登記完畢。

顧清將一捧竹簡送上來放到大公子面前，大公子點頭道：「你們辛苦了，這幾天就讓大夥兒休息一下，你們兩人今天也休一天，明天晚上再隨我一起去見鍾老爺。」

旺叔一聽，便高興地應了下來。大公子去見鍾老爺一定是有要事商議，大公子願意帶他去，說明信任他，而大公子又極有可能是桑家未來家主，他自然樂於為其效力。

談話間，旺叔看到桌子上放著大公子和雲舒昨晚熬夜做的表格，不禁產生了興趣。

「大公子，這是……」

大公子臉上神采飛揚，挪動了一下身子，湊上前說：「旺叔，你做了這麼多年管事，經驗豐富，你來幫我看看，這種表格記帳方式，是否更清楚方便？」

旺叔自然是識貨的人，當他看到這份清楚整齊的表格時，臉上露出驚喜，說：「大公子果然奇思妙想，這種記帳方式一目了然，方便很多！」

大公子謙虛地回說：「這些都是雲舒教我的，她簡直是我撿到的寶，不僅心算厲害，還有許多奇妙的好主意！」

旺叔難以置信地看向雲舒，一連打量了好幾遍，最後躬身對大公子說：「恭喜大公子覓得珍寶！」

被他們兩人一說，雲舒倒不好意思起來，她不過是教了他們一點點東西，竟然被抬到了

「珍寶」的高度！

就在雲舒低頭淺笑的時候，突然感受到一道不太友善的目光，她側頭一看，是翠屏正瞇著眼看她。

雲舒心中不由得打了個突。糟糕，翠屏可是立志要成為大少奶奶的人，自己現在這麼受大公子注意，翠屏怎麼會高興？

王大當家最近的心情有些忐忑，本家的大公子隨商隊前來，他不敢輕視，卻又不便顯得太巴結。

他躺在自己房間榻上，一個中年婦人正在幫他捏腳，她正是二小姐翠屏的生母——王夫人。

王夫人看王大當家想事情入了神，便輕輕推他的腳，問道：「當家的，屏兒在竹園服侍兩天了，怎麼沒一點消息傳出來？要不要派人打聽打聽？」

王勝聞言瞪了妻子一眼，說：「蠢！我們若派人去打聽，讓大公子知道了，心中必定會有想法。妳別看大公子為人謙和就小看了他，本家的公子不會是省油的燈！我現在還在擔心屏兒的身分被大公子知道，他會怪罪我們。」

王夫人有些吃驚，說：「不會吧？我們把女兒送過去親自服侍他，他還能有意見？」

王勝「哼」了一聲，說道：「妳認為是服侍他，被他知道了，卻會認為我們算計他！大公子雖然還小，但從小在老爺跟前長大，老爺最討厭下面的人暗地裡動手腳，大公子恐怕也不喜歡。」

一番話說下來，頓時讓王夫人心中惴惴不安。

王勝繼續說：「按照我的意思，應該派珠兒去，屏兒性子急躁，我擔心她會把事情弄砸。」

翠珠是翠屏的姊姊，王勝的大女兒，可惜性子沈悶，半天也擠不出一句話來，但嫻靜的性子倒不會讓人討厭。只是王夫人更疼會撒嬌的二女兒，便讓翠屏去了。

兩口子正說著話，翠屏便蹬著焦急的步伐，掀起門簾走了進來。

「爹，娘！」翠屏一看到王大當家夫婦，便嬌嗔委屈地說：「大公子帶著他的人出門去了，不肯帶我！」

王勝坐直了身子，嚴肅地瞪著女兒說：「妳把大公子服侍好就行了，他出門妳管他做什麼？大公子的事是妳能插手的嗎？」

翠屏委屈地看著王勝，然後向母親身邊靠了一靠，小聲抱怨道：「大公子根本不領我的情，我幫他準備的美味佳餚，他都不怎麼吃，也不吩咐事情給我做，還不許我碰他，什麼事情都只跟他身邊的小丫頭商量。」

王勝倒覺得這再正常不過，大公子當初雖然沒有反對他安插丫鬟進去，但他自然只用他信任的人。

「我當初怎麼跟妳說的？我讓妳進竹園，是為了給大公子留一個賢良的印象，只要他對妳沒有壞印象，到時候我跟老爺說說情，妳想進桑府並不是件難事。妳現在這是在急什麼？

想在幾天之內成為大公子的心腹？妳這樣冒進，我真擔心大公子會厭惡妳！」

這一段話把翠屏說得不敢吭聲，王夫人則急忙在旁邊護著女兒說：「當家的，你也別怪屏兒了，若她什麼都懂，要我們爹娘做什麼？」

王勝嘆了口氣，說道：「屏兒，妳記住我的話，本本分分照顧好大公子，對大公子身邊的人客氣一些。像李旺，是大公子很信任的人，妳要尊敬他，把妳的傲慢勁收起來，聽到沒有？」

「哦……」

翠屏嘴上應著，但是心裡卻不服氣。王家在南陽城中是排得上前頭的富貴人家，她當了這麼多年小姐，現在要她對其他下人低頭，真的很為難。旺叔是跟她父親同輩的前輩，讓她尊敬他，她還做得到，但是對大公子身邊那個小丫頭，她卻很不屑。

她又想到雲舒陪大公子外出吃飯，心中越發鬱悶，只得回到竹園，一個人悶頭生氣去。

第六章　形勢生變

大公子帶著旺叔、顧清、雲舒三人去南陽最好的朝陽樓宴請鍾老爺，大公子事先對雲舒說了一些鍾老爺的背景——

南陽鍾氏，世代經營綢緞布疋事業，與洛陽桑家一直都有來往，鍾老爺跟桑家老爺年輕時也有過私交。

大公子這次特地來拜訪鍾老爺，雲舒並不覺得他只是替父探訪舊友，但原因究竟是什麼，雲舒也不著急打聽，她跟在大公子身邊，總有一天會知道。

他們一行四人早早來到朝陽樓，點好了菜餚，便喝起花茶等待。

豈料過了約定的時辰，鍾老爺都沒出現。

大公子眉頭皺得死緊，雲舒第一次見大公子出現這種緊張而微微有些怒氣的表情，一時之間也有些緊張。

「顧清，你去鍾家再請一趟，看看是怎麼回事。」大公子吩咐道。

顧清應聲小跑出去，剛走一會兒，就見他領著一個中年管事走了進來。

那管事正是鍾家派來的人，他對大公子行禮說：「桑公子，我家老爺特派我來向公子賠罪，老爺剛要出門的時候，被縣令急召而去，剛剛又派人來傳話，說今晚恐怕回不來，不得不改天再見桑公子了。」

大公子臉上露出失望的表情，不過他依然有禮地笑著說沒事，並要顧清客氣地把鍾府管事送走。

「旺叔，」大公子吩咐道：「去讓王大當家打聽一下，南陽是不是出什麼事了，查清楚縣令為何急召鍾老爺。」

旺叔應下，並說：「先送大公子回竹園吧。」

大公子嘆了口氣，會見鍾老爺不成，只得鬱鬱寡歡地乘車回王家竹園。誰知剛到王宅門口，就見一個人慌張地跑上前來說：「大公子總算回來了，我家老爺四處找大公子呢，您快進府吧。」

大公子沒多問，在旺叔和雲舒攙扶下走進王宅，王大當家也得到消息，從裡面迎了出來。

大公子凝眉問道：「王大當家如此緊張，可是店裡出了什麼大事？」

自從雲舒進入南陽，見王大當家行事老道、井井有條，尋常事斷然不會讓他如此失措，不禁好奇究竟是什麼事讓他如此慌亂。

王大當家壓低了聲音說：「大公子，官衙裡剛剛傳來一個大消息——皇上殯天了！」

雲舒感覺到大公子全身一抖，險些驚得後退兩步！

大公子深吸了一口氣，壓下心中的驚訝，問道：「什麼時候的事？」

王大管家回道：「我在官衙裡有個交情不錯的朋友，剛剛特地派人送消息過來，按照縣令的說法，皇上是在初七駕崩的，到今日已有三日了。皇上殯天，各地都需服喪，亟需白布，縣令已經召集鍾氏綢莊的老爺過府商議，只是他們那邊的貨可能不夠，又命人到我們這裡來尋，我已命人速速去倉庫搬出所有存貨。」

大公子頻頻點頭，出了這種大事，怪不得鍾老爺沒辦法與他會面。

聽聞皇上殯天，大公子心中轉過各種心思，雲舒也想了很多。

她在大公子身邊聽他與王大當家兩人說話，再觀大公子、旺叔、王大當家的神色，皇上殯天對他們來說好像是天大的事情。

雲舒心思一轉，莫非桑家是皇商不成？

改朝換代時，每個變動都可能牽動皇商的生死榮辱，只有皇商才會這麼在乎誰坐在皇位上！難不成老皇帝一死，桑家的基業就會動搖？

大公子回到竹園，旺叔和王大當家也跟隨其後。

大公子端起瓷杯喝了一口水，神情慢慢鎮定下來，他吁了一口氣說道：「父親和叔叔們在洛陽肯定一早就得到消息了，家裡想必安然無事，不然父親早就派人接我回去了。」

旺叔連忙點頭應道：「是、是，有老爺坐鎮，就沒有過不去的坎。」

大公子苦笑了一下，而後問王大當家：「是哪位皇子繼承了大統？」

王大當家回覆道：「是十皇子劉徹繼承了皇位。」

大公子神情無波地點了點頭，顯示事情還算在他的預料當中，然而雲舒卻如同被突然捲入驚濤駭浪中，一時之間差點站不穩！

劉徹！大名鼎鼎的千古一帝——漢武帝劉徹！

雲舒聽到這兩個字，心整個揪在一起。她果然還是重生在漢朝……卓成也在的朝代！被卓成殺死、吃掉的恐懼再次襲來，雲舒如同被一盆涼水從頭頂澆下，渾身冰涼。

大公子看到雲舒臉色蒼白，頭上直冒冷汗，擔憂地喊道：「雲舒，妳怎麼了？哪裡不舒服？」

雲舒回過神，強拉起嘴角，回說：「沒事，多謝大公子關心，可能是剛剛走快了，一時有些心悸，現在已經好了。」

大公子現在心事重重，見雲舒神色回轉了，便沒過問。

王大當家還要去忙外面的事情，早早告辭了，大公子皺著眉頭，坐了良久，才對旺叔說了一句：「沒想到來得這麼快，若是再給我們一些日子就好了。」

雲舒不知道大公子現在憂心的問題是什麼，也不敢開口詢問，只是默默聽著他們談話。

大公子嘆息道：「現在新皇登基，勢孤力弱，朝政必定落入竇氏、陳氏和王氏手中，我們桑家若想守住榮華富貴，必定要與竇氏、陳氏或王氏攀上關係，那麼就要借重二娘娘家的關係。二娘本就容不得我，如今得勢，我的處境更加艱難啊！」

旺叔見大公子小小年紀就如此操心，寬慰道：「大公子，一切都會沒事的，老爺他明白您的努力，而且二公子年幼，尚不成氣候……」

這一番話聽下來，雲舒心中頓時五味雜陳。

她記得劉徹登基初期，朝政被三大外戚把持，一是以太皇太后竇漪房、丞相竇嬰為核心的竇氏，二是以館陶長公主劉嫖和皇后陳嬌為主的陳氏，最後一支，就是太后王娡和國舅田蚡。

朝廷的人脈關係錯綜複雜，劉徹登基之初只有十六歲，羽翼尚未豐滿，忍氣吞聲了很長一段時間。

如今聽到大公子說的話，他的形勢也很不理想。桑家二夫人肯定不是大公子的生母，不然大公子不會說二夫人容不得他，而旺叔口中的「二公子」，則必定是二夫人的親生兒子。二夫人肯定不想讓家產、繼承權落入大公子手中，如今得勢，必定會有一系列動作，難怪大公子會頭疼擔心了。

雲舒現在不知大公子這方的實力，但大公子是桑家這代的嫡長子，這一點已經很關鍵了！

雲舒在心中細細盤算，大公子是她的救命恩人，為人謙和仁厚，如今大公子舉步維艱，她知曉歷史走向、通曉經商之道，或許可以幫一幫大公子。打定了主意之後，雲舒便不再繼續保持沈默。

「大公子，請恕雲舒多嘴，大公子這次來南陽要見鍾老爺，是不是跟新皇登基之事有關？」

大公子還未說話，旺叔已經猛然抬頭瞪向雲舒，明白表示雲舒多嘴了。

大公子舉手攔住準備發作的旺叔，說道：「雲舒聰明伶俐，不僅精於演算法，還善於觀察形勢，只憑你我簡短幾句，便猜出我的意圖。如今我身邊沒幾個用得上的人，也許雲舒就是能救我脫出困境的至寶！」

旺叔卻不以為然，暗自覺得大公子太草率了。雖然雲舒被他所救，但是怎麼能這麼快就把她當心腹呢？

大公子自然不是草率之人，當雲舒問話的時候，他就想過很多。

在此之前，心算和製作表格兩項技能已讓他決定把雲舒招為己用，只是時日尚短，他才沒有提前跟雲舒說一些緊要的事。

然而現在情況不同了，新皇登基，他必須儘早回到洛陽本家，若他沒有早些把雲舒徹徹底底變成心腹，那麼回到本家之後，裡面的人脈關係複雜，雲舒極有可能會被其他人招攬，他是絕對不允許這種情況發生的！

心中有了決定之後，大公子便對雲舒說：「鍾老爺有個小女兒，是魏其侯三子竇華的小妾，聽說極為得寵，我想利用這層關係，親近竇少爺，若能認識魏其侯本人，再好不過！」

魏其侯？雲舒想啊想，終於明白大公子說的是哪個人了。

「大公子說的魏其侯，是竇太后的姪子竇嬰嗎？」

大公子眼中精芒四射。雲舒果然不容小覷，她一個孤女，竟然知道長安城中這些人，他頓時覺得自己作了個正確的決策。「正是他！」

雲舒為此感到很高興，竇嬰這個大人物，她自然知道。有一個這樣的故事，她記得很清楚——

劉徹的父皇漢景帝還未立太子時，在一次家宴上，為了試探竇氏，也就是現在的太皇太后，故意說要把皇位傳給他的弟弟梁孝王。竇太后因為很喜歡自己的小兒子梁孝王，聽到漢景帝這樣說，非常高興。

但竇嬰卻端著酒杯站出來說：「天下者，高祖天下。父子相傳，此漢之約也。上何以得善傳梁王？」

竇嬰此舉雖然不得竇氏喜歡，卻深得漢景帝歡心，表明他竇嬰並非梁孝王的人，因而保全了權勢富貴。

同時，這也說明竇嬰是個非常奉行祖制的人，他認為皇位就該父親傳給兒子，不能傳給皇帝的弟弟，以此類推，大公子若能得到竇嬰的支持，他就能以嫡子身分繼承家業，斷然輪不到二公子上位了。

「大公子，魏其侯尊儒道、奉祖制，若能認識魏其侯，大公子的地位再無後慮！」

雲舒非常支持大公子的決定，眾人在商議過後，大公子決心明日親自去鍾家，登門拜訪鍾老爺。

第七章　雷霆一怒

第二日大公子再次遞帖，求見鍾老爺。因雲舒只是個小丫頭，不方便跟隨大公子去鍾家，便留在竹園守候。

閒來無事之下，雲舒想自己找點事情做。她看到大公子昨晚換下來的衣服還沒被收走，便都收集起來丟進大木盆，然後打水洗衣服。

她剛從竹園內的井裡打起一桶水，就見子菁衝了過來，奪走她的木桶，說道：「趕緊放下吧！洗衣服哪是妳做的事，讓我家老爺知道了，非得罵死我不可！」

各種丫鬟有不同的職責，雲舒是貼身丫鬟，洗衣服這種粗活理應交給子菁、子茜這種粗使丫鬟做。

雲舒笑道：「我沒事做，看到衣服沒洗，所以……」

子菁打斷她的話說道：「雲舒妹妹是在責怪我收拾晚了嗎？今天大公子不在家，我便想著晚個一時片刻，又有什麼要緊？妳何必自己動手洗衣，拿這個架勢來嚇唬我？」

雲舒目瞪口呆地看著子菁，沒想到小小一件事，竟然能被子菁說成這個樣子！

「我不是這個意思，我只是想幫忙。」

兩人的爭執聲引得翠屏和子茜從房裡走了出來。

翠屏沒好氣地看了雲舒一眼，說：「子菁，妳怎麼惹她生氣了？雲舒可是大公子的貼身丫鬟，哪是妳得罪得起的？」

這話裡的揶揄之意讓雲舒很難受。她想到自己借居在別人屋簷下，不願為大公子惹是生非，便低下頭回自己房裡去了。

雲舒只覺得這三個丫頭跟平時大不一樣，她們平日雖然總是不與自己親近，但也客客氣氣，怎麼今天突然變了性，明目張膽地跟自己過不去？她們難道就不怕得罪大公子？

雲舒哪裡知道，昨晚她跟大公子在房中商議事情的時候，翠屏也在房裡跟兩個丫頭商量了很久。

翠屏一開始想接近大公子，無非就是看中大公子在本家的繼承權，想跟著大公子過好日子。

然而昨天收到先帝駕崩的消息後，她又聽父親說，本家的風向要變了，內宅往後恐怕是二夫人的天下。

如此想著，翠屏便覺得今日的大公子已不是往日的大公子，沒了絕對的權勢和繼承權，她也就懶得伺候，正想叫人通知她爹，換其他丫鬟來給大公子使喚呢。

她對大公子的態度如此，對雲舒就更加惡劣了。

大公子不在，竹園裡並沒有準備午飯，雲舒只好去王家的大廚房吃飯，而後又一個人返回。

雲舒估算大公子在南陽城待不了多久，皇上殯天、新皇登基令形勢大轉，大公子辦完南陽的事情後，肯定會儘早回到洛陽本家。這樣一想，雲舒便開始收拾大公子的書籍跟用品，免得要離開時手忙腳亂。

辛辛苦苦整理了一下午，到了夕陽西斜的時候，大公子還沒回來。

雲舒站在竹園門口張望，沒有盼到大公子，卻看到一群中年婦女帶著幾個小丫頭往竹園裡匆忙走來。

雲舒定睛一看，其中有兩個中年婦女是她中午在廚房吃飯時見過的，當時她們還對她挺好，挾菜添飯很是殷勤。

雲舒是很念別人好處的人，見那幾個人走近了，便笑吟吟地問道：「幾位大嬸子怎麼走得這麼急？」

其中一個領頭穿暗絳色的婦女打量了雲舒一下，回頭問身後一個婦人：「春娘，是這個丫頭嗎？」

那縮頭縮頸站在後面的春娘，正是中午幫雲舒盛飯的人，她看了雲舒一眼，點頭道：「就是她。」

此時雲舒終於感覺到來者不善，她臉上的笑容頓時掩去，問道：「發生什麼事了？」

暗絳色衣服的婦女上前一步說：「我是王家廚房管事的芸娘，今日廚房裡弄丟了一個彩陶八福大碗，我們四處都沒找到。聽春娘說今日廚房裡來了生人，所以我們少不得要問一問。」

雲舒頓時吃了一驚，她頭一回一個人離開竹園，竟然就惹上了這種事！

「我今天中午吃過飯就回來了，並沒有在廚房久留，我在的時候春娘和其他人都在，我走的時候，她們也在，我怎麼可能在眾目睽睽之下偷東西？」

那彩陶八福大碗是王大當家四十壽辰時收到的賀禮，王大當家很喜歡，每回用這個大碗盛的湯，他總能喝上好幾碗。芸娘本來打算晚膳時用這個碗盛雞湯給王大當家，可怎麼也找不到。

芸娘聽春娘說起中午到廚房的陌生丫頭時，已想了很多，一是覺得那丫頭不可能在大家眼皮子底下把那麼大的碗偷走，二是聽說那丫頭是大少爺的人，她不太想得罪。

可是府裡其他人的房間都已搜過，全不見那個碗的蹤影，她也只能跑來問問了。

「姑娘別急，我只是來問一問，並沒說是妳偷的。也許是哪個沒長記性的忘記大公子今天不在家裡，用大碗送了飯菜過來，遺漏在竹園也說不定，我們進去找找就知道了。」

話雖是這樣說，但雲舒怎麼會不知道她們這是要去搜房間？雲舒知道她絕不能讓這群人隨便進竹園亂搜，若有心人想害她，偷偷把碗帶進去栽贓，她當真是跳進黃河也洗不清！

「不行，今天就我一個人在竹園裡，妳們進去搜，要是把大公子的東西弄壞弄丟了，我怎麼說得清？」

芸娘見雲舒把著門口不放她們進去，臉色頓時不太好看。

「姑娘，雖說妳是大公子的人，可是王家家規嚴格，更別說洛陽的本家了，妳如此為難我們，不曉得大公子知道了，會作何感想？」

雲舒冷笑一聲，說道：「這話可就奇了，不知是我為難妳，還是妳為難我？我見都沒見過妳說的彩陶八福大碗，妳卻一口咬定碗就在竹園裡。若妳們闖進來亂搜一通，沒搜到碗，又當如何解釋？若妳們搜房之後，大公子的東西有遺失，又該怎麼說？」

芸娘氣得喘起粗氣，沒料到這個看起來年紀不大的小姑娘，竟有一張不饒人的利嘴！「既然是在王家，自然要按我們的規矩辦！來人，把她拉開，我倒要看看，妳想藏到什麼時候！」芸娘冷哼道。

雲舒身弱力小，怎敵得過兩個中年悍婦的拉扯？她只能眼睜睜看著這群人衝進園子裡，把她下午才收拾好的竹簡、衣服都抖落在地，急得跳腳卻莫可奈何。

「搜就搜，妳們幹麼把東西到處扔！別亂扔，扔壞了可怎麼好！」

正在雲舒急得眼紅之時，一聲怒吼傳來：「住手！」

雲舒轉頭一看，正是大公子帶著旺叔和顧清回來了，雲舒看到他，如同見到救星一般，說道：「大公子，您可回來了！」

大公子睜著一雙清冽的冷目，掃視了園中眾婦女和丫鬟一眼，那些婦女頓時沒了方才的囂張氣焰，立即低下頭縮起肩膀。

大公子走到雲舒面前，對捉住雲舒的兩個悍婦命令道：「放開她！」

那兩個悍婦一抖，馬上鬆手，跪到一旁。

大公子柔聲問雲舒：「怎麼回事？」

雲舒揉著自己被勒出印子的手腕，說道：「廚房裡丟了一只碗，就因為我中午去大廚房吃了一頓飯，她們就懷疑是我偷的，還闖進園子裡搜查，把東西丟得到處都是。」

大公子會意地點了點頭，慢慢走到自己的案桌旁，看到四散的竹簡，眉頭都皺緊了。他彎身撿起一捆散落的竹簡，不發一語。

芸娘有些害怕，趕緊討好地撿起地上其他書簡，送到大公子跟前，說：「下人不懂規矩，動作大了些……」

「大膽！」大公子突然怒喝出聲，嚇得芸娘連退幾步，手上的書簡又掉落在地。

只聽大公子淡淡地說：「妳們可知，被妳們丟到地上的，是我桑家商隊的帳冊？不知王大當家是否告訴過妳們，私自翻動帳冊，是什麼罪責？」

這段話一說出口，滿園的人除了雲舒、旺叔跟顧清，全部「咚咚」跪下，芸娘則嚇得冷汗直流，一會兒就濕了衣衫。

大公子回頭看了顧清一眼，說：「去請王大當家過來。」說罷就到案前坐下，並對雲舒吩咐道：「雲舒，煮茶。」

古時的茶水跟現代的茶水不同，並不是用炒好的茶葉泡，而是直接用水煮，過濾幾次後，取清湯飲之，過程十分複雜。

雲舒只看翠屏煮過幾次，一時還不太順手。

大公子見她手忙腳亂，便說道：「叫翠屏她們幾個來弄吧。」

雲舒尷尬地停下手，悄聲在大公子耳邊說：「翠屏今天中午突然離開竹園了，到現在都還沒回來。」

大公子眉頭皺得更深了。

雲舒想了想，覺得有一事不能隱瞞，便悄悄說：「大公子，我無意間聽到子菁和子茜講話，得知翠屏原來是王家的二小姐……」

然而大公子卻不如雲舒預料中那麼吃驚，看來他早就猜到一二。

大公子什麼也沒說，只是自己接過手，開始煮茶。

雲舒看到他纖細潔白的五指捏著調茶的茶筅，另一手轉著煮茶的茶釜，當圓潤的指頭和乾淨整潔的指甲蓋從茶釜上劃過，讓她頓時覺得看人煮茶也是種享受。

就在雲舒看得出神時，王大當家跟著顧清匆匆跑來。當王大當家一看到院內的情景，二話不說就向大公子下跪賠罪。

大公子這一次完全冷著臉，並未覺得受不起王大當家的大禮。他雖是晚輩，可他是主人，王大當家即使是一方主事之人，也是桑家的僕人！大公子之前尊他、敬他，是禮，如今問罪於他，則是規矩！

待王大當家將芸娘、春娘劈頭罵了一頓，又再次向大公子賠罪之後，大公子才緩緩道：「王大當家乃桑家在南陽城的主事之人，我原本以為你能將這裡治理得井井有條，沒想到連內院也會出這樣的問題！這些僕人竟然敢肆意搜我的東西、翻我的帳簿，此事傳於他家聽了，豈不是笑話！」

王大當家聽完，立刻說道：「大公子放心，我一定會嚴懲她們，以儆效尤！」

大公子淡淡笑道：「如何嚴懲？」

王大當家看著大公子淡笑，心中有些發怵。「依照家規，私動帳簿的奴役，杖斃！」

「那就好。既然知道，還不動手？」大公子冷冷地說道。

雲舒沒料到大公子竟然能如此狠心，一時愣在了原地。

就在此時，王大當家已下了命令，沒多久，一批大漢便從園外衝了進來，將前來鬧事的幾個僕婦、丫鬟拖出去，執行杖刑。

雲舒聽到外面此起彼伏的叫喊聲，心中突然冷到不行。

她終於認清楚了一個現實，現在身處的時空，是個奴僕沒有人權的朝代！

雖然秦朝的商鞅變法結束了奴隸制，但是在漢朝，依然有很多私屬的奴隸，那不是雇傭制度，而是一種「一切為主所有」的關係。僕役的性命、一生全都被主人掌控，沒有思想、沒有自由，什麼也沒有！

雲舒忽然想到，她跟大公子……現在又是怎樣的關係？不，她絕對不要成為任人宰割的奴隸！

在雲舒感到震驚的同時，大公子仍在處理事情。

他見胡作非為的僕役被處以刑罰之後，臉上的神色才稍緩，命顧清扶王大當家起身。

「王大當家，廚房的僕役誣賴我的丫鬟偷了東西，此事請你務必查清楚，還雲舒一個清白。」

「是、是……」

「另外，翠屏既然做不慣粗活，就不要為難她，我身邊有雲舒服侍，也就夠了。」

此時王大當家再也無法淡定，他原打算等翠屏博得大公子的歡心，再說明翠屏的身分，誰料大公子竟然一語就斷了他所有念想！

大公子雖然說得不算明白，但王大當家怎會不知大公子已經洞悉了他的小心思？失望之下，他只能垂頭喪氣地離去。

王大當家離開竹園後，立即命人全院徹查是誰偷了彩陶八福大碗，一查之下才知道，竟然是翠屏命人拿走了！

原來王夫人下午時差人為翠屏送去一缽剛摘下來的櫻桃，翠屏見那櫻桃又圓又紅，好看得捨不得吃，便命子菁去廚房取一個漂亮的碗來裝。

豈料子菁從廚房取了碗就走，誰也沒通知。而廚房眾人也不知翠屏已回到自己的院落裡，以為她們還在竹園，壓根兒都沒朝她那邊想過，因此才有了這一場誤會。

當翠屏知道因為這只碗，父親杖斃了好幾名下人，一時之間嚇得說不出話。

當王大當家知道女兒私自回到自己的小院，不願服侍大公子之後，則是氣得跳腳。

他氣呼呼地找到翠屏之後，唸了她一頓，豈料翠屏還嘴硬地說：「女兒昨晚聽父親說，以後桑家二夫人會得勢，所以才以為大公子沒有伺候價值了……」

王大當家立即劈頭蓋臉罵道：「我告訴妳那些事情，是告訴妳以後去了本家，要對二夫人尊敬一些，哪裡告訴妳不要伺候大公子了？老太太和老爺都很看重大公子，二公子現在還是個學走路的娃娃，以後近身伺候他的人多得是，哪輪得到妳？」

翠屏被父親這麼一頓訓斥，頓時縮著頭不敢大聲說話。

王大當家因今日種種事情，心情非常不好，他繼續喝斥道：「我怎麼生了妳這個沒眼界的東西！大公子始終是大公子，他是正室大夫人生的嫡子，就算大夫人不在，二夫人扶了正，做了繼室，二少爺的嫡子地位也沒有大公子的穩妥！妳怎麼稍看到一點變動，就動搖立場？如妳這樣，能成什麼氣候？」

翠屏眼淚都要流出來了，她低聲對父親說：「女兒知錯了，我會好好服侍大公子。」

「哼！」王大當家冷哼一聲說：「晚了！大公子已經發話，不要妳服侍了！」

翠屏聞言，頹然跌坐到椅子上，王大當家恨鐵不成鋼地瞪了她一眼，便拂袖離去。

第八章 尋找門路

竹園內，雲舒默默收拾著凌亂的房間，大公子則坐在油燈下發愁，時不時傳來輕輕的嘆息。

雲舒因看到好幾個原本活生生的人被下令杖斃，想起自己被卓成殺死的事情，一時感嘆起生命的艱難和脆弱，有點回不過神來。

收拾到一半，大公子突然出聲喚她。「雲舒，妳坐過來陪我說說話。」

雲舒放下手中的書簡，依言跪坐到大公子下方。

大公子覺得雲舒是個聰明的女孩，現在自己遇到難題，便想同她說一說。

今日他去拜訪鍾老爺，等了許久才匆匆見到他一面。在大公子跟鍾老爺攀談的過程中，只要大公子提及他那嫁給魏其侯的三子竇華做小妾的么女鍾薔時，鍾老爺就會岔開話題，根本不願提及她。

後來，大公子花了些錢向鍾家僕人打聽，才知道鍾老爺對么女的婚事極不滿意。

作為排名最小的鍾家女兒，也是唯一一個嫡女，鍾老爺原想把她許配給一個大戶商人的兒子，當作生意上的聯姻。誰料鍾家么女與出門遊玩的竇華一見傾心，私下行了苟且之事，甚至與他私奔至長安。

聽說鍾家么女離家至今已有兩年，鍾家都沒跟她聯繫過。

得到這個消息之後，大公子心中頓時發涼，他想透過鍾薔穿針引線的計劃似乎行不通了……

「這件事情實在棘手，我和旺叔一時竟想不到主意！若我就這樣空手而歸，必定會讓父親失望……不過好在明天鍾老爺要在府中設宴請我為客，還有一次機會。」

雖然大公子眼中滿是失望，然而雲舒聽了整件事情之後，倒不覺得很難辦，心中也已有了主意。

「鍾家么女雖惹鍾老爺氣惱，但兒是母親的心頭肉，她們母女兩年未聯繫，鍾夫人必定非常思念她。大公子不如修一封書信給鍾夫人，我明日藉著去鍾家赴宴的機會，向鍾夫人提及此事。」

大公子眼神驟然發亮，一盞豆大的油燈映在他眼中，彷彿是熊熊烈火。「雲舒，妳果然聰明！」

雲舒謙虛地笑道：「大公子是當局者迷，一時著急，難免想不到。」

大公子很是高興，立即命雲舒研墨，提筆寫信給鍾夫人，表明自己不日就會前去長安，可以替她向女兒捎話或帶東西。

第二日，大公子一直熬到晚宴時間快到的時候，才帶著雲舒出門，前往鍾府。

到了鍾府，便有人一路引著大公子往宴廳走去，等大公子到了宴廳時，正好有個中年人從屏風後面走了出來，他笑著對大公子說：「這幾日委屈了賢姪，今日伯父便陪賢姪好好飲幾杯，當賠罪了。」

大公子急忙躬身行禮道：「姪兒不敢當。姪兒今天前來，特奉父親的意思，為伯父和伯母帶了一些禮物。這尊財神金像送給伯父，祝伯父財運亨通，另外那些則是洛陽的一些胭脂水粉，我這丫鬟對這些用品別有研究，特來呈給伯母，祝伯母青春永駐。」

大公子一席話說得鍾老爺哈哈大笑。「賢姪真是有心了，替我多謝謝你父親！」說著，鍾老爺吩咐一旁一個丫鬟道：「來，把這些東西給夫人送去。」

大公子朝雲舒使了個眼色，雲舒便跟著那丫鬟走入鍾府內院。走了很久，她們才來到一間有燈光傳出的屋子前。

「姑娘請跟我來，我家夫人就在裡面。」

古代沒有電燈，看不清楚院落的樣子，不過進入房間之後，在昏黃的油燈下，雲舒還是看出這間屋子的典雅雍容，不愧是正室夫人的寢室。

領路丫鬟交代雲舒在原地等待，向前朝薄帳內的鍾夫人說明禮物的由來，以及雲舒的身分。

沒多久，帳內傳出略顯滄桑的女聲：「嗯，沒想到桑老爺還記得咱們，最近雖沒怎麼走動，總歸是十幾年的交情，真是難為他這份心思了，替我謝過妳家老爺。」

雲舒趕緊說道：「我這裡還有一份我家主人給夫人的一封書信，還請夫人看看。」

雲舒這話說得很隱晦，並沒有說明到底是誰給鍾夫人的信。只見她從懷裡掏出極薄的一卷竹簡，交給從帳內走出的一個丫鬟。

不過片刻時間，房間裡的紗帳便被一個中年女人掀開。那女人身形消瘦，臉色白中帶黃，在昏黃燈光的映襯下，更顯憔悴。

「雲舒見過鍾夫人。」看來鍾夫人的身體不太好呀！雲舒暗忖。

鍾夫人踉蹌了幾步，走到雲舒面前，神情激動得不得了。

「來，我們坐近些說話。」鍾夫人牽著雲舒乾瘦的小手走進帳內，又對自己的丫鬟吩咐道：「去倒杯水來給客人喝。」

打發走屋內的閒雜人等後，鍾夫人顫抖著握住雲舒的手，急匆匆地問道：「桑大公子信上說的話當真？」

雲舒真切地點頭，道出之前與大公子商量好的說辭。「自然是真的！我家大公子年幼喪母，飽受思念母親的痛苦，自他昨日聽說鍾小姐的事情之後，便為鍾小姐和夫人憂心。大公子料定夫人思女心切，正巧我們下月就要去長安，若能幫夫人帶個話、傳個信，以解相思之苦，何樂而不為？」

鍾夫人的眼眶頓時發紅，她低頭用手帕捂住嘴，塞住了哽咽抽泣的聲音。她強忍住淚水，輕聲說：「我家老爺不准我與薔兒傳信，我現在也沒時間寫書信，妳就幫我傳個信物，再帶幾句話就好了。」

說著，鍾夫人將自己手上的玉鐲摘下，用手絹包起來遞給雲舒，說：「這只鐲子我原打算在薔兒出嫁時給她，誰料我竟沒能看到她穿上嫁衣！妳幫我帶給她，就說娘不怪她，只要她過得好，娘就安心了。」

雲舒慎重地把玉鐲放進自己懷裡，並保證道：「鍾夫人放心，我和我家大公子一定幫夫人把話帶到，等見到鍾小姐過後，必定送回鍾小姐的書信以作憑證。」

鍾夫人激動得頻頻點頭，口中忙說好。

雲舒未作久留，取了東西之後便回宴廳，對大公子笑著點了點頭，再拍拍胸脯，表示一切順利。

大公子見了，心中大石總算落地。

晚宴過後從鍾家出來，大公子從雲舒手中接過手絹包起來的玉鐲，又聽雲舒說了鍾夫人囑託的話，不禁再次感謝道：「雲舒，這次多虧妳的主意，不然我還真想不出怎麼搭上魏其侯。事成之後，我必定重賞妳！」

雲舒淺笑道：「我的命是大公子救的，幫大公子排憂解難，是我該做的事，能幫上忙，我也很開心。」

大公子凝視著雲舒，心中感慨萬千。雲舒懷才不露，聽到重賞也不特別欣喜，當真是沈著有謀的一個人，他一定要好好珍視她！

之後的日子裡，大公子開始準備回洛陽的事宜。

自竹園杖斃僕役之事後，王大當家對大公子更加盡心盡力，幾乎事事俱全，就差隨身伺候左右了。

大公子那天下午發過脾氣之後，又像之前一樣笑呵呵，對王大當家也是彬彬有禮，似乎那個命人杖斃僕役的人，並不是他。

這日正在用午膳，王大當家坐在大公子下首，兩人相談甚歡，此時大公子突然開口說：「這幾日叨擾王大當家了，我準備明日一早就啟程回洛陽，旺叔守著商隊裝載貨物，晚兩天隨後而行，可能需要王大當家多看顧一些。」

旺叔帶回去的貨物是要提供給本家的，王大當家自然不會疏忽。

「這是當然，大公子請放心。只是……」王大當家猶豫地說：「大公子之前打算在南陽停留十天，這才過沒幾天，大公子怎麼就要啟程了？我還未能盡地主之誼呢！」

大公子臉上掛著長年不變的笑容，說道：「之前以為養傷需要多一點日子，如今我腳上的傷已好得差不多，加之我出門多日，思家心切，能早一日回去，便是早一日。」

王大當家知道大公子是已經拿定了主意才會跟他說，再勸也沒有用，於是便要大公子路上保重，凡事小心為上。

當公雞報曉、朝陽初昇之時，一輛馬車，加上一些護衛，在南陽城的城門打開之時出城。

馬車裡坐著大公子、雲舒和顧清三人。

因大公子想把雲舒培養成心腹，所以少不得要對她說一些桑家的情況，免得她入府之後一不小心說錯話、做錯事，一切就完了。正因如此，雲舒知道了很多以前她不曉得的、關於桑家的事。

大公子是桑家嫡長子，生母是桑家前任主母鄭氏。鄭氏生了一兒一女，女兒是桑家的嫡長女，也是大公子唯一的同胞姊姊。

按理說，鄭夫人兒女雙全，理應很享福，卻不料身體不好，在大公子五歲的時候過世了。現任主母則是二夫人田氏，田氏生有兩女一子，這兒子便是二公子。

桑家除了田氏，還有三名姬妾，不過這三名姬妾都只各生了一個女兒，之後便沒再生育了。

說到二夫人田氏，大公子多介紹了一些。

田氏的娘家原本是長陵一個普通商戶人家，田氏的父親田甫有個族兄，娶了個寡婦，這個寡婦帶著一兒兩女，族人因此瞧不起他們。

誰知那寡婦時來運轉，兩個女兒都被選入宮中，大女兒更是為先皇生下三女一子，被先皇封為「王美人」！

更讓人想不到的是，這王美人生下的十皇子在七歲那年被冊封為太子，正是今年剛剛登基的新帝劉徹。

田家人因這個連帶關係，一躍成了皇親貴戚。桑老爺見二夫人的娘家強大了，便將田氏扶上正位，成了桑家的繼室主母，她的兒子、女兒也順理成章成了嫡子、嫡女，大公子的身分在府內不知不覺間便有些尷尬了。

雲舒靜靜聽著大公子講述這些事情，並努力把這些人與她所知的歷史人物對上位置。

雲舒只知道劉徹有個舅舅叫田蚡，他是王太后同母異父的弟弟，在劉徹登基後，一路直升到太尉，是個很關鍵的人物。

至於桑家這位二夫人，雖然她跟田蚡的親戚關係扯得有點遠，但也確實存在，怪不得二夫人的氣焰日漸升高。

顧清在一旁聽到這些，不禁為大公子打抱不平，嘀咕道：「二夫人一天到晚說王夫人是她的堂姊，十皇子是她的外甥，只可惜，別人知不知道她這號人物，還不好說呢！」

大公子語氣平淡地糾正道：「王夫人已是當朝太后，十皇子也已登基為帝，顧清你該換換稱呼了。」

顧清更加鬱悶，說道：「還沒回家我就能想像二夫人那張嘴臉，『外甥』當了皇帝，好了不起！」

大公子知道顧清的性子，勸解道：「在我面前說說也就罷了，回到家裡，萬不可對二娘不敬，小心吃棍子。」

顧清聽後癟了癟嘴，不再言語。

雲舒對桑家有了一定程度的了解之後，更想弄明白自己日後的處境，便問：「回到洛陽，我還是在大公子身邊服侍吧？」

大公子沈吟道：「我自然想留妳在身邊，只是家中規矩多，我院裡的丫鬟名額已滿，妳恐怕得先在其他地方做一段時間的活兒，我會再想辦法把妳調到我身邊。」

聽到這個結果，雲舒有點失望，但她也知道這事不能強求。

只不過，雲舒還是微微有些不安，不知道以後服侍的人會不會像大公子一樣好脾氣、好說話，她只求自己千萬不要遇到一個會隨便打罵下人的主子。

第九章 洛陽桑家

沒有商隊貨物的拖累，從南陽到洛陽的四百里路只花三天就趕到了。

大公子帶著顧清、雲舒走下馬車，一個略顯肥胖的中年男人急步走上前來，臉上帶著喜色，樂呵呵地湊到大公子面前，說：「大公子可回來了！老夫人自從知道大公子今日回家之後，就差人詢問好多次，可把大公子盼回來了。」

大公子點了點頭，說道：「差人去跟奶奶說，我先去見過父親，一會兒就去給她老人家問安。」

那男人應道：「老爺跟二爺、五爺在書房議事，之前也傳人詢問大公子是否回來了，大公子回來得正是時候，我這就帶公子過去。」

大公子回身對顧清說：「你先帶雲舒去明管家那裡領差事，等把她安頓妥當了，再來回話。」

聞言，等著替大公子領路的中年人，抬起一雙賊靈的鼠眼打量雲舒，暗自猜測她的來路。他見這小姑娘並不好看，看起來極為普通，甚至有點寒酸，也不知大公子為何會如此關照她。

大公子跟中年男人離開後，顧清對雲舒說：「剛剛說話的是方管家，屬於二等管家。他是極勢力的一個人，對一般下人非打即罵，妳要當心點，不過他與妳關係不大，避著些就是了。」

剛到一個新環境，熟悉這裡的人物和彼此的關係，是極重要的一件事。顧清肯對雲舒說這些，表明他跟大公子一樣，把雲舒當作自己人了。

雲舒用心記下，並感激地對顧清道謝。

接著她跟隨顧清來到內院，內院的佈置十分講究，雖不見金銀玉石，然而那分典雅的氛圍，不似商賈之家，倒像書香門第。而雲舒在路上見到不少匆匆來往的僕人，個個都屏氣凝神，十分懂規矩的樣子，讓雲舒更加忐忑——看來桑家規矩很嚴格呢！

兩人穿過一片迴廊之後，終於來到一個整齊乾淨的院落。

在走進院落之前，顧清對雲舒說：「明管家是後院的大管家，除了夫人、公子、小姐們，大家都得聽明管家的，老爺對明管家也十分器重，妳千萬不可得罪他。這個院子是二夫人和明管家平日處理事務的地方，丫鬟、僕婦要辦什麼事，都必須在這裡回話。來，跟我進來吧。」

兩人走進院落之後，正巧遇見一個身形窈窕的少女拿著一個紅繩串的木牌從屋子裡走出來。顧清見狀，急忙攔下那少女。

「杏雨姊姊，多日不見，姊姊又更漂亮了！」

那少女瞪了顧清一眼，假意嗔怪道：「皮猴兒，跟大公子出去玩了一陣子，嘴巴越發油滑了。」說完了這一句，少女便收斂起笑容，正經地問道：「怎麼這麼早回來？不是說月底才會回來嗎？」

顧清回道：「事情辦得順利，大公子又怕老夫人掛念，便早早回來了。杏雨姊姊，二夫人和明管家在裡面嗎？我來替大公子辦點事。」

杏雨一雙眼睛早看到站在顧清身後的雲舒，在她身上打量個不停。聽到顧清問話，她轉眼看向他說：「先前二公子在屋裡哭鬧，二夫人剛過去看他，只有明管家一人在裡面，你有什麼事就快去吧。」

杏雨跟顧清很熟，知道二夫人經常會故意找大公子麻煩，顧清攔下她說話的意圖，她心中明瞭，便直截了當地跟顧清說了。

顧清高興地謝過杏雨，杏雨則因為還有事要辦，匆匆離開了。

「杏雨是老夫人跟前的二等丫鬟，因老夫人疼愛大公子，所以老夫人房中的人對我們一向很親厚。」顧清說完，便帶著雲舒走進正屋。

雲舒小心翼翼跟在顧清身後，低眉順眼地走進屋內。屋裡很敞亮，只有一個穿著煙綠色漢服的女子跪坐在一張書案後，書案上擺了高高的書簡，擋住她大半個身子。

雲舒沒想到明管家竟然是個女子，而且年紀也不算大，二十出頭的樣子。圓潤的鵝蛋臉上五官分明，雖說不上極美，但也稱得上是明麗佳人。

顧清站在門邊開口說：「顧清給明管家問安，奉大公子之命，給明管家送一個人來。」

明管家抬眼看了一下他們，語調柔和地說：「上前來說話，站那麼遠做什麼？」

顧清嘻嘻哈哈地走上前去，說道：「我這不是怕打擾明管家辦事嘛！」

明管家不與他廢話，直接問道：「這女孩哪裡來的？」

顧清也收起嬉皮笑臉，說：「她叫雲舒，是大公子在路上救的流浪兒，因見她身世可憐，卻能識字算術，大公子不想可惜了這麼個人，所以帶回府來。」

明管家放下手中的毛筆，略微驚訝地看向雲舒，問道：「會識字算術？」

雲舒點點頭，輕微地應了一聲。

明管家見她有點膽怯的樣子，越發溫柔地說：「不用怕，到我身邊來，我問妳幾個問題。」

雲舒悄悄看了顧清一眼，見顧清點頭，便小心翼翼走到明管家身邊。

明管家問她：「能識多少字？算術又懂多少？」

雲舒摸不準明管家的性子，不敢顯得太狂妄，也不敢表現得太沒用，於是斟酌著說：「字認得還算全，不過太難的文章，就不懂是什麼意思了。算術跟著我爹學了一些，尋常小生意的帳，還算得清。」

明管家看她說話有分寸，性子也不像會招惹是非的，對她很是滿意。明管家從書簡裡挑了一下，遞給雲舒一份，吩咐道：「讀最後一段給我聽聽。」

雲舒接過書簡，唸道：「春，各房大丫鬟製新衣，共二十五套，總計四千錢。」

明管家點點頭，這叫雲舒的女孩讀得很正確，果然識字，於是又問：「那每套成衣，花了多少錢？」

雲舒在心中除了一下，四千除以二十五，很好算。「每套成衣一百六十錢。」

雲舒幾乎是不假思索就說出答案，著實把明管家嚇了一跳。「雲舒莫非跟大公子一樣，會心算？」

顧清在旁忙說道：「可不是嘛！大公子知道她的算術本事之後，也嚇了一跳呢！」

明管家再次打量了雲舒一番，這次眼神中明顯帶著賞識。她對雲舒招手，說道：「瘦成這樣，怕是挨了餓吧？可憐，多大了？」

雲舒也不知自己這身體到底多大了，於是估摸著說：「回明管家的話，我十四歲了，先前家裡被洪水沖垮，在路上被人騙走了錢，又受人欺負，幸好大公子救了我，求您讓我服侍大公子，以報救命之恩吧！」

明管家對雲舒的請求不置可否，她側頭想了一會兒，便說：「既然是大公子特地帶進府的，想來不差。做粗使丫頭可惜了，可是大丫頭的名額都滿了，大公子那邊塞不進人，讓妳去哪裡做活比較好呢……」

因大公子囑託在前，顧清想儘量把雲舒留在大公子身邊，於是說：「明管家，東升去外面放差了，大公子身邊的小廝名額還差一個呢，您看，能不能讓雲舒頂替東升的名額？」

「東升？」明管家挑了挑眉，倒是認真地思考起來。

顧清打鐵趁熱說：「東升之前一直陪大公子讀書，書房也交給他整理，這些事情雲舒都能做。反正現在一時也找不到人補東升的差事，不如就先讓雲舒試試吧！」

明管家眼神閃爍，看了顧清幾眼，大致明白顧清說的這些話，極可能就是大公子本人的意思。而桑府內一時找不到合適的書僮陪大公子讀書也是事實，讓雲舒試試並沒壞處，不如順水推舟賣大公子一個人情。

這樣想著，明管家便點了頭，說：「那就讓她試試吧，這可是大公子自己挑的人，若用得不好，可不能怪我頭上來。」

雲舒和顧清都高興得不得了，顧清忙說：「謝明管家！您的好，大公子會記得的！」

明管家笑了笑，伸手翻出一個竹簡，說：「來把契約簽下，就可以了。」

雲舒心中打了個突，顫顫巍巍地接過明管家手中的書簡。難道……這就是傳說中的賣身契？

雲舒心裡著實發慌，甚至有點不敢看書簡的內容。若他們真的要她簽賣身契，該怎麼辦？她如果不簽，被趕出桑府該怎麼活？如果簽了，那可是出賣自己的身心和一切啊！

雲舒內心正糾結著，就聽到明管家說：「這是五年契，領的是書僮的工錢，看清楚了，就在最後面按個手印。」

雲舒頓時狂喜不已！只有五年，看來不是一輩子的賣身契了！

她趕緊打開竹簡，細細看了一遍。果然沒錯，契約時效是五年，五年過後，她就是自由身，如果那個時候桑家要繼續雇用她，再續簽就行。

雲舒細細盤算，五年大概夠她學會怎麼在古代生存，到時候一定能夠另謀出路，不用為奴為僕了！

她毫無異議地按了手印之後，把契約交給明管家。

明管家收起契約，而後從一個竹筒裡拿了一個牌子，對顧清說：「帶她下去安頓吧。」

顧清領了牌子，帶著雲舒走出院落，他邊走邊說：「妳雖頂的是書僮的空缺，但是不能跟我們男子一樣住在外院，還是要跟大公子住在內院。我現在帶妳去趙大嬸子那裡領東西，她是我的表嬸，內院丫鬟的物品發放，都由她管。」

雲舒觀察大家對顧清的態度，又聽到他說的這些話，心中暗想，顧清能夠成為大公子的貼身小廝，只怕他家在桑家的僕人中有點地位。

有顧清帶路，一切都很順利，雲舒領到生活用品之後，便抱著鋪蓋往大公子住的「筠園」走去。

筠園內的大丫鬟有四個，名字是鋤芳、閒雲、漁歌、晚晴，粗使丫頭另有四個，名字是茉紅、清泉、墨鐲、丹秋。

當顧清向雲舒介紹這些人時，她瘦弱的身子正被鋪蓋擋在後面，只得歪著腦袋一一探視，然後笑著說：「各位姊姊、妹妹好。」

顧清常來筠園玩，跟這些丫鬟的關係都很好，他對這些丫鬟介紹雲舒時，特地說：「這是大公子帶回來的人，妳們得多照看些。她年紀小，懂的又不多，別欺負她。」

園子裡的丫鬟都圍在一旁看熱鬧，待顧清說完之後，就有一陣笑聲傳來。

雲舒循聲望去，只見一個少女倚在正房門前，她身穿鵝黃色漢服，把頭髮斜斜攏在肩頭，有種慵懶的嫵媚，只聽她說：「這麼瘦小個人兒，全被棉被擋住了，乍一看，還當顧清你送了床棉被過來當書僮，當真要笑死我了。」

顧清忙拉著雲舒說：「這是鋤芳姊姊，不僅人長得好看，心眼兒也好，妳以後可得仰仗她的照拂。」

雲舒見顧清朝她使眼色，忙應聲喊道：「鋤芳姊姊好。」

鋤芳皮笑肉不笑地看了雲舒一眼，便轉身走進正屋，並不理會她。

顧清趕緊小聲在一旁說：「鋤芳性子很傲，妳別放在心上，不要跟她頂嘴，忍讓一些就好。」

雲舒點了點頭。人在屋簷下，不得不低頭，她要想過上安穩的日子，就要跟這些人相處好，哪怕有些困難……

一個淺粉色漢服的清秀女子走了過來，伸手幫雲舒拿起快掉到地上的鋪蓋，說道：「妳叫雲舒對嗎？來，我帶妳去妳的房間。」

顧清笑道：「我就知道晚晴姊姊最好！」

顧清將雲舒交給晚晴之後，就說：「我該去找大公子了，大公子今晚八成要在老夫人那邊吃飯，妳們要不要來個人跟我一塊兒過去，問問大公子晚膳在哪邊用？」

晚晴喊道：「丹秋，妳隨顧清去吧，記得路上別貪玩，早點給我們帶話回來，不然誤了點，看我罰不罰妳！」

話聲剛落，一個活潑的女孩便從廊簷下跑出來，隨顧清離開了。

雲舒被晚晴安置在筠園後面一個小單間中，旁邊就是筠園小丫鬟們合住的大房，前面一排則是四個大丫鬟住的單房。這間房雖不大，沒什麼東西，但該有的都備齊了，雲舒也就不多求其他。

鋪好鋪蓋，雲舒坐在床上吁了口氣，她看看簡陋的房間，喃喃自語道：「以後很長一段時間，大概都要在這裡度過了吧！」

雲舒住的房間大概很久沒人住，有些黴味，灰塵也很多。之前晚晴向她介紹了一下筠園的情況，於是雲舒便端起自己的木桶，往水井旁走去，她要打水打掃屋子。

古代的水井打水不是很方便，雲舒將木桶丟進井裡，左右搖晃繩子，卻怎麼都打不起水來，一時之間頭上急出了一層薄汗。

正在焦急時，從外面回來的小丫鬟丹秋向她跑了過來。

「咦，妳是要打水嗎？」

雲舒尷尬地點了點頭，說：「我……不太會用……」

丹秋笑嘻嘻地走上前，熟練地開始幫雲舒打水，雲舒不好意思地連忙道謝，不料丹秋卻說：「謝什麼，園內的粗活本就該由我們來做。雲舒姊姊有什麼要幫忙的，直接開口就好啦！」

雲舒感激地看著丹秋，這小姑娘活潑可愛，心眼又實誠，真是個好孩子！

打滿一桶水之後，雲舒和丹秋一起把水提回房裡，丹秋自告奮勇幫雲舒打掃整理，熱情得讓雲舒很不好意思。

「雲舒姊姊，聽小清哥說，妳讀過書，會識字，是真的嗎？」丹秋好奇地問道。

雲舒點了點頭，立即看到丹秋的雙眼露出羨慕崇拜的眼光。

「原來小清哥沒騙我，雲舒姊姊真的識字！真好，我們這些做丫頭的，什麼都不認識呢！以前大公子說要教我們，可是真難，大家只學了一下子，就全都不學了。」

雲舒笑呵呵地說：「萬事起頭難，堅持下來慢慢學，總能學會。」

丹秋欣羨地說：「雲舒姊姊說話跟大公子一樣，都有道理！」

雲舒的房間即將打掃完畢時，就聽見有人在院子裡大聲說道：「到處都找不到丹秋那丫頭，不知又跑哪兒玩去了！」

丹秋聽到有人找自己，趕緊從窗子探出頭去，說：「我在這裡幫雲舒打掃屋子呢！」

院子中央站了一個瘦削的女子，她眼睛大又漂亮，但因為顴骨高高凸起的原因，顯得有些怪異。

丹秋笑嘻嘻地問道：「漁歌姊姊找我做什麼？」

漁歌瞪了丹秋一眼，對她說：「這都什麼時間了，還不去將大家的晚膳領來？快餓死我了。」

丹秋低呼了一聲，跳著跑出去，說道：「一眨眼就這個時辰了，我這就去！茉紅、茉紅，快跟我去領飯！」

隨著丹秋的呼喊聲，一個穿紅色碎花衣服的女孩從大屋裡跑出來，跟丹秋兩人嘰嘰喳喳地跑遠了。

雲舒想到丹秋這個熱鬧活潑的小女孩，不禁會心地笑出來。

漁歌看了眼站在窗前淺笑的雲舒，覺得這小姑娘雖然長得不算好看，但給人的感覺挺舒適，於是情不自禁地提醒了一句：「一會兒早點來側邊的耳房吃飯，來晚了可別說我們欺負妳，不留好吃的給妳哦。」

「嗯，謝謝妳！」雲舒點了點頭，真心地道謝。

漁歌沒再多說什麼，扭身向前院走去，走沒幾步，又聽見她大聲訓斥道：「清泉，妳坐著發什麼愣，還不擺碗筷去！一會兒飯菜來了，妳還想不想吃？」

坐在樹蔭下數葉子玩的清泉聽到漁歌的喝斥，如同受驚的羔羊一般，立即跑進耳房裡做事去了。

漁歌又在後面吼道：「玩了灰的手，妳不洗洗？若惹得大家鬧肚子，如何是好？」

聞言，原本已經跑到一半的清泉，又跑向井邊洗手去。

雲舒看到這些，忍不住在心中偷笑。漁歌看似潑辣，卻像是個面硬心軟的人呢！

隔沒多久，丹秋和茉紅就抬著一個大食盒和一桶飯回來，雲舒趕緊走過去幫她們抬飯菜。

筠園裡九個丫鬟，只有八碟菜，茉紅對監督她們做事的漁歌說：「廚房的沈娘不知道我們院裡多了一個人，只肯給我們八個人的菜，我和丹秋說了半天，她都不肯給我們加菜，不過米飯倒是多分了一些給我們。」

漁歌轉頭問雲舒說：「明管家給妳的牌子收好了嗎？」

雲舒把牌子從腰間拿出來，說：「貼身帶著呢。」

漁歌伸手把雲舒一拉，說：「走，我們上大廚房說理去！」

雲舒心中一慌，剛來桑家就去找人吵架，不太好吧？可她又不敢拂了漁歌的意思，一時不知所措地被她拉著朝外走去。

就在這時，晚晴從外面走了進來，對漁歌勸道：「八個菜也夠咱們九個人吃了，一人少挾一筷子就是，何苦現在跑去跟沈娘吵架？一會兒吃了飯，我們再拿著牌子去跟沈娘叮囑一下，從明日起，自會加上雲舒妹妹的分，又何必急在這一時？」

雲舒聽了忙點頭，是啊，何苦為了一頓飯吵架傷和氣？「我今晚只吃米飯也行，漁歌姊姊別為我的事跟別人吵架。」

漁歌聽她們兩人這麼說，氣得甩手說：「罷了罷了，妳們兩人都這樣沒骨氣，自己分內的也不知道爭，每回總是我當惡人強出頭！」

晚晴柔和地笑道：「我們偏偏就少不了妳這個『惡人』，沒有妳，我們不知被外面的人欺負成什麼樣了。不過今天是大公子回來第一天，我們總要為大公子想些，如果沈娘鬧到二夫人那裡去，豈不是給大公子難堪？」

晚晴如此勸說了一番，漁歌才作罷。

「罷了罷了，咱們今晚就少吃些肉，多給雲舒吃點，妳看她那小身板瘦的，看著都憂心。」

說話間，其他人也陸陸續續來到耳房了，鋤芳、閒雲、漁歌、晚晴四人在前面左右分兩邊坐下，雲舒坐在她們下首，再下首就是丹秋等四個小丫鬟。

丹秋緊挨雲舒坐著，頻頻把自己的蒸肉丸子、青菜挾給雲舒吃，雲舒怪不好意思的，忙送回去，說道：「妳要做力氣活兒，不吃飽怎麼行？」
丹秋笑嘻嘻地說：「我每頓吃兩碗飯呢，有米飯就夠了！」
兩人正推讓著，突然有人敲門，眾人轉頭看過去，猜測這吃飯的時候，誰會有事來找？
雲舒下午剛到桑家，還不認識幾個人，但門前這個人她湊巧知道，正是下午在明管家院子裡遇到的杏雨。
杏雨是老夫人跟前的二等丫鬟，論等級，比晚晴等人要低，但因為杏雨很受老夫人喜歡，所以眾人對她十分客氣。
晚晴率先站起來問道：「杏雨妹妹怎麼這個時候來？可是大公子在老夫人那裡有什麼吩咐？」
杏雨走進來按住晚晴站起的身子，說道：「妳們繼續吃飯吧，我就是來找一個人而已。」接著她杏眼一轉，看向雲舒說：「雲舒，老夫人要見妳呢，快隨我來吧。」
雲舒吃驚地站起身，不知道老夫人怎麼會要見她？
漁歌也放下筷子，凝神問杏雨道：「是不是用她做書僮不合規制，老夫人不同意了？」
杏雨嫣然一笑，說：「妳們放心吧，老夫人笑呵呵的，不像是生氣的樣子，應該沒什麼壞事。」說完，又衝雲舒招了招手。
雲舒不敢耽擱，快步隨杏雨往老夫人所在的萬福園走去。
這兩人剛走，筠園的耳房裡就炸開了鍋，紛紛議論起雲舒。
丹秋一臉擔憂地說：「雲舒姊姊不會出什麼事吧？之前新柳姊姊就是這麼一去再也沒回

來了。」

她之所以這麼擔心，是因為老夫人對大公子園子裡的丫鬟管得相當嚴，之前就有一個叫做新柳的丫鬟，被人說成是狐狸精勾引大公子，便被老夫人逐出桑家，發放到外面做苦役。雲舒是被大公子在路上救回來的，少不得會惹老夫人疑心。

鋤芳悠閒地吃著飯，冷笑一聲，對丹秋說：「她長得那副模樣，能出什麼事？妳這丫頭安心吃飯吧，她是妳什麼人，惹得妳這麼掛心？」

丹秋癟了癟嘴，不敢跟鋤芳頂嘴，只好埋頭吃飯。

第十章　賜衣風波

夕陽下，杏雨帶著雲舒穿梭在桑府後院的花徑中。雲舒心中有些忐忑，但看杏雨臉上笑盈盈的，便略微放心。

快到萬福園時，杏雨突然回頭問道：「聽說妳是被大公子從河裡救起來的，是嗎？」

雲舒點頭道：「是，若不是大公子，我早就被淹死了。」

杏雨又說：「聽說妳能識字、會算術，妳落難之前，家境想必也不差吧？」

雲舒敷衍道：「不過是尋常小戶人家，因父親只有我一個女兒，便把平生所學都教給我，我也只學得父親的一二，算不得什麼。」

杏雨看她說話本本分分，想必問不出其他事，接下來索性不說話了。

等她們到了老夫人的萬福園之後，園中氣氛為之一變，傳送飯菜的僕役和在門外候命的丫鬟們，各個斂聲屏氣，恭肅嚴整。雲舒眼觀鼻、鼻觀口、口觀心，不敢隨意張望，老老實實地跟著杏雨往裡走。

待兩人走到暖閣門外，一個脆聲的丫鬟向內說道：「老夫人，杏雨將人領來了。」

暖閣內傳出一道威嚴的男人聲音。「還不領進來讓老夫人看看？」

雲舒心中犯疑，怎麼會有中年男人的聲音？不過她略微一想就猜到，大公子之前去書房跟老爺彙報事情，說不定他們父子兩人說完事情，就一起來向老夫人請安了。

當雲舒走進暖閣時，就見裡面坐著一位不算很老的夫人，估計也就四、五十歲，老夫人身旁坐著一個面相威嚴的中年男子，而大公子則垂手肅立在中年男子身後。中年男子雖然有些年紀，但依舊是位美男子，大公子跟他長得非常像，這讓雲舒更加肯定自己的猜測。

「雲舒拜見老夫人、老爺、大公子。」

縱使跪在地上低著頭，雲舒也能感受到幾雙眼睛正在盯著她瞧。

老夫人溫厚的聲音從她頭頂上傳來。「妳就是雲舒？站起來回話。」

雲舒聞言站起身來，微微低著頭。

老夫人一雙銳利的眼神在雲舒身上掃來掃去，沈吟半天才說：「模樣長得一般，看來腦袋比皮相更體面。」

雲舒聽到這一句話，差點岔過氣去。老夫人這是誇她還是損她？她一時之間真不知該笑還是該哭。

桑老爺低咳一聲，說道：「雲舒，聽弘兒說，製作表格的記帳方法，是妳教他的？」

雲舒頓時明白自己為什麼被傳召來這裡了，原來是因為表格！大公子也真是個老實人，怎麼沒把功勞攬在他自己身上呢？

雖然想了很多，但雲舒抓不準老爺對她的態度，不知該怎麼回話，於是抬頭向老爺身後的大公子瞟了一眼。

大公子微不可見地對她點了點頭，臉上和煦的微笑和眼神中的讚賞讓雲舒頓時有了自信和勇氣，於是回話道：「回老爺，表格是我從先父那裡學來的，見大公子用得上，便告訴他了。」

桑老爺滿意地點了點頭說：「看來妳父親是個博識的人。」

雖沒有直接表揚雲舒，但雲舒感覺到老爺對她很是讚賞。

大公子趁著這個機會說：「奶奶、父親，雲舒雖然是個女子，但是懂的東西並不比男子少，孩兒身邊正巧沒這樣一個人，你們就讓她做我的書僮吧。」

桑老爺端起茶盅喝了一口，並沒有說話，大公子便把眼睛放在老夫人身上。老夫人垂下眼睛，不停轉動手上的金戒指，好半晌才開口。

「我原就不願在你園裡安置那麼多丫頭，不過是想著孫兒可憐，那麼早沒了娘，身邊必須有幾個細心的人照顧，這也就罷了。可是你連書僮都要用個丫頭，到時候帶出你一身脂粉氣，那可怎麼好？」

雲舒一顆心「咚咚」亂跳，若老夫人不同意這事，她就別想留在大公子身邊了！

大公子也是一臉苦色，琢磨著該怎麼開口相求。

「不過啊，」老夫人再次開口，牽動了好幾個人的心。「之前你爹說，能夠傳授這種奇術給你的女子，必定是聰穎大方之人，我看雲舒也不像你園裡其他幾個那麼浮躁，想來不會把你帶壞。」

大公子臉上露出喜色，趕緊說：「謝謝奶奶成全，孫兒定不會辜負您的期望！」

老夫人又對雲舒訓誡道：「妳以後要盡心服侍弘兒，如果妳敢教壞他，老身不會饒妳，桑家的祖宗規矩也不會放過妳！」

這話聽得雲舒心驚膽戰，忙應聲答應。

桑老爺對老夫人說：「娘，我看雲舒年紀還小，您就別嚇唬她了。弘兒這次立了大功，聽說有一半要歸功於她，咱們還未賞賜便先恐嚇，傳出去，只怕別人會說我們桑家苛待下人。」

老夫人臉上的神情有些不以為然。「既然要服侍弘兒，就該事事以弘兒為先，這是她的本分。不過，若沒有什麼獎賞，只怕人家會以為我們桑家小氣，紅裳！」

一位面頰豐潤的丫鬟垂首走了過來，低喚了聲：「老夫人。」

老夫人吩咐道：「明兒去跟明管家說一聲，院子裡的丫鬟做新衣的時候，給雲舒也做兩套，就說我額外賞的，只管做好些。以後雲舒在書房服侍大公子，少不得要見些外人，可不能丟了我們桑家的臉面。另外，拿五貫銅錢給雲舒，讓她買零嘴吃。」

雲舒表面上誠惶誠恐地叩謝老夫人的恩賞，心中卻感嘆薑是老的辣。

雲舒不得不佩服老夫人的手腕，打一棒再給個蜜棗，她肯定早就想好要留下她，前面說那些話不過是為了讓她一心一意對大公子好罷了。

該問的問了，該說的說了，老夫人便打發雲舒回去。

大公子正巧也要告退，便說：「孫兒一身塵土，想趕緊回去洗洗，等明日再來陪奶奶說話。」

老夫人心疼地說：「趕緊回去歇著，明日睡遲些也沒關係。」

「謝奶奶疼惜。奶奶、父親，孩兒告退了。」

大公子恭敬地對兩位長輩行禮後，便帶雲舒一起回筠園。

大公子一回到筠園，四個大丫鬟全都迎了上來。她們早就燒好熱水，備齊沐浴的東西，好讓大公子一洗風塵。

待大公子被幾個大丫鬟簇擁進屋之後，丹秋便從旁邊跑了出來，歡喜地對雲舒說：「太好了，雲舒姊姊妳沒事！」

雲舒見丹秋掛念著她，心中動容。「老夫人不過是喊我過去問幾句話，沒什麼事，讓妳擔心了。」

丹秋笑嘻嘻地拉著雲舒往耳房裡走，接著從木櫃中取出一個大碗，碗裡有些剩飯剩菜。「雲舒姊姊，妳之前沒吃幾口飯就走了，現在一定很餓吧！這是我拜託閒雲姊姊幫妳留下的飯菜，趕緊吃了吧！」

雖然只是一碗冷飯，卻讓雲舒感動無比。她跟丹秋只相識半天，丹秋就幫她打水、清掃、留飯，這個熱心活潑的小姑娘對她的好，讓她受寵若驚。

雲舒接過飯菜，拉著丹秋的手說：「丹秋妹妹對我真好！」

丹秋扯著自己肩膀上的小辮子，有些不好意思地說：「我最佩服能識字、有本事的人了。」

雲舒說：「我以後就教妳寫字，一定讓妳也變成有本事的人！」

丹秋的眼神驟亮，高興地歡呼道：「真的？謝謝雲舒姊姊！」

兩人正說笑著，外面又有人開始喊丹秋，要她去幫忙換水。

「姊姊妳趕緊吃，等我晚上有空，我上妳屋裡找妳說話去！」丹秋說完，便跑出門去了。

雲舒看丹秋出去，便坐下來用餐。漢朝的烹飪技術很單一，除了煮就是蒸，米飯也粗糙，並不好吃，但是雲舒捧著這碗飯，卻吃得格外香甜。

第二天，雲舒正式開始在筠園做事。大公子的書房之前一直由晚晴整理，如今雲舒做了書僮，自然就交給她處理。

晚晴一大早就帶著雲舒去書房，開始仔細交代她每日要做的事情是什麼，各類書簡怎麼分類，大公子的日常習慣如何等等事情。

雲舒仔細記下，原樣重複給晚晴聽了一遍之後，晚晴才放心地將書房鑰匙交給她。

因大公子才剛回家，關於商隊還有南陽之行的一些事要仔細向老爺回覆，所以在院子裡待的時間並不久。

雲舒並未跟隨在大公子左右，只是安心打掃書房，等待大公子傳召。

在打掃書房的時候，雲舒發覺很多書簡長期沒翻動，且靠在角落裡容易受潮的地方，已長出了青色的黴菌。雲舒想過要把書簡都搬到院子裡翻曬，但書簡太過笨重，她一個人實在搬不動。

思來想去，她突然想起現代人去潮常用的一樣東西——活性炭！

想到這個辦法後，雲舒便拜託顧清幫她找一些木炭和廢棄不用的布。顧清的表嬸管理內院物品，這些邊角料很容易就找到了。雲舒便把木炭磨成粉，再用布料縫起來做成小包，一一塞到竹簡縫隙之間。

雖然不知道這些炭包能發揮多大的作用，但雲舒安慰自己，即使只有一點點作用，也好過什麼都不做。

忙活了整整兩天，雲舒終於把所有炭包做好，並塞在書架裡，她滿意地拍拍手，走到井邊清洗自己的小黑手。

雲舒才把手洗乾淨，外頭就有個僕婦拎著一個大包袱走了進來，站在筠園門口問道：「哪位是雲舒姑娘？」

雲舒覺得很是新鮮，怎麼會有人找她？她趕緊擦乾手，迎上前說：「我就是，這位嬸嬸找我什麼事？」

那位僕婦的臉上瞬間堆起笑容說：「奉老夫人之命，幫妳做的新衣已經好了，姑娘快去試試是否合身，若有不合身的地方，我再拿回去改。」

雲舒訝異地說：「前幾天才來量身，怎麼這麼快就做好了？」

僕婦諂媚地笑道：「老夫人吩咐的事，自然是最要緊的。姑娘快試試衣服如何吧！」

雲舒忙抱起衣服回屋去試，而其他人聽到聲響，紛紛探頭來看。

鋤芳從房裡掀起簾子走出來，手插著腰問道：「曲三娘，我們的衣服幾時做好啊？都大半個月時間了，也沒見到一套衣服！」

曲三娘知道鋤芳是個厲害角色，便賠笑道：「姑娘們一起量的尺寸，衣服太多，自然慢些。老夫人憐惜雲舒姑娘身上穿的都是不合身的破衣，便要我們先幫她做。」

鋤芳才不信曲三娘這話，諷刺地說道：「曲三娘又何必敷衍我，我怎麼會不知妳們心裡想的？無非是看她受老夫人、大公子器重，便想著巴結討好，我們這些沒能力的，便由妳們糟踐！」

曲三娘被鋤芳說得面紅耳赤，她爭辯道：「姑娘可別冤枉人，我哪裡糟踐妳了？是姑娘自己看不起自己，別把髒水潑到我身上！」

鋤芳被人一頂，火氣更盛，她指著曲三娘罵道：「妳們這些狗眼看人低的老婆子，我今天便要與妳理論，看到底是妳們巴結討好，還是老夫人真指明要幫她先做！」

說著，她就上前去拉曲三娘的手，兩人很快便扭在了一起。

旁邊的小丫鬟清泉膽子小，一見這個情況，就喊了起來：「姊姊們快來呀，鋤芳姊姊和曲三娘打起來啦！」

園子裡的情況一發不可收拾，等雲舒試好衣服走出來時，便見到一大堆人圍在一起。

晚晴正拉著鋤芳勸道：「妹妹妳心氣高，何苦跟這婆子扭在一處，失了身分？若她做得不公，妳大可告訴明管家去，由明管家發落她，現在這樣是何苦？」

鋤芳咬著嘴唇不肯甘休，但終敵不過眾人的勸扯，被拉進房裡去了。

而曲三娘則披散著頭髮，坐在地上嚎啕大哭。

晚晴不得不去勸道：「我知道三娘受了委屈，可是您難道不知道鋤芳妹妹的脾氣嗎？您千萬別跟她較真兒，我替她給您賠不是了！您快起來吧，坐在院裡，被人瞧到，丟的也是您的顏面啊！」

雲舒趕緊上前幫忙攙扶，只是曲三娘站在園裡又哭鬧了半天，好不容易才勸住，雲舒還給了她半貫錢作為小費，才把她送走。

鬧了這麼一陣，眾人皆是心神疲憊，晚晴沒說什麼，只嘆了一聲就回屋了。

倒是其他幾個小丫頭想得很開，不過轉眼就跑來雲舒房裡要看她的新衣。

曲三娘送來的兩套衣服，一套是粉藍色，一套則是銀灰色帶淺黃色腰圍，都十分漂亮，只是稍嫌大了一些。不過雲舒一點都不嫌大，她現在太瘦了，只要她把自己的身體調養好，稍微圓潤一點，這衣服就合身了。

金烏西墜兔東升，筠園的正房裡燃起點點油燈，把兩個人影投映在窗紙上。

大公子準備下月啟程去長安，替鍾夫人傳信給她小女兒鍾蕾，繼而想辦法與魏其侯結識，以打開桑家通往長安的生意之路。

在啟程之前，桑老爺要求大公子將自己準備怎樣行事、如何談話寫成一篇文章，先遞給他檢查，合格後才准他出發。大公子正在仔細斟酌此事，而雲舒則安靜地在一旁幫大公子研墨。

房間裡很安靜，只聽得到他們的呼吸聲，連在內屋替大公子鋪床的鋤芳也放輕了腳步，不敢驚擾他。

大公子正在提筆疾書，晚晴忽然慌張地跑了進來。

大公子和雲舒都驚疑地抬頭看著晚晴。晚晴一向穩重，什麼事讓她如此慌張？

「大公子，明管家帶著人來捉鋤芳了，這可怎麼是好？」

大公子一臉詫異，問道：「出了什麼事？明管家為什麼捉她？」

原來鋤芳與曲三娘在園裡鬧事的事情沒多久就被明管家知道了，明管家便帶著數名僕婦來筠園捉拿鋤芳。

鋤芳在房內聽到晚晴的話，一臉憤慨地走出來說：「曲三娘辦事不公，我說她兩句怎麼了？難道說都說不得？」

大公子早就知道鋤芳的性格，雖不知下午具體發生了什麼事，但已猜到多半是鋤芳挑事，現在她還在一旁聒噪，不禁惹出他的怒氣，於是他皺眉大聲喝斥：「鋤芳，妳住嘴。晚晴，妳把事情說給我聽。」

房內的丫鬟很少見到大公子大聲訓斥人，如今聽他吼鋤芳，不僅晚晴和雲舒雙雙愣住，鋤芳的眼圈也立即紅了，捏著袖角跺腳站到一旁。大公子則是盯著晚晴，等她說明，晚晴回過神，趕緊將下午之事一五一十說了出來。

大公子聽完之後，怒道：「看來是我平時太放縱妳們了！去請明管家進來！」

旁邊的鋤芳哭到一半，聽到這話，神情轉為驚恐，立刻跪到大公子跟前，哭道：「大公子，您要為我作主啊！」

大公子並沒看她，只是一臉嚴肅地對晚晴說：「站在這裡做什麼？還不請明管家進來？」

晚晴一抖，沒料到這一回大公子竟然不為她們作主了！同時她腳下也不敢停留，趕緊出去請明管家進來。

明管家一臉泰然，帶著從容的笑，彷彿不是來捉人，而是來串門閒談一般。她看了看站在大公子背後的雲舒，又看了眼在大公子腿邊哭泣的鋤芳，隨後對大公子躬身行禮，說道：「大半夜的，打擾大公子休息了。實在是要事在身，不敢耽擱。」

連桑老爺都對明管家客氣三分，大公子自然對她以禮相待。「明管家辛苦持家，只管秉持家法辦事，我自當盡力配合。」

明管家點頭說道：「鋤芳今日下午與曲三娘在院中打架的事，大公子想必聽說了。丫頭、婆子拌嘴本是小事，可是晚上偏傳到老夫人耳中。老夫人大怒，當場拍桌訓斥道：『我賞兩套衣服還得經過丫鬟同意嗎？』」

一聽這個話，鋤芳嚇得腿都軟了。她沒料到真的是老夫人親口賞給雲舒新衣的！這樣大的恩賜，若是尋常人，回來必定會炫耀得眾人皆知，可雲舒卻隻字未提，所以鋤芳壓根兒沒想過曲三娘真的是奉老夫人之命才提前為雲舒做衣裳。

如此想著，鋤芳便抬頭瞪向一直靜默在旁的雲舒，卻見她依然一副不驚不怒的模樣，心中越發憤恨。

鋤芳惹怒了老夫人，大公子縱使想救也救不了，只好說：「此事的確是鋤芳之錯，不知奶奶要如何處置她？」

明管家輕描淡寫地說：「老夫人原說打一頓攆出園子去，但是鋤芳她娘在老夫人面前跪著求了半天，老夫人最後說拉去柴房關著，過幾天放出來就好了。」

鋤芳的娘是老夫人園子裡的老僕婦，也算有臉面，聽到自己女兒要被攆出去，自然冒死求情。

大公子點頭，對癱坐在腳邊的鋤芳說：「妳跟明管家領罰去吧，好好想一想自己錯在哪裡。」

鋤芳一開始只是咬著嘴唇抽泣，聽到大公子這段話，頓時忍不住捂臉大哭，掀開簾子跑了出去。

外面的院子裡自然有隨明管家前來抓拿鋤芳的僕婦，雲舒只聽到外面一陣短暫的吵鬧聲，不一會兒就安靜下來，看來鋤芳已被捉去關在柴房。

「唉，都是因我才鬧的事。」等明管家一行人離開後，雲舒心中頓感抑鬱，情不自禁說了這麼一句。

大公子翻動了一下手上的書簡，細長潔淨的手指摩挲著竹片，緩緩說：「這不怪妳。鋤芳這幾年脾氣漸長，她的母親和兄弟慣著她，我也不怎麼管她，若再這樣放縱下去，她性命堪憂。這次是奶奶要罰她，若下次落到二夫人手裡，指不定更糟，現在先吃點苦頭也好。」

隨著田家在朝廷的勢力一天天高漲，大公子在家中的境地就越發困難，若他身邊之人不能管好自己，只會為大公子帶來無邊的憂愁。

嘆息了一聲，大公子重新提筆繼續寫老爺要求的東西，也不時會跟雲舒低聲商量，待文章寫完時，已接近子時。看到洋洋灑灑的幾卷書簡，大公子滿意地笑了一下。

大公子這麼急著寫好書簡，是想早點去長安想辦法，早些為桑家做出貢獻，這樣他才能在桑家立足。若他一直在家中待著，不過幾年，桑家只怕會是二夫人的天下！

二夫人奪走了正室主母的位置，也令自己的兒子、女兒成了嫡子嫡女，他絕對不能讓他們奪走自己的嫡長子身分，更不能被他們排擠出桑家。大公子在心底暗暗鼓勵自己，他多想快點長大，趕快建立自己的事業。

在燈下握拳想了一會兒，大公子才收起書簡交給雲舒，吩咐道：「把這些都放到書房收好，我明日一早送去給父親看。」

此時今晚值夜班的漁歌和閒雲兩個丫鬟，再次敲門來問大公子是否要歇息，大公子這才打了個呵欠，向內房走去。

雲舒提著一個小燈籠，抱著書簡來到書房，將大公子寫好的書簡放在書架上，又仔細地用紅繩紮好做標記，見一切妥當後才鎖門離去，卻不知一個人影正躲在迴廊下柱子後，盯著她的一舉一動。

第十一章　惡意誣陷

在筠園所有人中，丹秋等四個小丫鬟最辛苦。

她們每天早上五更天不到，金雞尚未鳴叫時，就要起床生火、燒水、打掃院子，等準備妥當了，晚晴等一票大丫鬟才起床，去正屋換回值夜班的丫鬟，然後服侍大公子起身。

雲舒這些天晚上一直不安穩，睡眠很淺。這天天色剛剛泛白，她就聽到一聲「哐噹」的銅盆響從窗外傳來，一下子便驚醒。

有小丫鬟壓低了聲音說道：「小心點，別把姊姊們吵醒了，不然又是一頓罵。」

只聽見丹秋笑嘻嘻地答道：「臉盆好冰，一不小心手僵了嘛！好了，咱們快去燒水吧！」

雲舒從床上爬起身，撐開窗戶，一陣春天的寒氣瞬間湧進屋內。從窗戶縫隙中，她看到丹秋和茉紅兩個人端著銅盆向伙房跑去。

雲舒雖然變成一個身孱體弱的少女，但她實際上也二十好幾了，放在古代，都不知道生幾個娃了。她一心把丹秋當作好妹妹，見丹秋一大早就受凍做累活，心中難忍，便穿衣起身，打算去幫她。

等全身收拾整齊，到了伙房，雲舒便從窗戶裡看到丹秋抱著一根空心竹管對灶檯吹起生火。而她身旁，則是茉紅和墨鐲兩個小丫鬟在說悄悄話。

許是晨風寒冷，這幾個小丫鬟把伙房的門掩上了，雲舒正要推門進去，就聽到茉紅說：「鋤芳姊姊可慘了，昨晚晚晴姊姊要我送棉被去給她，我看到她被人潑了冷水關在柴房裡，這麼冷的天，可凍死人了！」

墨鐲被嚇了一跳，驚訝地問道：「被潑冷水？為什麼呀？」

茉紅壓低聲音說：「我是偷聽嬸娘們說的，說老夫人原本就不喜歡鋤芳姊姊，說她總是打扮得像個妖精勾引大公子，這回她又得罪了老夫人，老夫人自然不會輕饒她。」

墨鐲感慨道：「雖然鋤芳姊姊總是罵我們，卻也時常給我們一些吃的玩的，她這次被罰，真可憐……」

雲舒在外面聽到這些話，心中也有些不忍，好好的一個人，卻被這樣虐待。春寒料峭的時節，被潑水凍一晚上，再餓幾天，就算是鐵打的人也撐不住。只是……她又想起昨晚大公子說的話，為了讓鋤芳學乖，這次必須讓她吃點苦頭。

伙房內，墨鐲頓了頓，小聲問道：「也不知道是誰把鋤芳姊姊的事情告到老夫人那邊的，我聽人說，有可能是雲舒姊姊……」

雲舒聞言一震。不是吧，躺著都中槍！

丹秋在裡面聽到這話，很不高興，她跳起來大聲說道：「呸呸，雲舒姊姊才不是那樣的人，她昨天沒有出過園子，下午一直在教我寫字，後來就被大公子叫去跟前了，哪有空去說鋤芳姊姊壞話？妳們不許誣賴她！」

茉紅和墨鐲被她嚇了一跳，忙撲過去捂住她的嘴，說：「妳小聲點，別嚷得讓人知道，我又沒說真的是她，不過是猜猜而已！」

丹秋不樂意地嘟囔道：「猜都不許猜！」

雲舒心中頓時暖暖的，丹秋還真是護著她呢！

屋內幾個小丫鬟還在爭執，雲舒覺得這個時候進去不是很好，便轉頭朝自己屋裡走去。

大公子今日早早便起床，先去老夫人那邊問安，再來還要陪老夫人去府外的長春觀上香。

大公子出門前對雲舒吩咐道：「我巳時要去外書房見父親，趕不及回來取書簡，妳巳時前記得帶好書簡到外書房外等我。」

雲舒自然牢記在心中，並送他出門。

大公子走後，園子裡的人各做各活，只要大公子不在，雲舒就格外輕鬆，於是她四處晃蕩，看有沒有能幫上忙的。

走到半路，她看到小丫鬟清泉一個人拿著一條抹布、提著一桶水，很吃力的樣子，便上前幫她。

「清泉，妳這是把水提哪兒去?我幫妳吧?」

清泉人小力氣弱，正氣喘吁吁，見有人幫忙，自然高興。

一面走，清泉一面抱怨道：「我正在打掃迴廊，卻發現抹布上面黑糊糊的，也不知是誰拿去擦了什麼髒東西！我之前每回用了，可都洗得乾乾淨淨呢！」

雲舒看向清泉手上的抹布，果然黑糊糊的，她伸手取過來看了看，覺得這抹布像是擦了黑炭似的。當初她製作炭包除濕，做完炭包之後收拾桌子，那擦桌子的抹布也跟這條一樣黑黑的。

雲舒心中起疑，在她幫清泉把水抬到走廊上後，便轉身向書房走去。

書房門口有幾個淺淺的黑色腳印，雲舒站在那裡來回看了兩眼，頓時覺得不對勁。她心中一驚，立刻從懷裡找出書房鑰匙，開鎖進去。

書房裡一切如常，雲舒直接向書架走去，仔細查看她做的那些炭包。一一檢查過去，果然發現一個炭包不見了，書架的木條上則是出現黑色的痕跡，彷彿是炭粉被撒在上面，又被人用濕布擦過一樣。

昨晚她送書簡回來時，書房一切正常，她離開時明明落了鎖，只過了短短一晚，為什麼門口會出現黑腳印，書架上還出現炭粉的痕跡？

看來有人半夜偷偷摸進書房了！

想到這裡，雲舒開始仔細檢查起書房的變動：文房四寶、玉鎮紙這些值錢的東西都沒丟，她轉而再去看書架。

她平日整理書簡的時候，都會用各種顏色的繩子區分不同類型的書簡，現在她只消一眼就看出，大公子昨晚剛寫好的兩卷書簡不見了！

「書簡丟了怎麼辦？大公子今天上午要用呀！」

雲舒正在著急，忽然聽到四大丫鬟之一的閒雲在外面問清泉：「妳怎麼用這麼髒的抹布擦柱子，豈不是愈擦愈黑？」

清泉膽小，被閒雲輕輕一訓，就低著頭不說話。

雲舒心知書房失竊並非小事，如今大公子不在家，她只有求助大公子身邊的大丫鬟，看此類事情該怎麼處理。

於是她趕緊攔下正在巡視的閒雲，說道：「閒雲姊姊，有人私闖書房，偷了大公子的書簡！」

閒雲驚呼了一聲，疾步向書房走來，並問：「怎麼回事？咱們筠園從來沒丟過東西，怎會發生這樣的事情？」

雲舒心裡已有底，回道：「的確是丟了東西，而且是大公子中午要急用的書簡，閒雲姊可有辦法差人尋找？東西必須在巳時之前找到啊！」

在內院丟了東西，可不是小事，加上又是大公子的書簡，閒雲自然不敢隱瞞，忙找晚晴商量該怎麼辦。

晚晴聽閒雲說完之後，一臉焦急地說：「唉，這幾日筠園的事情沒消停過，先是鋤芳被捉，現在連書房也丟東西，要我說什麼才好？」

她在原地轉了幾步，說：「這件事我作不了主，得找明管家才行。雲舒，書房的鑰匙是由妳保管，妳必須跟我去！」說著她就要拉雲舒去見明管家。

雲舒輕輕避開她的手，說道：「晚晴姊姊要我去，我自然會一起去，不勞姊姊動手。」

晚晴被雲舒不硬不軟地頂了一下，神色變得有些複雜，似乎沒想過雲舒這樣性子的人怎麼會突然強硬起來。

閒雲被留在書房外面看守，晚晴和雲舒兩人則向明管家的小院走去。

第二次來到明管家的小院，情況和上次有些不同。園子裡站了好幾個等著回稟事情的僕婦，另外還有幾個丫鬟守在門口。

晚晴在門口探了一探，看到幾個二夫人房間裡的丫鬟在園裡，心思一轉，便輕聲喊道：「七巧，七巧……」

門口一個尖臉的女子轉頭看來，見是晚晴，便提步走來。「晚晴，怎麼在外面站著不進來？」

晚晴詢問道：「二夫人是不是在裡面？我找明管家有點事……」

七巧兩眼一轉，笑道：「唉呀，有什麼事難道不能跟二夫人說嗎？快進來吧，我幫妳通報。」

雲舒無奈地看了晚晴兩眼，不知她到底怎麼想的。若說她不想讓二夫人插手大公子園子裡的事，又何必特地喊二夫人的丫鬟來詢問？既已猜到二夫人在裡面，換個時間再來找明管家不是一樣？

七巧進屋對二夫人通報了一番，二夫人聽聞大公子的人前來稟事，果然興趣很濃，便要七巧把晚晴、雲舒兩人領進來。

雲舒進屋後，見到正上方坐著一個穿著明紅色衣服的年輕婦人，她皮膚白淨，細眼薄唇，體態微豐，長相不是特別漂亮，卻有自成一格的嫵媚。這人……想必就是二夫人田氏。明管家則如之前一般，坐在側面的書案後。她見到雲舒進來，略帶興趣地抬眼看向她，雲舒對她微微點頭示好，之後才跟著晚晴對二夫人行禮。

二夫人嘴角含笑，薄唇輕啟，問道：「出了什麼事兒？」

晚晴規規矩矩地答道：「回二夫人，大公子的書房失竊，丟了兩卷重要的書簡，卻不知是何人所為。內院有賊，晚晴不敢疏忽，特來稟告二奶奶。」

二夫人也吃了一驚，問道：「失竊？什麼書簡這麼寶貴，竟然會招來賊偷？」

晚晴回頭看向雲舒，雲舒看管書房，這句話自然該由她回答。「丟的是大公子寫的一篇文章，這文章今日巳時本該呈給老爺看的，卻不知怎的被人偷了。」

二夫人想了想，對候命在旁的一個僕婦說：「妳帶幾個人去筠園書房檢查檢查，看貴重東西有沒有丟，門窗有沒有損壞。」

晚晴和雲舒候在一旁，等了約莫半個時辰，僕婦帶著人回來了，對二夫人回稟道：「二夫人，筠園書房裡所有記錄在冊的器具都沒有丟，但是書架上的書簡有沒有丟，就無處可查了。書房的門鎖都是好的，沒有絲毫損壞，行竊之人應該有鑰匙。」

「哦？門鎖都是好的？」二夫人聲音一提，轉頭問晚晴、雲舒二人。「書房鑰匙是誰保管的？」

雲舒微微上前一步，說：「是我。」

二夫人問道：「妳有沒有把書房鑰匙給過別人，或是弄丟過？」

「沒有，鑰匙自從晚晴交給我之後，我一直隨身攜帶，從未易與他人之手。」雲舒照實回答。

「呵呵，那可就奇了！」二夫人低笑一聲，說道：「鑰匙沒被人偷走，鎖又好好的，難道有神仙能穿牆而入不成？」

古代百姓大多都很淳樸，夜不閉戶的人家很多，門上鎖之後，沒人會想到把鎖撬開，最多想到偷鑰匙開鎖，所以二夫人的思維就是大部分人的想法，覺得問題一定出在保管鑰匙的人身上。

此時晚晴在一旁忽然憤慨地說道：「雲舒！大公子是妳的救命恩人，妳怎麼能恩將仇報，害大公子無法在老爺面前交差呢?!」

雲舒聽到這段話，氣極反笑道：「現在什麼都尚未查清楚，妳就說我是小偷，那我是不是也可以說小偷就是妳？在我來之前，鑰匙都由妳保管，妳有很多機會去鑄造備用的鑰匙，妳的嫌疑也不小！」

「妳！」晚晴聽到雲舒反擊，氣得跺腳，顫顫巍巍地伸著手指向雲舒，說：「我服侍大公子三年了，一心一意都為大公子好，我怎麼會害他？」

「都別吵了！」二夫人命她們兩人停止爭論，說：「既然都有嫌疑，就都先關起來！明管家，妳帶人去搜查筠園，不過兩卷書簡，能飛上天不成？」

雲舒和晚晴聽到自己要被關起來，都很驚訝，雲舒知道自己若再不爭取，就會被人誣陷，於是搶先一步說：「二夫人，請讓我跟明管家一塊兒去搜查，我有辦法找出誰是小偷！」

「哦？妳有辦法？倒是說出來聽聽。」二夫人一臉不信，明管家倒是興趣濃厚地看著雲舒。

雲舒抿嘴思索了一下，說道：「我現在不能說，要去了現場才能說，不然小偷事先毀滅證物，就壞了。」

「那好，我們就帶妳去搜查，只是若妳找不出小偷，又該如何？」二夫人咄咄逼人地追問道。

雲舒一咬牙，說：「若找不出小偷，雲舒甘願承擔失職之過，任由二夫人懲罰！」

雲舒這邊信誓旦旦，晚晴卻一副憂心忡忡的模樣。直到二夫人和明管家起身前往筠園，她才回過神，跟在她們身後而行。

第十二章　竊賊現形

一行人來到筠園，筠園的丫鬟們一早上就聽說書房丟了東西，現在看到二夫人氣勢洶洶帶人前來，又聯想到昨晚鋤芳被捉走的樣子，頓時人人自危。

閒雲、漁歌、丹秋等人站成齊齊一排，匆匆向二夫人行禮，二夫人掃視一干人等後，朝身後的雲舒問道：「好了，妳說吧，誰是小偷？」

雲舒沈聲回答道：「我先要看過她們的房間才知道。」

反正橫豎都要搜查，二夫人不在乎多此一舉，於是示意明管家帶著雲舒去丫鬟們的房間裡搜查。

「等等！」一道尖利的聲音突然從人群裡爆出。

晚晴走出來說：「現在最大的嫌疑人是雲舒，既然要查，自然從她房間開始查起！」

雲舒不明白晚晴為什麼要這麼針對自己，但她行得正不怕影子歪，便說：「查就查！」

此時顧清突然出現在筠園門外，當他看到院內站滿了人，便覺得事情不對勁，待他躲到旁邊仔細一看，發現二夫人也在其中，頓時暗呼「不好」，匆匆向外院的書房跑去。

大公子和桑老爺此時正在外書房等候，已時已到，大公子卻沒看到雲舒送書簡來，不禁有些微氣。他方才匆匆派顧清回去取，卻沒料到顧清一去這麼久，半天也沒回來。

桑老爺的呼吸愈來愈重，想來是有些不耐煩，就在他開口準備訓斥大公子時，顧清突然疾跑著闖進來說：「大公子，不好了！二夫人正帶著明管家搜查筠園！」
大公子和桑老爺雙雙被嚇了一跳，聽清楚顧清說的話之後，更是異口同聲地問了句：「你說什麼？」
大公子有些尷尬地看向父親，隨即收聲讓長輩發話。
桑老爺沈聲問道：「筠園發生了什麼事？」
顧清也不是很清楚，只是著急地說：「小的只聽到園裡說著『搜查』、『失竊』什麼的，具體情形不清楚，不過雲舒姑娘和晚晴姑娘被幾個僕婦捉著，一看就不是什麼好事！」
一大一小兩父子都擰起眉頭，大公子率先開口道：「父親，我先回筠園去看一下，下午再來向父親陳述長安之行的計劃。」
桑老爺沈吟一聲，從門外喊來一人。「韓管事，你同弘兒回去一趟，看看究竟發生了什麼事！」
一個身體健碩的老人家悄悄從暗處現身，無聲點了點頭，而後便隨著大公子一起朝筠園走去。
筠園裡，當明管家從雲舒房裡搜出兩卷書簡時，不僅她感到詫異，甚至二夫人跟園子裡的其他人也都驚詫不已。
雲舒搖頭苦笑了一下，她沒料到行竊之人這麼愚蠢，竟然真的把偷到的東西放到她房間裡去了！

二夫人啞然失笑道：「這就是妳說的知道誰是小偷？原來是一齣賊喊捉賊！」

雲舒很鎮定地對二夫人說：「二夫人，您不覺得這件事處處都是疑點嗎？」

雲舒臉上的正氣和泰然處之的態度，讓明管家十分欣賞，暗暗在心中說道：小小年紀卻處事不驚，自有一身風骨，且看她有什麼說法！

如此想著，明管家便開口道：「二夫人不妨聽聽她的說法，不要放過真的惡賊，而誣賴了好人。」

園子裡的眾人，凡是聽明一點的，都聽得出明管家是公開支持雲舒。她話裡的意思很清楚，她認為雲舒是被人誣陷的。

處事從不講私情的明管家竟然幫一個剛來沒幾天的丫鬟出頭，這讓眾人驚訝極了，連二夫人也不得不深思熟慮一番。

雲舒趁此時說道：「此事有幾大疑點。第一，這書簡不是什麼貴重物品，若我為了害大公子而偷竊，為什麼要把書簡留在自己房裡等著大家來搜查？這豈不是搬石頭砸自己的腳？第二，我一個孤女，被大公子所救，在桑家之中只能仰仗大公子照顧，若我害了大公子，能得到什麼好處？第三，也是最重要的一點……」

雲舒瞇著眼睛巡視了眾人一圈，最後把目光停在晚晴身上，說道：「我之前為了去潮，在書架上放了很多炭包，小偷昨晚在黑暗之中偷竊，又不知書架上多了炭包，所以一時不察，將一個炭包扯壞，裡面的粉末灑出，她不得不慌忙收拾打掃，但書架上依然留下炭印，以及幾個黑腳印。」

說完之後，雲舒向明管家說：「還請明管家帶人去書房查看，書架上是否有炭印，地上是否有腳印？」

明管家帶著兩個僕婦查看回來，點頭說道：「確實如雲舒所說，有炭粉的痕跡。」

二夫人追問道：「前兩個疑點的確值得思考，不過第三點，又怎麼能證明弄壞炭包的不是妳自己？也許妳失手了也說不定。」

雲舒淺笑著向晚晴走過去，說：「晚晴姊姊，到了這一步，妳為何還不認罪？」

晚晴神情慌張地說：「妳、妳說什麼！」

「晚晴姊姊不妨把雙手伸出來給大家看看。這從不做粗活的十指，指甲縫隙裡為何會是一片漆黑？」

早在晚晴要拉雲舒去見明管家時，雲舒就看到晚晴指縫間的黑色污跡，就跟她當初製作炭包時的情況一模一樣。她當時就對晚晴起了疑心，所以才強硬地避開晚晴的手，對她有了提防。

「我……我昨天下午整理了花草，指甲縫裡有泥土，又有什麼奇怪？」晚晴反駁道。

「哦？那是泥土，不是炭粉嗎？」雲舒見晚晴死不承認，只好說：「還請明管家去搜查晚晴的房間，必能尋得鐵證！」

明管家聽雲舒說得頭頭是道，愈來愈賞識她，可正當她準備去搜晚晴房間時，大公子的聲音卻從園外傳來。「等等，不許搜！」

大公子匆匆走了進來，向二夫人行過禮之後，問道：「二夫人和明管家為何要搜筠園？」

明管家看大公子怒氣沖沖，擔心他跟二夫人起衝突，便搶先回答道：「大公子早上便出門，想必不知您的書房失竊了，我們正在搜查小偷。」

大公子轉頭看向雲舒，雲舒回稟道：「大公子，您昨晚寫的書簡被偷，剛剛從我的房間裡被搜出。沒能及時送到外書房，是不是耽誤您的事情了？」

大公子沒有回答雲舒的問題，而是問道：「查出是什麼人栽贓了嗎？」

雲舒頓時感動萬分，哪怕是聽到東西從她房間裡搜出，大公子都沒懷疑過是她偷的，而是百分之百信任她，詢問是誰栽贓她。

雲舒收拾了一下心情，伸手指向晚晴說：「我懷疑是晚晴！」

晚晴是大公子身邊最得力的丫鬟，服侍他起居三年，事無鉅細都親力親為，沒有功勞也有苦勞。

如今聽到雲舒質疑晚晴，大公子心中的震撼一時竟不知該如何表達，過了好一會兒，他才憋出一句話：「不可能是她！」

雲舒能體會大公子的心情，但她必須查清事實，不然就得背黑鍋，而且還會在大公子身邊埋下隱患。

雲舒冷靜地說道：「若想查清楚是不是晚晴所為，只需要做一件事，就是搜出晚晴昨天穿的鞋，看鞋底上是否有黑色炭灰！」

雲舒又對大公子解釋一遍自己製作炭包去潮、炭粉灑出以及書房有鞋印等事。聽完，大公子神色凝重地看向晚晴，只見晚晴緊咬著下唇，臉色蒼白，微微有些發抖。

大公子心中難受不已。他看到晚晴的表情，便已明白一切，可他依然不願意相信晚晴這樣一個穩重妥貼的人，會做偷盜栽贓的事情！

「明管家，搜！」幾乎是咬著牙，大公子說出了這幾個字。

明管家微微一笑，走進晚晴房裡，待她搜查一番，便在靠牆的床腳裡搜出一雙布鞋。布鞋的鞋底漆黑一片，分明就是反覆在炭粉上踩過。

明管家將布鞋拿出來扔在晚晴面前，晚晴原本就已不停抖動的身子終於支撐不住，「撲通」一聲跪在地上。

大公子痛心疾首地質問晚晴。「為什麼？為什麼要做這種事？」

晚晴咬牙哭泣，卻怎樣都不肯開口。

雲舒在一旁嘆氣。思來想去，偷走大公子要用的書簡，令他在老爺面前丟臉，而後栽贓給她，趕走她這個大公子的得力助手，最能從中得利的，便是二夫人。難不成……晚晴被二夫人收買了？

大公子十分聰明，雲舒料定他也會懷疑到這一點上，於是仔細觀察大公子的神色。只見大公子滿臉惋惜和悲痛，但時不時卻會掃向一旁的二夫人，看來他的確想到這一點了！

大公子一顆心已經涼透，他痛心疾首地說：「晚晴，我待妳不薄，為何要害我？若妳遇到困難或是缺錢，儘管告訴我，我若能幫妳，自然會出手，妳為什麼要這樣？」

晚晴聽聞此言，哭得更加悲痛，她終於開口說：「晚晴從未想過要害大公子，晚晴以為只要從雲舒房裡搜出書簡，定她的罪之後，還來得及把書簡給您送去，我真的從未想過要害公子啊……」

雲舒不解地問道：「妳的意思是，這是針對我的？為什麼？我跟妳又無冤無仇！」

晚晴又閉上嘴不語，直到大公子冷下心思說道：「晚晴，妳若不從實招來，妳的父母兄弟難道還會有一天好日子過？」

被大公子這麼一威脅，晚晴果然妥協，急忙叩頭說道：「大公子開恩，都是我的錯，跟我爹娘還有弟弟無關，都是我一個人的主意！」

「那就從實招來！」大公子喝斥道。

晚晴趴在地上哭道：「自東升離府去外面放差，大公子身邊的書僮之位一直空著。我家人上下四處打點，一心想為我那不爭氣的弟弟求得這個差事。原本已經快辦好了，誰料大公子卻帶著雲舒回來，並讓她一個女孩子當書僮……

「眼見著家裡的錢白花了，弟弟也得不到差事，我爹便拿弟弟出氣，打得弟弟離家出走，至今不知所蹤，我娘更是難過得一病不起！這都是雲舒害的，若不是她搶了我弟弟的差事，我弟弟不會跑，我娘也不會病倒！」

雲舒聽了，很同情晚晴家的情況，但她根本不覺得這是自己的錯。就算晚晴家裡花錢打點了，這差事也不一定會落到她弟弟身上，更何況，行賄這件事本來就不太對。

大公子聽了，不禁為晚晴的愚蠢感到可笑。「所以妳就想趕走雲舒，讓妳弟弟做我的書僮？妳心地一向善良，雲舒孤苦無依，若偷竊之事罪證確鑿，她就要被亂棍打死，妳又如何下得了手？」

晚晴捂嘴痛哭不已，現在是她行竊，之後她將面臨什麼懲罰，她心中明瞭！

明管家見筠園主僕悲戚，便開解道：「還好此事現在已經真相大白，多虧雲舒做的炭包。請大公子不要傷心，晚晴這是咎由自取，怨不得別人。」

大公子背過身，扭過頭說：「明管家，把晚晴帶下去，按規矩處置吧！」

晚晴一聽，嚇得大哭，死命爬到大公子腳跟前，扯住他的衣襬說：「大公子饒命啊，就看在我服侍您三年的情分上，饒我一命吧！我家爹娘全靠我養活，我不能死啊……」

晚晴哭得悲戚，跟她有些交情的丫鬟都在旁邊偷偷抹淚，一時園中哭聲此起彼落。

只是晚晴求了半天，大公子仍絲毫不為所動。晚晴絕望地趴在院子裡，轉而向二夫人求道：「二夫人您行行好，救救我吧，我……」

「好了好了，」二夫人打斷晚晴的話，說道：「明管家，將她趕出去賣了，饒她不死吧。」

一個是亂棍打死，一個是轉賣為奴，兩相比較之下，能留下性命，已是最好的結果。

晚晴兩眼無神地看著地面，痛哭不已，明管家搖搖頭，命兩個僕婦將她拖走。

拖走晚晴之後，二夫人對一臉冰山的大公子諷笑道：「弘兒，不是我這個做二娘的說你，你是我們桑家長子，卻連自己身邊的人也管不好，昨天鋤芳被關，今天晚晴被攆，你跟前四個人沒了一半，桑家若是交給你，教我和你爹怎麼放心得下？」

大公子兩拳握得死緊，卻不得不沈住氣回道：「二娘訓斥得是，孩兒一定認真反省，好好訓導下人。」

二夫人滿意地笑了笑，說道：「好了，耽誤了不少時辰，還有很多事等我處理，我先走了。」說完，便帶著貼身丫鬟七巧等人離開。

大公子靜靜站在園中，挺直的背影卻微微有些抖動。顧清和韓管事站在他身旁，不遠處是筠園所有丫鬟，雲舒則站在他們之間。

韓管事開口了，聲音嘶啞地說：「事情既已處理完，我就回去了。」

「是，我就不送韓管事了。」大公子低聲說著，聲音裡能聽出明顯的失落。

待外人都走了，只留下筠園的主僕時，眾人都以為大公子會說些什麼，可在一聲輕微的嘆息後，大公子便默默走回房間，關上房門，什麼也沒說。

雲舒在筠園的小院裡徘徊了很久，時不時看向大公子的房門。漁歌、閒雲兩人過了一會兒也來到房門前，猶豫不知是否該進去服侍。

閒雲她們兩人對望一眼，又齊齊轉頭看向站在院中樹下的雲舒，而後一起朝雲舒走過去。

「大公子把自己關在房裡，渴了、餓了也沒個人伺候，妳進去看看他吧。」說著，閒雲把手上一碟糕點塞到雲舒手上，不等雲舒答應，兩人便匆匆跑開。

雲舒嘆了口氣，現在大公子心情肯定不好，大家都不敢去打擾他，為何偏讓她去呢？雖然她很擔心，可是她也有點怕呀……

這段時間，雲舒漸漸明白了大公子的為人，平日裡看著和氣，不管對誰都笑呵呵的，然而到了關鍵時刻，簡直是個鐵石心腸的人。像之前命人杖斃幾名王家家奴、昨天懲罰鋤芳，還有今天處置晚晴的時候，他眼睛眨都不眨。

猶豫再三，雲舒終究推開了大公子的房門。

正值午時，房內光線很充足，然而明亮的廳堂卻掩蓋不了大公子周身的陰鬱。他脊背挺直地跪坐在書案前，手持毛筆一臉嚴肅地書寫文章，雲舒推門進來，他也沒抬頭看一眼。

雲舒不敢出聲，靜靜端著點心走到案桌前，跪坐在大公子身旁，就那樣默默陪著他。雲舒的距離剛好能看到大公子寫的文章內容，那竟然是一篇「自檢書」，大公子在為他管教下人不當而向父親請罪！

雲舒心中震撼不已，嘴上卻什麼也沒說，一直等到大公子寫完，停筆長嘆一聲時，她才開口說：「大公子不要太自責，鋤芳和晚晴的錯，主要是她們自己利慾薰心，什麼事都做得出來。」

大公子內心沈悶，回道：「如果我平時多教她們一些道理，她們也就不會如此了。特別是晚晴，她很賢淑，現在被當作下奴賣出去，只能成為最卑賤的玩物，一生毀於一旦！」

大公子的言語中有濃濃的不忍，雲舒不禁問道：「大公子既然不忍心，為何不留下她？知錯能改善莫大焉，相信晚晴姊姊能夠改過的。」

搖了搖頭，大公子說：「大丈夫不能有婦人之仁！」

看大公子跪坐時，雙手緊緊抓著自己大腿上的衣料，似乎在隱忍著什麼，讓雲舒不禁懷疑：難道他曾經因為心太軟，而受過什麼挫折？

她在心中苦笑，大公子還真是會為難自己，明明不忍心，卻非要硬下心腸。他不過是個十幾歲的少年，卻要扛著來自各方的壓力，真是難做。

雲舒不希望看到大公子一直糾結在此事上，便說：「金無足赤，人無完人，縱使大公子覺得自己有錯，以後改過就行，相信大公子會愈來愈好的。」

大公子點頭說道：「對，正如妳剛剛所說，知錯能改，善莫大焉。」

雲舒將點心放到大公子面前說：「大公子吃點東西，然後去見老爺吧，昨晚辛苦寫的東西，還沒給他看呢。」

「對，還有這份自檢書，我一併帶給父親看。」大公子臉上再次露出笑容，這讓雲舒終於放下了擔憂。

一般下午沒事的時候，丹秋會來雲舒房裡跟她學寫字，可今天她在房裡左等右等，就是不見丹秋的影子。

雲舒不知道丹秋是不是正在做活，所以脫不了身，想到自己閒著沒事做，可以去幫她，於是出門找她。

誰知才剛出房門，雲舒就看見丹秋哭著跑了過來。

丹秋一頭撲進雲舒懷裡，抱著她的腰大哭不止，雲舒嚇得不輕，忙問道：「出了什麼事，怎麼傷心成這樣？」

雲舒心急如焚，但丹秋哭得說不出話，雲舒只好不斷安撫她。

在丹秋身後，清泉、墨鐲、茉紅幾個小丫鬟在不遠處探頭探腦，雲舒看到茉紅一直推著墨鐲朝她這邊走，但墨鐲卻扭扭捏捏的不願過來。

雲舒拉著不停哭泣的丹秋走到另外三個丫頭面前，問道：「妳們怎麼了？吵架了？」

墨鐲低著頭玩著自己的手指不說話，茉紅一直搖著墨鐲的手，一副很著急的樣子，清泉在旁邊顯得似乎很害怕。

雲舒一一掃視過去，不知這四個丫頭唱的是哪齣戲。當她的目光掃視到清泉身上時，膽小的清泉嚇得後退了兩步。

雲舒繼續逼視，清泉竟然快哭出來了，只聽她帶著哭音說：「不是我，是墨鐲，她要丹秋不要再跟妳說話，不然我們就都不理丹秋，丹秋不同意，兩人就大吵了一架。」

雲舒吃驚地把眉頭一挑，竟有這種事！看來她是被大家排擠了。

茉紅聽到清泉這麼一說，急得直跺腳，忙說：「雲舒姊姊妳別聽清泉亂說，墨鐲並沒有……」

茉紅的話還沒有說完，就被墨鐲打斷，她大聲說道：「她們都怕妳，我偏不怕，妳就是壞人！自從妳來了之後，鋤芳姊姊和晚晴姊姊都因為妳而倒楣，我們為什麼要跟壞人做朋友？」

丹秋哭喊道：「雲舒姊姊是好人，妳亂說！」

雲舒忽然想笑，不知多少年沒見過這樣的場景了，活像一群小朋友吵架。不過想想也對，丹秋她們也就十多歲，可不是小朋友嗎？

「好了好了，」雲舒一開口，大家便都不再吵鬧，連丹秋的哭聲都小了。「我知道鋤芳和晚晴跟妳們在一起好幾年，感情肯定很深，她們因為我而遭罪，妳們不喜歡我也是情理之中的事。可我要說的是，我沒想過要害她們，是她們自己品行不正，害了自己。自己犯錯就要自己承擔，為什麼要推到我身上呢？」

雲舒為自己辯解了一番，也不知這群小朋友聽不聽得懂。

她又握住丹秋的肩膀說：「妳相信姊姊是好人，姊姊很開心，不過每個人有自己的意志，不用強求別人的想法要跟妳一樣。」她接著轉頭對墨鐲說道：「妳也一樣，妳若覺得我是壞人而不理我，我也無話可說，但妳不能強求丹秋跟妳一樣。若她不同意妳的觀點，妳就不跟她做朋友，這就是妳的不對了。」

幾個人眼神迷茫地看著雲舒，丹秋也不管聽明白了多少，挺著小胸脯說道：「就是，雲舒姊姊說的話最有道理了！」

雲舒扶著丹秋的肩膀說：「好了，不哭了，我教妳寫字吧。」

兩人轉身朝雲舒的房間走去，後面傳來茉紅低低的聲音。「妳怎麼這麼大膽子，當著她的面說那些話，她如果記仇怎麼辦？妳不怕被攆出去？」

之後的話，雲舒沒有聽清楚，也不想聽了。她無聲地嘆了口氣，在心中安慰自己：路遙知馬力，日久見人心，誤會會慢慢解開，偏見也會逐漸消除，不急、不急，她不跟小孩子生氣……

第十三章　長安落腳

大公子從外書房裡退了出來，臉上掛著開心的笑容。顧清原本在院子裡蹲著，見大公子出來，忙湊上去問道：「大公子，老爺怎麼說？」

大公子渾身上下展現自信的光輝，說道：「關於下個月的長安之行，父親說我的意見很好，而且他全都同意了。這次他不僅讓旺叔繼續跟著我，還派韓管事陪我一起去長安，助我一臂之力！」

顧清也為大公子高興。「太好了，老爺愈來愈器重大公子，這是好事啊！」

「嗯！」大公子開心地點了點頭。

一主一僕漸行漸遠，桑老爺在書房裡看著兒子的背影，對韓管事感嘆道：「弘兒一眨眼竟然已經長大了，你看到他寫的那些東西了沒？真可謂深思熟慮、算無遺策，更難得的是，他還懂得反省自身，實在讓我欣慰。」

韓管事在桑老爺身後面無表情地說：「大公子有如此計謀，實乃桑家之喜。大公子帶回來的那個小丫頭，行事、說話條理清晰，聽說那『表格』之法也是那女孩兒所授？看來此女必不簡單，有她在大公子身邊，老爺可卸下一層擔憂。而且大公子此次去長安，要經歷很多磨練、見很多世面，定然能夠幫助他迅速成長。」

桑老爺點了點頭，說：「這些年，我從不對他說一句疼愛的話，更不輕易誇獎他，他心裡對我肯定有怨氣，就算是阿慶在黃泉之下，也會怪我的。」

桑老爺口中的「阿慶」，便是大公子的生母鄭氏。

韓管事勸道：「嚴父出孝子，老爺您今日所做的一切，都是為了大公子好，總有一日，他會明白您的苦心和為難之處的。」

大公子如今並不曉得桑老爺有何苦心，更不明白他有何難處，他只知道，馬上就到他一展抱負的時候了。

他信心十足地回到筠園，進園後就喊道：「把雲舒喊來！」

雲舒聽到傳喚，匆忙丟下正在學寫字的丹秋，來到大公子身邊。大公子指著旁邊的一個跪墊，說道：「坐下，有事情詳談。」

兩人還未說幾句，閒雲就在外面稟報道：「大公子，老夫人那邊派人過來了。」

雲舒和大公子趕緊起身向外走去，只見一個婆子領著兩個丫鬟站在園裡。其中一個雲舒認得，就是老夫人房裡的二等丫鬟——杏雨。

老婆子開口說道：「大公子，老夫人說您這邊缺服侍的人，一時找不到合適的丫鬟，所以撥了她身邊兩個人給大公子差遣，一個是杏雨、一個是稻香，都是機靈人，大公子您可還中意？」

大公子知道老夫人疼惜他，不希望等到二夫人插手安排他園子裡的事情才早早送人過來，不過他不太把這事放在心上，因為他的世界，絕不會是桑家這一方小院！

於是大公子笑著說：「秦嬤嬤辛苦了，人我收下，明兒一早我再親自謝謝奶奶去。閒雲、漁歌，來把人帶下去安排好。」

因為這個小插曲，等雲舒和大公子回到房間繼續商談長安之行時，雲舒突然想起一事，問道：「大公子，您說晚晴她是二夫人安插的人嗎？」

大公子沒料到雲舒忽然談到這件事，一時沈默了。

雲舒將她心中的疑惑說出來。「晚晴想誣賴我的時候，明知道二夫人在管事的園中，還去找二夫人，後來又向二夫人求救，偏偏二夫人那麼輕易就饒了她的命，是不是因為她知道二夫人會為她作主？」

大公子低聲說道：「我寧願她真的是為了她弟弟而做傻事。」

大公子既然這麼說，就表明他不願深究晚晴這件事，雲舒會過意，便不再多說，轉而談起去長安後應該做的事。

自從筠園上下得知大公子下個月要去長安，便紛紛開始替大公子準備遠行的用品。桑家的根基在洛陽，如今已是洛陽首富，他們在這裡已經賺無可賺。雖然桑家在周圍一些城池都設有店鋪，但在最繁華的長安，他們卻是一根腳趾都沒踏進去。

長安的達官貴人很多，沒有一點背景，桑家絕不敢輕易踏入長安的商界，如果貿然行動，也許一個不小心，便會讓桑家幾代人的基業毀於一旦。

大公子這次進長安背負了很多壓力和期望，他能做到哪一步，對桑家真的很重要。

當他坐上遠行的馬車時，桑老爺和二夫人親自送行，二夫人還一臉擔憂地說：「弘兒，出門在外不易，你若遇到了什麼過不去的坎，記得去找你表舅，記住了嗎？」

二夫人口中的這個「表舅」，就是「國舅」田蚡——當今皇帝劉徹的舅舅，與他這個桑家長子的甥舅關係，扯得就有些遠了。

不過大公子表面上依然感激地說：「二娘如此關心孩兒，孩兒銘記在心，爹娘和弟弟在家，要多保重。」

一行人依依惜別後，馬車終於出發了。

雲舒跟大公子同坐一輛馬車，等離開桑家之後，她才好奇地說：「說來我在內院待了半個多月，大公子其他兄弟姊妹倒是一個都沒看到，連二公子也是。本以為這次送別時能見到，可是依然沒見到他們。」

大公子解釋道：「姊妹們長大後，奶奶就不許她們跟男子接觸，連兄弟也要避諱，所以連我也見得少，妳就更見不到了。至於二弟，一直被二娘嬌養在房裡，哪裡都不許去，妳自然也見不到。」

聽到二夫人嬌養二公子時，雲舒不禁有些為二夫人發愁。寵愛小孩子固然沒錯，但不應該無限制地寵溺，嬌生慣養出來的孩子，又能抵抗什麼大風大雨？

不過這些都不是雲舒該發愁的事，她想想也就作罷了。

坐在車裡，雲舒又想起昨晚跟丹秋道別的情景。那孩子是個重感情的人，知道會有很長一段時間看不到雲舒，哭得很厲害。雲舒只得一遍又一遍安慰她，說她們都是服侍大公子的人，不論是長安還是洛陽，等到安定了，肯定還是會在一起。

想到這裡，雲舒又說：「顧清先一步去長安安置落腳的地方，也不知道他行不行。」

他們這一次前去長安，短則三個月，長則一、兩年，所以大公子派顧清先去長安租下一處院子，供他們一行人居住。

大公子倒是很放心地說：「顧清這幾年也跑了不少地方，見了不少世面，安置一個住宿的地方，應該沒問題。」

隨著他們愈來愈接近長安，雲舒就愈來愈激動。她是一個漢朝迷，研究過很多漢朝的東西，雖說不上是專家等級，但也絕對算得上「骨灰級的粉絲」！

大公子看到雲舒坐立不安，一直神遊天外，不禁有些好奇。「雲舒，妳在想什麼？一會兒出神，一會兒又傻笑。」

雲舒淺笑道：「我是在鄉下長大的，從沒想過自己能到長安城裡來。等到了長安城，我可得好好瞧瞧！」

大公子親切地應道：「若今天趕得緊些，也許能在城門關閉前就到長安，如果趕不及，就只能歇在城外，明兒一早再進城。這次我們要在長安待很長一段日子，有空我再帶妳四處玩玩。不過……我也沒來過，倒是旺叔已來過好幾次，叫他帶我們去吧。」

「嗯！」雲舒高興極了，恨不得此刻就飛進長安城。

金烏西墜時，車夫緊趕慢趕，總算趕在城門關閉前進了長安。由於天色已轉暗，高大的城牆在暮色中彷彿是隻即將沈睡的巨獸。當馬車通過城門時，雲舒掀開簾子仰望著城門，感覺就像自己正要被巨獸吞食到腹中。

長安城中有八條主要幹道，它們縱橫交錯，將長安分成大小不一的方形區域。大公子一行人的目的地，是位於清平大街後的一座院落。

那宅子不小，占據了一整條巷子，有兩個單獨的園子，裡裡外外近二十間房，住他們幾人綽綽有餘。

顧清點起燈，領著大公子查看往後的住處，並仔細說明：「東院我已經讓人打掃出來了，大公子今晚就可以直接住進去。西院那邊也收拾得差不多，旺叔和韓管事就歇在那邊，院中還有些雜物，我明日就讓人清理掉，今天只能委屈他們兩位一下。」

在大公子巡視的時候，院子裡正在整理雜物的兩個中年婦女匆匆停下手邊的工作，垂首站在一旁，為大公子讓出一條路來。

大公子問道：「總共請了多少人？」

顧清忙說：「我知道大公子喜歡清靜，所以人手請得不多。兩個灑掃婆子，一個漿洗衣服的僕婦，另外廚房請了兩個人，總共就五個。請的都是長安本地人，知根知底，公子盡可放心。」

大公子點了點頭，對顧清的安置很滿意。「雲舒隨我去東院，顧清你去西院照顧旺叔和韓管事，千萬不可怠慢他們二位。」

「是。」

雲舒手上挎著大包袱，背上還揹了一個包袱，馬車上還有幾個包袱沒拿下來。這些是她和大公子的衣物，以及一些日常用品。若不是當初她阻止漁歌和閒雲，她們還真恨不得把整個筠園都搬到長安來。

雲舒隨大公子走進東院，將自己的東西隨便往側面的房間一丟，便去主房仔細整理大公子的衣物，等她收拾得差不多時，天已經完全黑了。

原本以為這時間差不多能用晚膳了，卻遲遲沒等到人來傳飯。雲舒見大公子躺在床上休憩，心想這幾天趕路，他肯定累了，今天為了趕在天黑前進城，根本沒來得及停車吃午飯，如今肯定餓得很。

「大公子，我去廚房看看晚膳什麼時候做好。」

「嗯。」大公子知道新居還未完全準備好，飯菜一時晚了，他倒也不惱。

雲舒來到廚房時，只見顧清一個人在廚房裡燒水，驚訝地問道：「怎麼就你一個人，廚子們呢？」

顧清著急地說：「我以為大公子明天才會趕到，所以今天廚房並沒準備什麼菜，我已經要她們趕緊上街去買些現成的菜餚回來。我都快急死了，去了這麼久，也不見人回來！」

雲舒在廚房裡看了一下，找到一些青菜、青豆，和一籃雞蛋，的確沒辦法做一桌晚膳出來。另外，灶檯上還有新蒸的一鍋米飯，以及他們中午吃剩的菜餚。

雲舒挽起袖子說：「現在天色晚了，大公子餓了一天，我先弄點東西給他墊墊肚子，一會兒菜餚買回來了，再請他出來吃一點。」

顧清很驚訝，問道：「妳會做飯？」

雲舒輕輕一笑，說道：「以前在家時經常做，可是偏偏不會生灶，你得幫我看著火。」

「這個沒問題！」顧清應允道。

因為食材只有這幾樣，雲舒思索了一下，便決定幫大公子做蛋包飯。

她先找出油脂，放入熱鍋中，然後將青豆、切碎的青菜放進去一起炒，等八分熟之後，再放入一人份的熟米飯進去，調味之後炒勻，盛起備用。

之後她取出三個雞蛋，將蛋打散，並對顧清說：「幫我把火弄小一點吧。」

顧清從灶檯下抽出兩根火棒，在灶灰裡把它們弄滅，火勢頓時變小了。

雲舒將打散的蛋液倒入鍋裡，然後用鍋鏟把蛋液攤開，煎成薄薄的蛋皮，而後再在蛋皮中央鋪上炒好的米飯，四邊疊起，再小心翻面，把雞蛋煎熟、裝盤。

蛋包飯外面原本還要淋上番茄汁，可是漢朝根本沒有番茄這種東西，所以雲舒就做了這麼個半成品。

顧清目瞪口呆地看著雲舒做飯的整個過程。漢朝的人還不是很習慣煎炒，做飯大多數都是蒸煮，如今見雲舒像是變戲法一樣弄出一個金燦燦的蛋包，頓時大感有意思！

「妳做了什麼東西？好香啊！」

雲舒端著盤子說：「這叫蛋包飯。怎麼，想吃嗎？」

顧清也餓了，當然想吃，可他知道這是雲舒為大公子做的，因而只是低頭笑笑，並沒回話。

雲舒看顧清嘴饞的模樣，便說：「你等會兒，我先幫大公子送飯過去，等會兒若廚子還沒回來，我也替你做一份。」

蛋包飯冷了就不好吃，雲舒急匆匆將食物送到大公子面前，大公子看到的時候，也表示驚訝，問道：「這是晚膳？」

雲舒解釋道：「晚膳還在準備，我擔心大公子餓了，所以先準備一點東西給您墊肚子，等晚膳好了，再去吃一點。」

大公子看著蛋包飯，只當它是點心，於是拿起雲舒遞給他的木勺戳了下去。看到蛋皮裡面是米飯，大公子訝異地問道：「用米飯做的糕點？」

「這是蛋包飯，大公子嚐嚐味道吧。」雲舒說道。

不知是餓壞了還是怎的，大公子只覺得香味四溢，等他把蛋包飯吃到嘴裡，臉上便露出滿意的笑容，讚道：「沒想到雲舒妳的廚藝也如此好。」

雲舒謙虛地回說：「是大公子餓了，才會覺得好吃。」

漢朝的食材和調味料有限，雲舒這份蛋包飯自然比不得千年之後的美味，可是在漢朝吃慣了水煮的東西，忽然品嚐到煎炒的食物，自然覺得十分美味。

大公子吃飯的時候話不多，可是他把整整一盤蛋包飯全部吃掉的舉動，讓雲舒十分高興。

等雲舒把盤子送回廚房時，廚子已經買到菜餚回來了，正在使用廚灶把菜弄得熱一些，她自然沒辦法幫顧清做蛋包飯，惹得顧清一陣埋怨。

由於蛋包飯讓大公子吃得很滿足，等晚膳正式弄好的時候，大公子便不想吃了。雲舒為大公子準備好熱水，讓他洗澡之後早早歇息去了。

這些天趕路坐馬車很顛簸，加上今天花了些時間打掃收拾，雲舒也累到不行，大公子休息後，她也就歇了。

第十四章　與鍾姬謀

翌日，大公子一早便派旺叔和顧清兩人出去打聽魏其侯府邸位在何處，並打探一下該如何送信給後院的女眷。

旺叔和顧清的能力都不錯，沒多久就把該打探的都打探清楚，甚至還為大公子帶回一個好消息。

「魏其侯府邸在朝陽大街最南邊，府邸很大，很容易就能找到。」顧清說著他和旺叔打聽到的消息。「聽說鍾小姐在去年冬天為竇三公子生了個兒子，非常得三公子寵愛，已經抬了位，成了側室夫人。」

聽到鍾蕾得寵，由小妾變成側夫人，大公子和雲舒自然高興。她愈得寵，就愈能在竇三公子面前說得上話，對他們的幫助也就愈大。

旺叔又說：「我們在門房那裡使了點銀子，那人說他答應幫我們送信給鍾小姐，要我們明天一早再過去聽消息。」

大公子高興地說：「明天就由顧清和雲舒帶著鍾夫人的信物去走一趟，鍾小姐多年未得家裡音訊，若她真的知道家鄉有人過來，必定會傳見，雲舒是個丫頭，方便去內院見她，也知道怎麼說話。」

雲舒保證道：「大公子放心，明天若真能見到鍾小姐，我一定完成任務！」

大公子笑道：「我自然相信妳。旺叔和顧清辛苦了，快去吃飯吧，特別是顧清，你這幾天跑進跑出著實累了，可明天還得再跑一天，記得吃飽些。」

顧清在大公子面前時間久了，知道大公子的性子，便賴著臉說：「大公子若真心疼小的，就讓雲舒妹妹幫我做個飯吧，昨晚看到她為大公子做的那個東西，可饞壞我了！」

大家一聽都笑了，旺叔敲著顧清的腦袋說：「小子膽子大了，敢在大公子面前拿喬了！」

大公子笑著拒絕道：「裡裡外外就雲舒一個丫鬟，每天做這麼多事已經夠累了，你還要她幫你做飯？這我可不准！皮猴快下去吃飯，不准再鬧雲舒了。」

雲舒見大公子心疼她，心中暖暖的，縱使累一點，她也不覺得辛苦。

下午大公子和旺叔、韓管事在房裡商談事情，當雲舒端著水走到房門口時，聽到旺叔正在談論她，便多了個心思，暫時停在門外。

旺叔說道：「雲舒這個丫頭的年紀說小也不小，聽說她都十四了。漢律有言，女子十五還不嫁，可要罰錢的！咱們家的丫鬟到了年歲都要配人，雲舒剛到桑家不滿一個月，現在隨著大公子在長安，老夫人、二夫人肯定考慮不到她，大公子可不能也忘了此事。」

雲舒聽了這個話，差點沒把手上的東西給摔了。旺叔竟然想把她配人！她還指望自己在桑家做滿五年，存了錢找到門道遠走高飛呢，怎麼能嫁人?!

雲舒一顆心急得亂跳，她不知道大公子現在是什麼表情，更不知道大公子是怎麼想的，若真的把她隨便配給一個男丁，她又該怎麼做才好？

旺叔見大公子半天不表態，更近一步說：「顧清這孩子一直在大公子身邊服侍，他是怎麼樣的機靈人，大公子再清楚不過。我看顧清對雲舒似是有些心意，不如把他們兩人配對，以後一起服侍您，豈不是更貼心？」

顧清？雲舒急得想推門闖進去，可她知道絕對不能！這事情由不得她作主，把事情鬧開了一點好處也沒有，只要大公子不明著指配他們，她就有機會勸大公子推掉此事。

雲舒正想著該怎麼勸說大公子，卻聽到大公子說：「這件事情以後再說吧。雲舒雖然十四了，可我還想多用她幾年，算賦那幾個錢我們家難道還在乎嗎？到時候交了作罷，不是什麼要緊事。至於顧清，他爹娘在我們家也都算有頭有臉，若給他指個雲舒這樣沒背景沒來頭的媳婦，他們兩老指不定要怎麼鬧，還是從本家選個身家相貌都好的大丫鬟給他吧。」

大公子如此明確地拒絕了旺叔的提議，總算讓雲舒一顆懸著的心落了下來，只是大公子的話讓她不知該哭還是該笑。原來她現在的身分連配個混得好的小廝，都會遭人嫌棄。

旺叔後面說了什麼，雲舒沒有聽清楚，她端著水在院中又等了一會兒，直到心情平復了，才掛上淺淺的微笑，推門進去送水。

此時韓管事開始說起竇家在京城裡的關係，其中很多是雲舒在平時已經跟大公子說過的，大公子因而對答如流，讓韓管事很滿意。

自從雲舒進來之後，大公子時不時會看她兩眼，雲舒只裝作不懂，安靜地站在旁邊倒茶斟水，聽候差遣。

待旺叔和韓管事的話都說完了，大公子才問道：「明天雲舒會去竇家見鍾小姐，二位有沒有什麼話要交代？」

旺叔想了想，對雲舒說：「明天說話要注意分寸，不可太直接，也不可太委婉，要讓鍾小姐了解我們的意圖，但不可讓她覺得我們唐突。」

韓管事補充道：「竇家後院妻妾眾多，鍾小姐只是個沒有深厚家族背景的側室夫人，縱使竇三公子對她寵愛無邊，她的日子也不會太好過。妳明天去的時候，注意看她的反應，若她覺得為難，也不要強求，留個人情，以後總有機會。」

雲舒謹記他們的話，表示自己一定會小心拿捏。

而大公子似乎有點心不在焉，待大家商量完，送走旺叔和韓管事後，他留下雲舒，問道：「妳覺得顧清這個人怎樣？」

雲舒正在收拾喝水的杯子，聽到大公子這麼一問，就知道是旺叔之前的話讓他有此一問。她不想跟大公子打馬虎眼，便直截了當地說：「旺叔的話，我在門外都聽到了……」

大公子稍稍有些驚訝，似是沒料到雲舒在聽到這件事情之後，還能表現得這麼鎮定。

「那妳是怎麼想的？會不會怪我阻了妳的姻緣？若妳喜歡顧清，我這就去叫旺叔回來……」

「大公子！」雲舒停下手邊的活兒，說道：「大公子幫我推辭了這件事，我感謝還來不及呢！我不想嫁人，大公子對我有救命和知遇之恩，我只想盡力服侍大公子，等您大業穩固時，再隨便打發了我吧！」

大公子聽到雲舒這樣說，心中感動萬分，也放心了許多。雖然雲舒嫁給顧清一樣能留在他身邊服侍他，但他聽到雲舒這番話，就是覺得不一樣。

主僕兩人彷彿有種默契，這件事情僅談了這幾句，便從此揭過，不再提起。

隔日一早，雲舒便坐在鏡子前面開始梳妝。她今天要去魏其侯府替大公子辦事，最基本的體面不可丟。

雲舒穿了套之前老夫人賞的新衣服，是銀灰色帶淺黃色高腰圍的曲裾。這件衣服的淺灰色並不黯淡，灰中帶有銀白，穿在身上很有格調。平整而有質感的高腰圍將她的窄腰顯得更加纖細，只不過她太瘦且還沒發育，胸圍幾乎沒有……簡直是個大敗筆！

穿好衣服後，雲舒用木梳慢慢梳理起她的頭髮。重生的時候，她這個身體的頭髮又枯又黃，那是長期營養不良造成的。這段時間，她跟著大公子，在飲食上從未受過虧待，身體不但養好了，頭髮也漸漸有了光澤。

打扮完畢之後，雲舒滿意地看著鏡子裡的自己。雖然還是個瘦小的黃毛丫頭，不過已算得上嬌小秀氣，不是那麼醜了。

雲舒來到大公子的房間，拿取鍾夫人之前給她的手鐲信物。大公子看到她，略微愣了一下，繼而讚道：「妳今天看起來氣色很好。」

雲舒羞赧地笑道：「出門替大公子辦至關重要的事，自然要精神十足。」

時間已差不多，顧清早在外面等候。臨出門前，大公子一再交代：「雲舒第一次來長安，也沒單獨出過門，顧清你千萬要看好，別把她弄丟了。」

顧清連連保證一定帶好雲舒，雲舒則在一旁捂嘴偷笑。這兩個小孩倒把自己當小孩了！

從清平大街出來，直接往東走，到朝陽大街時再向南走，就能找到魏其侯府。兩人一面往魏其侯府走去，一面看著街上的百態人生。

這還是雲舒頭一次在古代逛街，她看著街道兩旁店鋪林立，還有挑著扁擔叫賣的小販，以及各色行人，終於對她的人生有了新的感悟……

她真實地感受到穿越帶來的變化，她的確成了古人中的一員了！

顧清見雲舒看著路邊的蒸糕出神，以為她想吃，於是跑去買了兩塊回來，塞了一塊到雲舒手裡，說道：「早上出門還沒吃東西，餓了吧？」

雲舒回過神，看著手中的蒸糕，有些為難。昨天旺叔說的那番話，讓她決定要跟顧清保持距離，只不過她現在若把蒸糕扔回去，也太難看了。

思來想去，雲舒默默吃起蒸糕，連一句謝謝也沒有。

這一路基本上都是顧清說，雲舒聽，直到臨近魏其侯府，顧清才漸漸安靜下來。

站在魏其侯府前的朝陽大街上向東看去，巍峨的未央宮就在那邊，屋簷飛揚，如鳳鳥展翅，氣象莊嚴的殿宇，透露出皇家的威儀。

「那就是未央宮吧？」

雲舒說出一路上第一句話，顧清趕緊說：「是呀，那是皇上處理朝政和生活的地方，我們這種尋常人，能夠在外面看一眼就不錯了……」

雲舒淡笑，不再多說，深吸一口氣，朝魏其侯府後門走去。

後門門房見到顧清，笑著說：「小哥你來啦？昨兒夫人聽說有娘家人傳信來，高興了一天，忙說人來了就帶去見她呢！」

顧清嘴甜地說：「謝大伯傳話，我不方便進後院，就有勞大伯將我這妹子帶進去跟夫人說兩句話吧。」

「好說好說，丫頭，跟我來吧。」

門房收了顧清不少好處，在鍾小姐那邊自然也有獎賞，這樣的好差事，他自然高興，所以對雲舒很是客氣。

門房的老伯領著雲舒走進後院，把她交給一個婆子後，便要她們繼續再往裡走。

走到一處小院子時，婆子要雲舒在屋裡坐下，說道：「妳在這裡等一會兒吧，我去請夫人過來。」

婆子雖然走了，但屋裡還有其他丫鬟，雲舒坐好，儘量保持向前看的姿勢，可兩眼卻忍不住左右梭巡，打量侯府的布局和擺設。

之前一路走來，雲舒只覺得園子很大，但擺設什麼的甚至不如洛陽桑家貴氣，至少她沒見到什麼特別讓人驚豔的好東西，大概是天子腳下，不敢太張揚放肆吧。

雲舒正胡思亂想著，外頭便傳來少女焦急的呼喊：「夫人您慢些，別跌了……」

雲舒聞言趕緊站起來，下一刻，就見一個容顏明麗的年輕少婦急匆匆走了進來。

明麗少婦不等丫鬟掀開門簾，就衝了進來，看得出真的很急迫。她光淨的額頭上微微有些細汗，胸脯上下起伏，櫻桃小嘴不住喘著氣。她站在門口鎮定了一下，接著臉上掛起笑容，對雲舒問道：「妳叫什麼名字？以前在家裡怎麼沒見過妳？」

雲舒對鍾蕾俯下身請安道：「雲舒見過夫人。我並不是鍾家的丫鬟，夫人自然沒有見過我，不過我確實帶了鍾夫人的信物和口信過來。」

鍾蕾聽雲舒說不是鍾家的丫鬟，臉上露出失望的神色，只是一聽她說帶了自己娘親的信時，兩眼立即熠熠生輝！

「我娘帶了什麼話給我？」鍾蕾走到雲舒身邊，拉著她在榻上坐下，絲毫不顧主僕的身分之別。

雲舒從袖子裡拿出一個用手絹包著的玉鐲，說道：「鍾夫人說她不怪妳，只要妳過得好，她就安心了。」

鍾蕾接過鍾夫人的玉鐲，那是她娘親戴了幾十年的東西，她自然認得，再聽雲舒轉達這些話，一時之間紅了眼眶。她兩手捧著玉鐲，像個孩子一般嚶嚶嗚咽輕喊著娘。

有個丫鬟送水過來，安慰鍾蕾說：「夫人不要傷懷，今日得到家中傳信，可謂除了夫人心病，高興都還來不及，怎麼就哭了呢？」

鍾蕾點了點頭，用手絹擦拭眼角的淚水，笑著問雲舒：「我娘還說了什麼？家裡怎樣？父親身體可還好？」

雲舒一副欲言又止的模樣，眼角偷偷看了看站在旁邊的丫鬟。鍾蕾見她如此，立刻對丫鬟說道：「去幫客人取些點心來，愣在這裡做什麼？」

打發走了旁人，鍾蕾才小聲問道：「現在沒有別人，家裡有什麼話要傳，妳儘管說。」

雲舒壓低聲音說道：「回夫人，鍾老爺和夫人的身體都還好，只是夫人因思念您，心憂難解。我是洛陽桑家的丫鬟，因我家大公子有事要來長安一趟，之前又恰好經過南陽，鍾夫人便託我家大公子給夫人傳個信，以解憂思。」

「竟是這樣！」鍾蕾聽雲舒這樣一說，便知父親還沒原諒她，而娘親連正大光明傳信給她都不行，還要靠別人偷偷幫忙，如此一想，心中便覺無限悲哀。

雲舒見鍾蕾神色悲涼，勸解道：「夫人不必傷心。您離家兩年，鍾老爺縱使心硬如石，也不可能全然不想。您只需主動去一封信，告訴他們您的現狀，以及請罪之意，鍾老爺定然會原諒您。」

鍾蕾自從跟竇華私奔到長安，從來不敢向家裡傳信，生怕惹父親生氣，或派人來抓她。如今聽雲舒一說，心中豁然開朗：原本就是自己有錯在先，她不去請罪認錯，難道還要等父母來原諒自己嗎？

「對，妳說得很有道理，我這幾天就寫信回家。」鍾蕾點頭道。

雲舒笑著說道：「聽說夫人喜得貴子，如此喜訊，只要傳回家中，鍾老爺想看外孫還來不及，又怎麼會跟夫人生氣？」

鍾蕾想到兒子，也是一臉甜蜜，再想到有可能跟家裡和好，更是欣喜不已。

「對了，妳家公子是洛陽桑家的大公子嗎？」鍾蕾向雲舒問道。

「是。」雲舒應道。

「這次多謝你們主僕。」鍾蕾從袖裡取出一個小荷包，塞給雲舒說：「這點銀子不成敬意，妳且收下吧。」

雲舒趕忙推辭，鍾蕾嗔怪道：「我知道你們桑家是大富之家，看不起這點錢，可這是我一點心意，妳又怎能不收？」

雲舒有些扭捏，但儘量顯得大方，說道：「其實這次來見夫人，我家大公子是有一事相求。」

所謂禮尚往來，往而不來，非禮也；來而不往，亦非禮也。人情也是，鍾蕾欠桑家大公子一個人情，如今聽到雲舒這樣說，雖有一點吃驚，但並未顯得愕然，只問道：「我人弱力微，不知能否幫得上桑大公子的忙。」

雲舒趕緊說：「夫人不必憂慮，並不是什麼難事。我家大公子前來長安遊歷，奈何這裡一個人也不認識，他聽聞竇三少爺豪邁廣交，十分想跟他認識，不知夫人能否幫忙介紹一二？」

鍾蕾在竇家後院中磨礪兩年，無須細說，便已察覺到雲舒話中之意。

桑家是富賈世家，對行商之人來說，最重要的就是人脈。桑家在長安的人脈為零，想要有所發展，必然要先廣結關係。

鍾蕾稍微思索了一下。鍾家與桑家本就有舊交，何況自己還欠了桑家大公子人情，幫這個忙又有何不可？只是她從來不敢擅自干涉竇華的交際，害怕他覺得自己管得太多，以致失了寵愛。

正在猶豫時，雲舒在旁將利益關係分析了一番：桑家是洛陽第一富商，若能與竇華結識，對雙方都有好處。更何況，對娘家背景不夠深厚的鍾蕾而言，也是大有助益。她初生幼子，若背後缺乏有力的支持，她所生的孩子想在魏其侯府立足，談何容易？

聽到雲舒這樣講，鍾蕾怎能不動心？

這次鍾蕾不再猶豫，她低聲說道：「城外南郊的萬福塔新建竣工，三少爺和京中幾位好友相邀明日前去登塔，桑大公子若能與之『巧遇相識』，之後我再以家鄉故友的名義邀他到家中，豈不甚好？」

雲舒心中一喜，鍾小姐果然是聰明人！這樣的巧遇相識可避免生硬的引薦過程，讓一切顯得再自然不過，必定會有最好的效果。

兩人商量一番之後，雲舒滿意地告辭，離開了魏其侯府。

見到在外面等候的顧清，雲舒情不自禁地伸出食指和中指做了個「勝利」的手勢，惹得顧清一頭霧水。

「大功告成，我們快回去告訴大公子吧！」

第十五章　再遇仇人

雲舒與顧清兩人神清氣爽地走在回家路上，忽然被前面的人群擋住了去路。顧清是個愛打聽消息湊熱鬧的人，便擠進人群中。雲舒不愛人多的地方，就在外圍等他。

顧清看完熱鬧回來了，開口便講：「有個人餓暈在路上了。真可憐，不知道誰那麼欺負人，把他的頭髮都剪了！身體髮膚受之父母，怎麼能欺負人到這種地步呢？」

聽到顧清的感嘆，雲舒但笑不語。在現代，剪頭髮是人人都會做的事，更別說燙染了，因此她對這一點並沒有什麼特別的執著。

不過雲舒聽到那個人是餓昏的時候，便心生不忍。她體驗過餓肚子的感覺，回想起當初在沙漠裡餓到垂死的感覺，她就沒辦法對有同樣際遇的人置之不理。於是雲舒對顧清說：「買兩個饅頭給那個人吧，說不定這一口吃的，就能救活一條命。」

顧清笑道：「妳可真好心。」

在古代生產力尚不發達的年代，餓死人是很常見的事情。桑家是有錢人家，他們雖然是下人，也沒挨過餓，只是對路邊餓死人的事情，通常都是視而不見。並不是他們鐵石心腸，而是因為這樣的事情太多，救得其一，救不得全部。

顧清只是湊湊熱鬧，沒打算施援，但一聽雲舒說要救人，便同意了，轉身便去找賣食物的店鋪。

雲舒站在路邊等顧清，忽聽到人群後有人喝斥道：「速速讓開，何人敢擋公主車駕！」街上的行人一下全都散開，此時一輛香絹金鈴裝飾的香車出現在街道正中間。

雲舒看到了，也趕緊避開。她知道在這個年代，上層社會的當權者當街殺死平民很常見，她可不想被無辜牽連。

她看著香車從街道中間緩緩走過，開始猜測這到底是哪位公主的車駕。能在長安肆意橫行的公主不多，最有可能的有兩位，一是當今皇后陳嬌的母親——館陶長公主劉嫖；二是當今皇帝的同胞姊姊——平陽長公主劉娉。

餓暈在街上的那個人躺在街道正中間，恰好擋住了公主的車駕。車前侍衛便指揮旁邊兩個士兵說道：「去，把那個人拖開！」

那個昏迷的人在士兵將他架起的時候悠悠轉醒，口中咕噥說著一些讓人聽不太清楚的話。就在他被扔在路邊的時候，雲舒突然聽到這個人大喊：「狂客落拓尚如此，何況壯士當群雄！我欲攀龍見明主，雷公砰訇震天鼓……」

聽到他喊出這段話，從他身旁經過的公主車駕猛然停下，雲舒也愣住了！

雲舒腦子亂成一團，一顆心如春雷陣陣敲得胸悶！

「『狂客落拓尚如此，何況壯士當群雄！』這……這是李白抒發鬱鬱不得志的〈梁甫吟〉，怎麼會出現在漢朝？」雲舒喃喃自語道。

她心中不解，再朝路邊那個人看去，只見他全身髒亂，身裹辨不出顏色的破衣，頭髮參差不齊，半長不短地糾結在一起，遮住了面容。

「何人大放厥詞？」一聲悅耳但飽含威嚴的聲音從公主車駕裡傳出來，馬車上的竹簾旋即被挑開，露出一張皎潔、年輕的絕色容顏。

看到她的樣子，根據年紀推斷，這必定是劉徹的姊姊，平陽長公主劉娉了！

公主車駕旁的士兵重新把那個男人從地上架起來，拖到車駕窗口前。劉娉冷笑著問道：「你剛才說什麼？『我欲攀龍見明主』？」

那人渾渾噩噩地繼續唸著〈梁甫吟〉：「三時大笑開電光，倏爍晦冥起風雨。閶闔九門不可通，以額扣關閽者怒。白日不照吾精誠，杞國無事憂天傾……」

劉娉的眉頭愈皺愈緊，她上下打量著這個胡言亂語的「瘋子」，卻又仔細琢磨著他的話。良久，她對車前侍衛吩咐道：「將此人押回公主府！」

香車駛過，美人離去，那個人也被帶走了……

街道上很快便恢復平靜，彷彿剛才那一幕完全沒發生過一樣，可是雲舒卻站在街旁角落裡久久回不過神……

「唐詩……那個聲音，是他、是他！」雲舒聽得分明，那人口中唸的的的確確是唐朝李白的詩詞，一段本不可能出現在漢朝的文字！而且，那個聲音……

雖然聲音嘶啞模糊，面目無法分辨，可雲舒知道，那就是卓成！那個人就是跟她一起穿越時空，卻在沙漠裡將她殺死吃掉的卓成！

他活著走出沙漠，出現在長安，被平陽公主收留了！她知道一有機會，他就會施展他的野心……

他心狠手辣、不擇手段、毫無人性，這樣恐怖的一個存在，雲舒不知該如何應對！逃避？大公子要在長安求發展，她避無可避！面對？一想到這個人曾經靠吃自己的肉、喝自己的血活下來，她就全身顫慄！報復？她只是個小丫鬟，只想平平安安活下去……

無數想法在雲舒腦海裡滋生，她覺得自己的腦袋嗡嗡作響，耳鳴聲不斷，彷彿連天地都開始旋轉。

顧清買了兩個饅頭回來，卻找不到那個在路上昏倒的人，連雲舒的影子也不見。大公子出門之前千叮嚀萬囑咐，不能把雲舒弄丟了，這下可好，人真的不見了！

顧清急得拍腿跺腳，在周圍又找又喊，好不容易才在一個巷子裡找到跌坐在地上發愣的雲舒。「雲舒，嚇死我了！妳坐在這裡做什麼？我喊妳，妳怎麼不應一聲？害我找了好半天……」

雲舒根本沒聽清楚顧清在說什麼，顧清喊了兩聲，終於發現雲舒不對勁，忙蹲下身去看。她兩眼驚恐地睜大，卻沒有焦距，臉色慘白，冷汗不斷從額上冒出。

「雲舒，妳怎麼了？雲舒，妳聽到沒有？」

顧清不停拍打雲舒，雲舒總算回過神來，對顧清說：「我……我頭疼，帶我回去……」

「好，妳忍著點，我馬上帶妳回去看郎中！」顧清二話不說，將雲舒揹在背上，就往清平大街跑去。

顧清以最快的速度將雲舒揹回家，把眾人嚇得不輕。早上出門的時候雲舒還好好的，回來時卻變成這副模樣，也不知是發生了什麼事。

把雲舒放在床上，又派人去請郎中後，大公子拉住顧清問道：「在魏其侯府發生了什麼事？雲舒是不是被人欺負了？」

顧清忙搖頭說：「沒有，她從侯府出來的時候，精神特別好，還對我說大功告成，要回來給大公子報喜呢！」

「那她怎麼突然變成這副呆滯的模樣？」大公子眉頭深鎖。

顧清急得抓耳撓腮，說道：「我也不知道。我們在路上碰到一個人餓暈在路上，雲舒要我去買吃的給那個人，等我回來時，她就這副樣子了，我實在不知道是怎麼回事……」

大公子急得甩手，旺叔和韓管事也想不透是怎麼回事。

就在這時，雲舒漸漸回過神，她在床上睜眼看向焦急的大公子，輕聲說：「大公子，我沒事……可能是路走多了，一時頭暈。」

見雲舒轉醒，大公子著急地坐到床邊問道：「真的只是頭暈嗎？現在好點了嗎？」

雲舒勉強笑道：「嗯，最近一直都坐馬車，沒怎麼走路，今天在太陽下走了一會兒，就覺得頭暈眼花，所以才跌在路邊，現在已經好多了。」

大公子嘆了口氣說：「妳的身子還是太弱了，一會兒讓郎中幫妳看看，然後開些藥補一補。」

看大公子焦急的神情，似乎雲舒不同意看郎中，他就會寢食難安，於是雲舒也沒有推辭，淡笑著接受了。

郎中來了之後，替雲舒把脈診治一番，說了什麼「參伍不調、氣血兩虛、脾胃虛弱」，讓大公子急忙求方。

雲舒大概聽懂了，無非就是這個身體底子不好，當年餓久了，導致營養不良、貧血，脾胃還不好。雲舒倒不急，這些她心裡大概有譜，以後慢慢調養就是。現在最讓她憂心的，是心病。

郎中看完診後，大公子派顧清跟隨郎中去抓藥，而後留在房間照顧雲舒。

雲舒見他要親自幫自己餵水，忙撐著身體坐起來說：「大公子不要為我操勞，我休息一會兒就好了，大公子還是趕緊歇著吧！」

大公子端著水杯來到雲舒床邊，寬慰道：「平時都是妳服侍我，妳為我出謀劃策、照顧起居，盡心又盡力，今天我不過是幫妳倒一杯水，又怎麼了？」

雲舒就著大公子的手，飲了半杯水下去，緩了一口氣說：「我還未來得及跟大公子說今日去魏其侯府的情況呢。」

「妳歇一歇，等好些再說也不遲。」大公子勸道。

雲舒搖了搖頭說：「有些事情，大公子還是早做準備為好。今日我跟鍾小姐商議，趁竇三公子明天去萬福塔遊玩的機會，大公子先想辦法與他結識，之後鍾小姐再以世交故友之子的名義引薦，會更恰當。大公子今天需要先去萬福塔看一看，弄清楚長安的公子哥兒們平時登塔遊玩的地點，以及之後喜歡在哪裡飲酒用餐，要做到萬事俱備才穩妥。」

大公子頻頻點頭說：「等顧清回來，我就跟旺叔去萬福塔走一趟。」

直到顧清抓藥回來，命婆子煎好藥，看雲舒喝藥睡下之後，大公子才放心出門去打點。

華燈初上之時，大公子回來了，一回房，他就看到雲舒在整理他明天要穿的衣服，忙說：「不是要妳好好休息嗎？怎麼又起來了？」

雲舒回道：「睡多了，晚上就睡不著，而且愈躺愈沒精神，索性起來做做事。這些尋常事也累不到我，大公子別擔心。」

見雲舒的氣色的確好多了，大公子才沒有強行要她休息。

大公子剛坐下歇息，就聽雲舒問道：「去萬福塔打聽得怎麼樣了？」

大公子臉上充滿喜色，看來一切順利。「萬福塔剛剛建好，旁邊只有一間酒坊，因靠著一眼清泉而建，故名『清泉坊』。聽附近的人家說，城裡的人去萬福塔遊玩後，中午都會在清泉坊休息用餐，明日我們在那裡守株待兔即可。」

大公子心中已有主意，雲舒也就放心了。明天的行動很關鍵，所以主僕二人早早便收拾歇下。

夜半時分，大公子迷迷糊糊中醒來，隱約聽到「咚咚咚」的撞擊聲，並夾雜輕微的呼救聲。他側耳傾聽，待弄清楚聲音是從隔壁雲舒的房間傳來後，頓時清醒過來，抓住床頭的外衫披在身上，就往雲舒房間衝去。

微弱的夜光中，雲舒被惡夢纏住，她掐住自己的脖子，兩腿不斷蹬踏著。大公子見她小臉憋得通紅，痛苦得快要昏過去，趕緊撲過去抓住她的雙手，想讓她把自己鬆開。

可是雲舒死不鬆手，眼角更溢出晶瑩的眼淚，掙扎地說著什麼。大公子側耳仔細聽，才聽到她說的是：「卓成……不要殺我……不要……」

「雲舒！雲舒，醒醒！」大公子抓著她的手死命搖晃，因用力太猛，雲舒的腦袋一下子撞到床板上，這才把她從惡夢中驚醒。

雲舒一睜眼就看到自己頭上籠罩著一抹黑糊糊的人影，嚇得大叫，大公子忙說：「是我，別怕！」

雲舒聽到大公子的聲音，這才鎮定下來。她喘息著坐起身，問道：「公子這麼晚找我有事嗎？」

大公子一臉擔憂地看著雲舒，說：「妳剛剛作惡夢了，又哭又喊，還差點把自己掐死，妳難道不知道嗎？」

雲舒身子一僵，腦海裡閃過卓成舉刀刺向她的情景，她抽泣著說：「可能是作惡夢了，把大公子吵醒了嗎？我沒事了，大公子也快回去睡吧。」

大公子見雲舒強裝堅強，抓住她的肩膀認真問道：「雲舒，告訴我，妳到底遇到什麼事了？妳白天突然病倒，晚上又作惡夢，還喊著『卓成不要殺我』，妳難道真以為我會相信妳這些敷衍我的話？」

雲舒一愣，沒想到自己連「卓成」的名字都喊出來了。她有些心虛地看向大公子，正要說自己只是很普通的作惡夢，沒想到大公子已經反問道：「妳難道還想說妳是因為生病，心緒不寧才作惡夢嗎？」

被他看穿了……雲舒再次低下頭，思考著該怎麼說。

此時大公子溫暖的話從耳邊傳來。「雲舒，妳別怕，有誰要欺負妳，妳儘管告訴我，有我在！」

他說……「有我在」！雲舒聽到這句話，頭一次很想依賴一個人，第一次感到身邊有人陪伴，是這麼讓人安心的一件事。

良久，她終於淚光閃爍地說：「白天，我在街上看到了以前想殺我的人，他以為我死了，我怕他發現我，又會殺我……」

誠然卓成最初殺雲舒的動機是因為他太餓太渴，想要活下去，可是他說的另外一句話，雲舒同樣銘記在心。

他說：「歷史我一個人知道就夠了！」

兩個穿越者，卻像一山不能容二虎，即使雲舒只想過平靜的生活，但像卓成這樣心狠手辣的人，說不定會怕雲舒打亂他的計劃而下毒手！雲舒見識過他的手段，她怕了，不敢去跟那個瘋狂的人較量……

大公子心疼地看著雲舒，將自己的手掌覆蓋住雲舒微微顫抖的小手。這一刻，雲舒彷彿是個無助的女人，而大公子則是她可以依靠的男人。

深夜寂靜，雲舒在說出心中的恐懼之後，整個人頓時輕鬆下來。大公子看她漸漸平靜，也稍微放心了一些。

他態度儘量平和地問道：「他為什麼要殺妳？」

雲舒垂著眼瞼，不想把人吃人那麼恐怖的事情說給大公子聽，於是換了一個說法。「最開始是因為爭搶食物，他想活下去，就必須殺了我。現在，可能是因為我知道他一些底細，不想讓我影響他的發展。」

大公子聽完，便猜出這個卓成就是雲舒之前所說，跟她一起從家鄉逃出來，卻搶了她的錢、差點害死她的人。

因不知雲舒和卓成之前的關係與感情到底如何，大公子也說不準該如何處理這件事，於是問道：「妳恨他嗎？」

雲舒想起她被殺那晚的恐怖情景，點頭說：「恨，恨他的自私自利，恨他的心狠手辣！我想平平安安活下去，可是一見到他，我就好害怕，怕會像當初那樣……」

大公子彷彿大哥哥一般，拍拍雲舒的背，安慰道：「不要怕，有我在。妳既然跟著我，我就不會再讓妳受到傷害。」

這一刻，雲舒的眼睛格外明亮，恍若散發著耀眼絢爛的光彩，她微笑道：「謝謝大公子。」

大公子安撫了雲舒一番後，囑咐她早點歇息，便背著手走回自己房中。他的步伐很慢，拇指和中指反覆摩挲，似乎在思考什麼事情。回到房間躺上床，大公子仍喃喃唸著一個名字——「卓成」。

第十六章　出遊登塔

說也奇怪，自從大公子安撫之後，雲舒這一覺睡得很踏實。早上醒來後，雲舒坐在床上兀自覺得好笑，自己這個心理年齡二十多歲的人，竟然還要依靠一個十幾歲的少年，明明該是「姊姊」，在他面前卻不自覺地變成「妹妹」。

雲舒一面喟嘆，一面迅速穿好衣服，然後來到大公子房裡服侍。大公子已在顧清伺候下穿戴，雲舒見沒有自己能插手的地方，便去廚房取來早膳，三人湊在一起吃完，便去門口登車出城。

初夏暮春之時，天氣很好，可謂鳥語花香，雲舒一路上看著美景，將昨天的陰霾一掃而空。

大公子在車廂裡說道：「我昨天和旺叔前來打聽，這萬福塔是先帝身體不好時下令修建的，原本用來祈福，誰知等不及塔修築完成，先帝就殯天了。不過新皇登基時，曾來此處登高祈福，使這座塔很有名氣，長安城中很多人都會來此處登臨遊玩。」

顧清聽得認真，雲舒也覺得有趣，大公子見他們興趣濃厚，便說：「我們今天也上塔玩一玩，當作來長安之後第一次出遊。」

雲舒叮囑道：「大公子，不可耽誤了正事。」

大公子寬慰道：「放心，我已有安排，妳儘管放心玩。」

雲舒心中動容，知道大公子有意讓她散心，去除心頭的懼怕，她不想拂了大公子的好意，便歡喜地應下。

出城不久，雲舒就從車窗裡看到不遠的山頭上有座尖尖的塔，想必那就是萬福塔。馬車走到山坡下就停了，旺叔和馬夫在山下守著馬車，顧清和雲舒則陪著大公子上山登塔。

太陽昇起，幾人的額上微微浮起一層薄汗，大公子回頭關切地問雲舒：「妳爬得動嗎？要不要緊？」

雲舒點頭道：「許是今天早飯吃得飽，覺得挺好的，大公子別擔心，如果頭暈或不舒服，我會告訴你們。」

「嗯。」大公子放心地點了點頭，三人繼續朝山上走去。

走得近了，雲舒才發現萬福塔真的很高，竟然足足有七層，拿到現代去，也不算矮，看來這座塔著實費了皇家不少心思。

萬福塔是座六角高塔，每個飛簷上都雕著一條盤龍，下面再懸著銅鈴鐺，春風拂過，叮噹作響，很是悅耳。

雲舒正在仰望高塔，忽然聽到身後傳來一陣急促的馬蹄聲，大公子趕緊拉著她退到路邊，眨眼間就看到三個青少年騎著駿馬飛奔而過，掀起一陣塵土。

顧清看著他們的背影抱怨道：「沒看到前面有人嗎，還騎那麼快，真是囂張。」

雲舒勸道：「看那些公子金冠錦衣，坐騎肥壯，想必是長安城裡的貴公子，平時跋扈慣了，在城外必定更加恣意。以後在長安，這樣的事情肯定很常見，你為這個生氣又是何苦？」

顧清想想也是，這裡不是洛陽，是長安，縱使自家公子再有錢，也敵不過一個小官吏，他得壓制一下脾氣，免得給公子惹是生非。

大公子看著雲舒提點顧清，笑了笑，而後繼續前行。

到了塔下，他們三人站在樹蔭下歇息，打算等一會兒再爬那七層高塔。

因常有貴人來塔上遊玩，所以塔下有些小攤，賣些平安符、玉珠串之類的東西。大公子和雲舒對這些都沒興趣，連看也懶得看。

倒是顧清好奇地問道：「雲舒，怎麼妳見到那些新奇玩意兒也不去看看？像咱們家其他丫鬟每次上街玩，老在攤子前流連，拖都拖不走，妳卻正眼也不瞧一下。」

「我並不覺得新奇呀。」雲舒以前在旅遊區裡見多了這些小攤，自然不覺得有什麼稀奇，不過更重要的是，她知道那些東西不值他們開的價。「這些東西成本極低，只要商販說是被大師開過光的吉祥物品，價錢立刻翻了幾倍，為圖內心的安詳而買這些東西，虧死了！」

大公子突然笑道：「雲舒，妳倒像極了我們生意人家養出的姑娘，處處都算計著。」

雲舒倒未覺得自己算計，她只是個不亂花錢、買東西也不喜歡吃虧的人而已。只是她不知道，在還存在「以物易物」這種情況的古代，懂得「價值」的人，並不是那麼多。

等三人的氣理順了，就開始進入塔基，準備登塔。塔內的樓梯在中間盤旋而上，雲舒仰頭望上去，看著彷彿沒有盡頭的階梯，突然有些膽怯。也不知她這個身體爬不爬得了七層樓？她突然很慶幸，在沒有電梯的古代，古人不會把塔修到十層以上……

三個人好不容易登上了塔頂，當雲舒站在萬福塔頂端時，她就覺得登塔與登山有相似之處。同樣是吹著清風，站在高處遠眺，頗有一番「會當凌絕頂，一覽眾山小」的感覺。

塔上視野開闊，長安郊外的田埂、樹林以及農舍盡收眼底。抬頭望去，長安城中，地勢最高的龍首原上，未央宮遙遙在望，宮闕層層疊遠，氣勢恢弘。單看景致，已經相當震撼人心。

雲舒正遙望著未央宮，忽然聽到大公子在塔頂另一邊叫她，她趕緊走過去，便看到大公子指著塔下不遠處的一片小樹林說道：「看那裡，清泉坊就在那座林中，就是我們中午要去的地方。」

不遠處的樹林裡，隱約看到有幾間房舍，有條清澈的小溪從樹林裡蜿蜒流出，想必是酒坊旁的泉水匯湧而成。

顧清貼在塔頂內壁上，手上還牢牢揪著大公子寬大的衣袖。雲舒詫異地問道：「顧清，你在做什麼？」

顧清的舌頭有些打結，他吞吞吐吐地說：「太、太高了……你們、當心、掉下去！」

雲舒忍不住捂嘴笑了，不知顧清是有懼高症，還是因為古人不習慣太高的距離？對於雲舒來說，幾十層樓的大廈都站上去過，又何懼這七層塔？

大公子見顧清臉色蒼白，也打趣道：「顧清，你是男子漢，怎麼比雲舒的膽子還不如？這麼高的圍欄，如何掉得下去？」

「我、我哪裡怕了？」顧清強行挺直著脊背，嘴硬道：「我只是擔心大公子的安危。」

雲舒見顧清是真的有些怕高，就不再開他玩笑。她記得有懼高症的人，在高處會暈倒，她可不想看到顧清真的倒下，便說：「若你覺得不適，我們就早點下去吧。」

顧清求之不得，趕緊拉著大公子下塔。

他們在下塔的樓梯上，正巧與上塔的幾個公子哥兒迎面碰上。因樓梯狹窄，大公子便側過身子禮讓，那幾個公子哥兒朝大公子拱了拱手，就繼續爬樓梯。

其中一個看起來身穿黑衣的少年，在經過雲舒身旁時，被她聽到他對為首的青年說：「竇兄，東方兄總是賣弄他的才學，今天登塔，我們可得讓他多作幾首詩賦才行！」

為首的青年回首看著同伴說：「那是自然，他今天逃不掉了！」

最末位身穿青衣的少年聽了哈哈大笑，直接應承道：「竇兄和韓老弟的要求，不敢推辭、不敢推辭。」然而他的語氣卻盡是自信。

電光石火之間，雲舒和大公子對視了一眼。兩人心中已明白，這三人，正是魏其侯的三子，竇華及其好友。

雲舒心中忽生一計，以最末位的青衣少年恰好能聽到的聲音說：「『寶塔凌蒼蒼，登攀覽四荒。頂高元氣合，標出海雲長。』大公子，您剛剛作的詩聽起來可真好，跟我講講到底是什麼意思吧！」

說著，便推著大公子匆匆下樓。

正在上樓的青衣少年聽到雲舒口中唸出的詩，腳步一滯，眼睛晶亮地看著正在下樓的大公子，心中默默琢磨著那幾句詩，唸到最後，不禁叫出一聲「好」，可等他抬頭再去尋人時，哪裡找得到剛剛那幾人？

竇華和黑衣少年見青衣少年沒有跟上他們的腳步，回頭喊他，他道了一聲「可惜」，這才提步上樓，追上同伴的步伐。

大公子被雲舒急匆匆推下塔，心中也是疑惑重重，看向雲舒的眼神格外詭異，帶著點驚奇，也夾雜了點欣賞。

「妳剛剛唸的詩，為何說是我做的？」

雲舒見後面沒人追來，這才說：「我剛剛聽他們談話，其中最年長的那個人好像很自負，我特用詩詞來引逗他，等下次見面，那人必定會主動找公子搭話，這樣就不會顯得是我們主動靠近他們了。」

大公子明白了雲舒的用意，又問道：「那妳唸的詩究竟是何人所作？這個可不好隨便往我身上推，若被人知道，豈不是說我沽名釣譽？」

雲舒不好意思地撓著頭說：「這是我跟我爹以前登塔時他作的，沒別人知道，大公子就暫且借用吧！為了成大事，就不要拘這種小節了。」

雲舒則是暗暗懺悔，她偷用李白的詩，又亂認他為老爹，真是罪過罪過……

大公子滿是讚賞地說：「妳的父親必定是位歸隱的大賢士，他的才能著實讓晚輩嘆服！」

「九九乘法表」、「表格」、「唐詩」，以及長安大人物的背景，這些知識都被雲舒說成「父親教的」，不得不讓大公子做出以上的推斷。

「大賢士？」雲舒有些心虛，說道：「不太清楚呢，我爹很少跟我說起他年輕時的事情。」

這一句話，更讓大公子認為雲舒就是「先賢之後」，對她越發看重。

在前往清泉坊的路上，雲舒為了讓大公子有個準備，將李白的〈秋日登揚州西靈塔〉完整教給大公子。大公子反覆誦道：「『水搖金剎影，日動火珠光』、『目隨征路斷，心逐去帆揚』，好詩，當真是有才之人！可惜他已……」

大公子的話戛然而止，很擔心自己提到雲舒父親的早逝，會令她傷心。然而看雲舒神色正常，這才鬆了一口氣。

第十七章　酒坊相識

當主僕三人慢慢散步來到清泉坊門口時，竇華三人也正從塔上下來，騎著駿馬來到酒坊前。

其中穿著黑底紅紋錦袍的少年將韁繩往小二手中一甩，說：「來給我們一個雅間，把最好的酒送上來！」

酒坊的小二牽著韁繩，神情尷尬地說：「客官，可真不巧，我們樓上三個雅間昨日就被客人訂下了，您看，能不能在樓下將就一下？」

從馬背上躍下的三名青少年俱是一愣，一臉不相信地看著店小二，黑衣少年問道：「生意這麼好，一間雅間也沒有了？」

酒坊的小二賠笑說道：「昨天來了一位公子，包下了三個雅間，並訂下酒席，所以今天的位子十分緊。幾位客官不如在樓下將就吧，我們一樣好酒好肉伺候！」

就在此時，大公子帶著雲舒、顧清出現，店小二看到大公子，立刻對那幾人說：「正是這位公子包下了三個雅間。」

談話間，竇華三人都朝大公子看來，只見一位明眸皓齒、氣質卓絕的少年向他們緩步走來。觀他的氣度，並不像尋常人家的少年，可是竇華等三人自詡交友廣泛，也不曾在長安的達官貴人中見過這樣一個少年，一時之間三人心中都有些狐疑。

大公子走近他們，對店小二問道：「我訂的三桌飯局可已備好？」
店小二忙說：「早已準備好，就等客官您過來了。」
大公子點點頭說：「可惜我幾位朋友一早有急事遠行離開，白白浪費了好酒好菜。」
店小二神情一慌，問道：「客官，那飯菜怎麼辦？您可是預訂的，我們不能退呀！」
大公子抿嘴一笑，說：「放心，我既然預訂，自然不會反悔，只是我們主僕三人吃不了三桌飯菜……」他眉眼一轉，看向旁邊的竇華幾人，說道：「這幾位仁兄可是要用膳？相請不如偶遇，今天我請客，還請各位賞個臉吧？」
竇華一行人和店小二都很訝異，沒想到這位公子如此大方，竟然請陌生人吃飯！店小二自是願意，這樣既不用退還訂金，也不用得罪沒有位子坐的客人，於是趕緊對竇華說：「幾位客人運氣真好，還請上樓用膳吧！」
竇華想了想，擺手說：「罷了罷了，今天原本是我作東請朋友出來玩，怎麼能白吃這位小兄弟的？走，我們回城裡上『遍香樓』吃去！」
身穿青衣的少年自大公子出現後，眼睛便在他身上梭巡，小心觀察他的言行。待他聽到竇華說要走，忙開口說：「我們現在回城，只怕要到下午才能吃上中飯，既然這位公子盛情相邀，我們又何必拒人於千里之外？更何況我之前在萬福塔上聽到這位公子作了首好詩，正想請教呢，不知公子可否賞臉與我等共坐一席？」
大公子聽到他這樣說，內心大喜過望，臉上卻努力控制著，只露出淡淡的笑意，說道：「桑某來長安時日尚短，並沒有什麼朋友，如今遇到幾位，是我的榮幸，怎敢不從？」

另兩人聽他們已經攀談上，自然不好再說要走，於是一行人魚貫上樓。

他們進了一個雅間坐下，大公子則在另外兩個雅間宴請酒坊裡兩桌客人，一時滿堂皆歡。

雲舒和顧清幫眾人布箸斟酒，而大公子則跟眾人攀談起來。雲舒聽他們談話，得知與竇華同行的兩個人當中，那恃才傲物的少年名叫東方朔，那黑衣少年則叫韓嫣。

東方朔，西漢鼎鼎有名的「狂人」才子，足智多謀，膽大卻不乏風趣，是漢武帝劉徹又愛又恨的一個臣子；韓嫣則是跟劉徹一起長大的好兄弟，因跟劉徹有些「花邊新聞」，被後人罵為「寵臣」，被記載在《史記》的〈佞幸列傳〉之中。

知道了他們的名字之後，雲舒端著酒壺的手有些發抖。她努力深呼吸，試圖淡定下來，可是一想到自己周圍就是歷史名人，就沒辦法不震撼！

除了緊張，雲舒更多的是好奇。東方朔和韓嫣啊！特別是韓嫣，一想到韓嫣跟劉徹可能是……雲舒立即目光不潔地多看了正襟危坐的黑衣少年一下。他長得很好看，臉上略有點嬰兒肥，卻脫不去骨子裡的傲氣。

雲舒手腳忙著做事，耳朵豎著聽他們談話，眼睛又偷瞄看人，真是忙得不亦樂乎。大公子則是一臉淡定，他並不知道這些人更深層的身分，只是與他們正常交談，思考該怎麼透過竇華與他父親魏其侯相識。

既然得知對方的姓名，大公子便對他們拱手自我介紹道：「在下洛陽桑弘羊，今日有幸與長安幾位朋友同桌進餐，我敬大家一杯！」

雲舒聽到大公子的話，心頭又是猛然一跳，同時卻又鬆了一口氣。她長久以來的推測終於被證實，大公子的名字的確叫「桑弘羊」！

在她被大公子所救，跟隨他回到洛陽的這段日子裡，身邊從未有人告訴她大公子的名諱，而大公子也從未說起過自己的名字。雲舒知道，洛陽首富桑家曾經出了一個十分重要的歷史人物，漢武帝的大司農，統管中央財政的財務大臣——桑弘羊！

可當初她不敢斷定大公子就是桑弘羊，畢竟桑家長房有兩位公子，其他叔伯也有兒子，她不知道誰才是歷史上那位名人，如今聽到大公子親口說出自己的名字，雲舒心中一塊大石落了地——有這樣一位大人物關照，她的性命應該無憂了吧？

她一面斟酒，一面思考許多問題，但酒席上幾人卻沒她這麼多心思，只是看到大公子敬酒，幾人便接著一起端起桌上的酒樽，一飲而盡。

東方朔大口飲完一杯酒之後，感嘆道：「我已經很久沒有聽到上等的佳作了，沒料到今日出城遊玩，能夠聽到絕佳的詩句。『寶塔淩蒼蒼，登攀覽四荒。頂高元氣合，標出海雲長。』敢問桑老弟，這首詩可還有下文？」

大公子有些不好意思，迅速瞟了雲舒一眼。

雖然雲舒說「成大事不拘小節」，告訴他整首詩的內容，好讓他應對東方朔的發問，可是他不想做欺世盜名之輩，只覺得那樣的佳句絕不是自己能做出的，便說：「前面這兩句是在塔上一時興起所作，後面的卻怎麼也想不出來，不知東方兄可有什麼佳句？」

東方朔低頭沈思道：「此兩句氣勢朗闊，下文須讓我仔細想想，方不辱沒如此佳句！」

竇華和韓嫣對他們兩人討論的詩詞全然沒興趣，竇華舉起剛斟滿的酒杯對大公子和韓嫣說：「既是喝酒就要盡興，我們來喝酒，讓他一個人想去！」

從清泉坊的雅間窗戶望下去，外面的院子裡有一眼清泉，泉水從泉眼中汩汩流出，匯成小溪，向外流去。

雲舒站在窗邊欣賞景色，時而回頭看看屋內的情景。席間幾人喝得正歡，已不需要她斟酒，都各自拿著酒壺幫自己或對方倒。大公子臉上已起了兩團紅雲，眼神也有些迷離。顧清正在力勸大公子少喝一點，可東方朔卻是一副遇見知音的模樣，拉著大公子狂喝不止。

竇華見東方朔那樣灌桑弘羊，有些看不下去，勸道：「東方老弟不要再欺負小兄弟了，他已有些醉，快千休吧。」

東方朔看大公子坐在位子上挺著脖子不說話，眼神迷離地看著桌子，的確是醉了，才轉而去找韓嫣。

韓嫣見東方朔轉而找上他，馬上不平地向竇華抱怨道：「竇兄莫不是心疼桑兄弟了？替他開脫反而讓東方兄纏上我！不過他模樣的確長得俊俏……」

竇華板起臉打斷韓嫣的話。「我們跟桑兄弟初識，你怎可如此調笑？你當他跟你一樣沒個正經？」

幸而大公子喝得暈暈乎乎，沒聽到韓嫣的話，不然不知作何反應。不過他們的對話一字不落地鑽進雲舒耳朵裡，她站在窗邊笑咪咪地上下打量著韓嫣，心中嘀咕：難道野史裡說劉徹和韓嫣的那些混話，是真的？

自大公子醉後，就坐在那裡不發一言，到最後散席離開時，東方朔拉著雲舒問道：「妳家公子現在住在哪裡？我改天再找他說話去！」

看來他還真是與桑弘羊相識甚歡啊！雲舒回話道：「我們暫住在清平大街上，您稍打聽從洛陽來的桑家，就能找到了。」

東方朔頻頻點頭，口中一直說著「改天拜訪」，大公子由顧清揹著，雲舒則替大公子向眾人一一辭別，這才出了清泉坊。

等三人到了山腳下找到馬車旁的旺叔時，他顯然嚇了一跳，忙問大公子出了什麼事。

雲舒趕緊解釋道：「大公子在山上結識了幾位朋友，興致好多飲了幾盅，並沒有大礙。」

旺叔聞言才放下心，轉而小心地問道：「事情可還順利？」

雲舒笑著點頭，說：「很順利。」

輕吁了一口氣，旺叔這才幫顧清把大公子扶上馬車，與車夫一起駕車載大公子回家。

馬車上，大公子枕在雲舒的腿上睡覺，十分安靜，不吵也不鬧，不禁讓雲舒覺得他的酒品很好。

回到家中，雲舒先讓廚房的人為大公子煮了醒酒湯，以免他醒來之後頭疼。她和顧清兩人費了很大的力氣才把醒酒湯給大公子灌下去。大公子嘟著嘴，似乎很不滿他們兩人這麼粗魯，嘟囔了兩句後又倒頭睡下，露出難得一見的孩子氣。

雲舒擔心他睡覺中途嘔吐，或醒來口渴，便預先涼好了開水，靠坐在床邊守著他。許是上午爬山過於疲累，雲舒坐了一會兒後也覺得很睏，就這樣微瞇著眼睡著了。誰知剛閉眼沒多久，她忽然感覺到有人握住了她的手，立即把她驚醒了。

原來是睡夢中的大公子不知怎的抓到雲舒放在床邊的手，她剛想抽出來，豈料大公子抓得更緊了，還喃喃說著：「娘……別丟下弘兒……」

雲舒一愣，看著大公子露出稚氣和委屈的臉，忽然覺得很心疼。不管他平時表現得多麼老成，終究是個十三歲的孩子，而且是沒有娘的孩子……

不知怎的，雲舒想到了前世裡人人都會唱的那首歌——「世上只有媽媽好，有媽的孩子像個寶，投進媽媽的懷抱，幸福享不了；沒有媽媽最苦惱，沒媽的孩子像根草，離開媽媽的懷抱，幸福哪裡找……」

若不是大公子沒了母親，他也許不用這麼早就外出闖蕩，可以活得更幸福一些；若不是後娘有了兒子，他也許不用活得這麼辛苦，時時為自己的處境擔憂……

想著想著，雲舒就把這首歌哼了出來，大公子緊皺的小臉也漸漸放鬆，呼吸轉為平靜，陷入沈睡。

大公子這一覺睡到了日落，他醒來時果然口渴找水喝，一個「水」字才剛喊出來，雲舒就把一杯溫水送到他嘴邊。

喝完一杯水，大公子從床上坐起，看著雲舒時，突然有些臉紅，一是怕自己酒後失態，再者是因為他在夢中竟然夢到了雲舒和他的母親！

他嘴角帶著笑，仔細回味剛剛那個夢。在夢裡，他一手牽著母親，一手牽著雲舒，三個人都幸福得不得了。

大公子為這個夢感到不解。他經常在夢裡夢到母親，但卻是第一次夢到雲舒，他不知自己這是怎麼了……

雲舒看到大公子兩頰留有紅暈，以為他酒氣未消，就問道：「大公子還要不要再喝點醒酒湯？身子覺得難受嗎？」

大公子搖頭說：「我沒事了，讓顧清幫我準備洗澡水吧，身上都是酒氣，聞著難受。」洗完澡，已經到了晚膳時間，大公子換了一身乾淨的衣服，吃著雲舒端到房中的飯菜，問道：「今天我喝醉酒後，沒做出不妥的事吧？」

說到這個，雲舒就想笑。「大公子喝醉酒之後，安靜得不得了，坐在那裡一言不發呢。東方公子問了住址，說改天要來找您，竇公子還說他要向您賠罪，說吃了您飯菜，還害您醉了，心裡很不安。」

大公子點了點頭，慶幸自己結交的幾個人看起來似乎都不錯。

「雲舒，中午這三位公子，妳覺得他們人怎樣？」雖然心裡有底，但大公子還是想徵詢雲舒的意見。

中午出現的這三個人都是關鍵人物，雲舒正色說道：「大公子，這三位可都是了不得的人物呢！」

大公子聞言，放下手中的筷子，仔細問道：「此話怎講？妳仔細說來。」

在清泉坊遇到的竇華、韓嫣、東方朔三人，來頭都不小。

竇華是魏其侯的三子，是太皇太后的姪孫，跟劉徹沾親帶故。雲舒雖然不記得這個人在歷史上有什麼大作為，但就他的身分來說，現在對大公子非常有用處。

韓嫣，韓王信的後人，且不說韓家是王侯世族，但說韓嫣從小跟劉徹一起學習、一起長大這份情誼，常人就比不過！

而東方朔雖然出生普通，現在也還未顯達，但是他滿腹才學、足智多謀，得到劉徹的賞識是必然之事。何況他剛到長安就能夠與竇華、韓嫣結識，也說明了他是個有計謀的人。

雲舒將這些情況一一說給大公子聽，大公子聽得仔細，但也有些疑惑——雲舒怎麼會知道得這麼清楚？不過大公子並沒問出口，因為知道雲舒肯定不會解釋得太清楚。

大公子想了想眼下的情形，對雲舒說：「叫顧清注意鍾小姐那邊的消息，若有新的情況，立即告訴我。」

雲舒知道大公子的急切，安撫道：「竇公子今日在外遊玩，早則今晚，晚則明後兩天，鍾小姐才有機會對他說起邀請之事。等竇公子差人送帖子來，也是幾天之後的事了，大公子不必這麼著急。」

雲舒這邊寬慰著，另一邊竇華則繼續與好友同遊，盡興而歸。

晚上歇了一會兒散掉酒氣之後，竇華就來鍾薔的院子裡看剛出生的兒子。奶娃娃在鍾薔和奶娘看護下，在床上爬行，竇華還未進屋，就聽到幾個人的歡笑聲，心情不由得大好。

「薔兒，意兒今天吃得可好？」竇華走進屋裡問道。

聽到丈夫的聲音，鍾薔趕緊起身笑著迎接道：「夫君回來了？意兒今天很乖，不僅吃得多，還能爬半張床了呢！」

奶娘從床上抱起孩子，向竇華請安道：「奴婢給三公子問安。」

竇華看到肥嘟嘟的兒子，心裡高興，伸手揪了一把那粉嫩的小臉，誰知竇意吃痛，「嗚哇」一聲哭了出來。

鍾薔見狀，忙讓奶娘把兒子抱下去哄好，並上前親自為竇華寬衣。

「夫君今日外出登塔，可還盡興？」

竇華點頭道：「嗯，挺好的。」

鍾薔與丈夫坐在桌前閒話了一陣，看他神色很不錯，便說：「夫君，有一事，我想與你商量……」

竇華本就寵愛鍾薔，聽她有事情求他，就說：「薔兒有事，直接說出來就行了。」

鍾薔便道：「我娘家那邊來人傳信了……」

只這一句，竇華便凝起神，認真起來。當初，他算直接把鍾薔給「拐跑」，鍾家的人一直不能接受這件事，現在乍聽到她娘家送信來，豈能不認真對待？

鍾薔簡單把雲舒送信之事說了一下，又說：「我娘如此思念我，我卻不能在她身邊盡孝，實在是我這個做女兒的不孝！如今有世交好友在中間搭橋，我想向父母求和，你看行不行？」

竇華思索著點頭說：「我對不起他們兩位老人家，看到妳傷心，我也過意不去，這是重修舊好的最佳時機，我們自然要有所表示。」

鍾薔聞言大喜道：「夫君能這樣想實在太好了，替我帶信的那位世交好友與我父母關係甚好，能在中間幫我們說不少話，我想先把他請到家中宴請相謝，夫君看這樣如何？」

有人肯幫忙講和，竇華自然樂意，便點頭應了。

鍾薔一點也不含糊，立即把屋外的丫鬟叫進來吩咐道：「請秦管家寫個請帖，我要請洛陽桑公子明晚到府中赴宴，他住在清平大街，明天一早就派人送去，記住了嗎？」

竇華在旁聽了，眼神一亮，問道：「洛陽桑公子？」

鍾薔嘴角一彎，眉眼一轉，笑著問道：「夫君也認識他嗎？洛陽桑家是洛陽首富，在外面也算有名，只是長安之中並沒有多少人認識他們。」

竇華拍腿笑道：「這還真是巧，我今天出城登塔時，正巧與這位桑公子相識，還白吃了他一頓，妳明日請他正好，算我還他的人情！」

「哦？竟有這樣的巧事，看來桑公子與夫君也是有緣。」

竇華本就心情好，現在又發現這樣的巧事，忍不住與鍾薔說了一番，之後才上床歇息。

鍾薔不禁暗吁出一口氣，看來一切順利……

第十八章　侯府小宴

朝陽初昇，長安大街上的店鋪和小販紛紛開張，路人也漸漸多了起來，位於清平大街後的桑宅也開始了新的一天。

灑掃的婆子正在打掃庭院，正門就傳來敲門聲。

顧清小跑步將門打開，只見一個穿著整齊樸素的中年人垂首站在門外，看模樣像是哪個大戶人家的下人。

顧清不由得提神帶笑問道：「您找哪位？」

中年人恭敬地問道：「這裡可是洛陽桑公子的宅子？」

顧清點頭道：「正是，您是？」

「我是魏其侯府的管事，我家三少夫人命我給桑公子送帖子。」說著雙手便遞上一個帛面木裡的帖子。

顧清心中大喜，趕緊收下帖子，要請管事進來喝口熱茶，那人只說他還得回去回話，顧清只好笑著將送帖之人送走。

雲舒在大公子房間裡幫他整理衣冠，兩人正說著要派人去魏其侯府打聽消息，就見顧清大叫著跑了進來，「大公子」的叫個不停。

雲舒和大公子見顧清如此模樣，異口同聲問道：「可是鍾小姐那邊來消息了？」

顧清的腦袋點得如同搗蒜，立刻將帖子送上。

大公子接過一看，臉上瞬間露出笑容。雲舒不用看帖子也猜得到內容，兩人有默契地相視一笑，來到案桌前跪坐下，商量起晚上赴宴的計劃。

大公子說：「韓管事那邊的消息說，竇華在侯府幾個公子中，屬於無功無過的無為之輩，但因他對長輩恭敬，與同輩兄弟相處融洽，在侯府中人緣很好，侯爺對他也算親厚。」

雲舒聽大公子說了這些，又想到漢朝崇尚以孝治天下，認為在家孝敬父母，在外才能孝敬君父和朝廷。

「孝治天下」的理念在漢朝根深蒂固，從歷代皇帝的封號就能看出。除了西漢開國的高祖皇帝劉邦和建立東漢的光武皇帝劉秀，其他皇帝的封號幾乎都帶有「孝」字，例如孝惠、孝文、孝景、孝武、孝昭等。

既要孝順，那就好辦。雲舒笑著說：「大公子去侯府作客，雖然是見竇三公子和鍾小姐，但更要想辦法接近魏其侯。侯爺有權也有錢，雖然沒辦法投其所好，可他心頭有件難題一直得不到解決。」

大公子眼神一亮，問道：「什麼難題？」

雲舒道：「竇家的榮辱皆繫在太皇太后身上，太皇太后的身體若能康健無恙，就是對竇家最大的恩典，可竇太后偏偏雙目失明，這為她處理朝政帶來很多不便。若大公子能解決這個難題，竇家一定會記得大公子的好！」

大公子聽完雲舒的話，頓時一籌莫展。若那麼容易就能把太皇太后的眼疾治好，那麼宮中的御醫早就設法醫治了，這麼多年來都未見起色，想必沒有辦法。

雲舒看出大公子心中的憂慮，解釋道：「其實能否治好眼疾並不是關鍵，關鍵是您有心，而且要讓魏其侯知道這份心意。」

大公子恍然大悟，原來雲舒是要他打著治療眼疾的幌子，讓竇華在他父親面前引薦大公子這個人！

大公子拍案叫好，當即找來韓管事，讓他透過桑家在各地生意上的人脈關係，尋找民間名醫。找到能治療太皇太后眼疾的辦法最好，若不能治好，也算盡了心。

暮色時分，大公子帶著雲舒步行來到魏其侯府，遞上帖子之後，立即有人引導他們走進侯府中。

竇華和鍾薔得到桑公子已到的消息之後，很快來到備宴的廳堂中迎接，不過一會兒，就見僕從領著器宇軒昂的桑弘羊，以及柔順的雲舒走了過來。

竇華一臉笑意地迎上去，作揖說道：「昨日一別，今日就與桑兄弟再見，當真巧得很啊！」

大公子表現出十分詫異的神情，在竇華和鍾薔臉上來回看了看，說：「難道說竇兄你是……」

「哈哈，正是正是，沒想到世上有這樣的巧事吧！」竇華上前攜起大公子的手，把他引到席前說：「昨日薔兒說要請家鄉故友到府中相會敘舊，我一聽就說巧了，她要請的人正是我剛結識的小兄弟，這樣的事，我自然要作陪了。來，桑兄弟請入席！」

竇華坐在廳堂正中間，鍾薔坐在右列第一席，桑弘羊坐在左列第一席，雲舒則跪坐在他身後服侍。

三人從鍾家之事說起，竇華和鍾薔再三囑託桑家從中言和，希望鍾薔和竇華的婚事能早日得到父母認同。

大公子默默在心中思量起來。鍾老爺主要是氣女兒任性妄為，竟敢與人私定終身，而且還是跑去讓人做小妾。不過生米煮成熟飯之事，也無可奈何，好在鍾小姐生了兒子，被抬了側室夫人，雖然不是正妻，但竇華的正妻之位尚空著，鍾小姐極有機會被扶正。在這種情況下，託父親在中間幫他們父女言和，並不是什麼難事，所以果斷地應了下來。

竇華和鍾薔高興之餘，不忘表達謝意。竇華直接拍著胸脯說：「桑兄弟初來乍到，在長安若有什麼不方便之事，儘管找我，雖然我沒什麼本事，但好在認識不少朋友，為你行一二便宜，也不算難事！」

竇華果然很重義氣，且知恩圖報，難怪他的人際關係很好。

因民間名醫還未尋到，大公子並未提及為太皇太后治療眼疾之事，只是向竇華問了些長安有趣的去處，說想要見識一番。竇華聽了，一副東道主的模樣，打包票說要帶大公子把長安給玩遍。

大公子內心高興不已，只要能跟竇華友好地相處下去，其他事情可以徐徐圖之。

這場晚宴賓主皆歡，只是臨到最後，一個小廝跑進來在竇華耳邊耳語了一番，使竇華臉色驟變。竇華立刻起身準備離去，忙向大公子道歉，說不能送他，要鍾薔代自己好好照顧客人。

大公子也不是不通情理之人，竇華有急事，他自然不會怪他，只是心裡有些好奇，不知出了什麼事讓他如此急迫。

竇華離席後，只剩鍾薔一位女眷作陪，大公子不便久留，在與她商量好該怎麼透過桑家向鍾家送信之後，就要起身告辭。

鍾薔將主僕二人送到內院門口，互相感謝了一番，大公子和雲舒正要離去，鍾薔突然叫住雲舒，低聲說：「現在時辰尚早，不如領著妳家公子去通樂大街那頭逛逛，這個時候最是熱鬧，我家公子也常去。」

雲舒見鍾薔一面說著，一面重重捏著她的手，還使眼色，當即領會到她的意思。看來竇華匆匆離席，是被人叫去通樂大街了，而約他的人，必定值得大公子結交，不然鍾薔也不必費這些口舌。

雲舒謝了又謝，之後才跟著大公子離開魏其侯府。

出了門，大公子問道：「鍾小姐跟妳說了什麼？」

雲舒便將兩人說話的內容告訴大公子，並說：「我們不如就依鍾小姐所說，看看能不能見到什麼人，若是遇不到，權當飯後散步消食了。」

回家也沒事，大公子自然同意了。

第十九章　狂妄少年

大公子與雲舒向路人打聽通樂大街的方向之後，一路步行過去，快到目的地的時候，就見前方街上跟周圍暮色四合的沈暗截然不同，每個鋪面裡都是燈火通明，店裡的人都穿著鮮豔的華裳，路上行人熙熙攘攘，跟其他街上的冷清差異甚大。

這大概就是古代的風化區吧，雲舒心中想著。

通樂大街上有很多食肆酒坊，歌舞坊自然也少不了。他們兩人沿著大街一路走過去，每當路過歌舞坊，雲舒就會探頭探腦朝裡看，對這些場所好奇得不得了。

大公子瞧見了，頻頻咳嗽提醒，到最後實在看不下去了，拉過雲舒說：「都是些風流之地，有什麼好看的？」一說著臉就紅了。

雲舒低低笑了起來，大公子還真是靦覥。她由外向裡看，不過是見到一些賓客和舞女們拉拉扯扯，偶爾能看到有人抱了兩下，再大尺度的畫面就看不到了，這對雲舒來說根本算不上什麼，但大公子卻有些無法接受。

雲舒正想說兩句逗一逗大公子，可又怕他氣惱，正猶豫著，忽然瞥見一抹熟悉的身影朝前面街角一間「霓裳館」接近。

「大公子，快看，是竇華，他好像要到霓裳館去，我們也跟上去吧！」大公子抬頭看去，果然見竇華神色匆忙地走進霓裳館。

他們兩人追到霓裳館外，雲舒興致勃勃地打算進去見識一番，誰知大公子抬手一攔，說道：「這種地方不適合妳去，在外面等我。」

雲舒小臉一皺，說：「大公子一個人進去我不放心啊，我要在大公子身邊伺候。」

大公子擺出一副「這事沒得商量」的表情，指著霓裳館外一塊空地說：「在這裡等我出來。」

雲舒別無他法，只好看著大公子走進那花紅柳綠之地。

她在霓裳館外站了一會兒，忽然覺得很不自在，站在這種地方的門口，好似她是招攬客人的舞女似的。她臉上一臊，轉身就往旁邊的小巷子裡鑽去。

霓裳館旁邊的小巷子裡有幾扇木門，想必能通往霓裳館後院，門內不斷傳來女子放蕩的笑聲和絲竹樂器的聲音。雲舒在巷子裡來回晃蕩，時不時去門口看看大公子是否已經出來。

正覺得無聊的時候，小巷子裡一扇木門悄悄打開了，一道頎長的身影從門縫裡閃了出來。那人如釋重負般吁了口氣，誰知緊接著就聽見門內傳出一個中年婦人的喊罵聲。

「哪個小兔崽子又來勾引我家姑娘？有錢就從正門進，大大方方來尋，偷雞摸狗似的在後門顧盼，哪個姑娘瞧得上眼？想要女人，也得看看自己幾斤幾兩！」

那少年似被罵得愣了一下，下一刻便轉身要走，可他剛轉身就看到了離他不遠，在巷子口上的雲舒。

雲舒只見那少年雙目炯炯有神，昏暗的巷子裡，在微弱的燈火映襯下，就如兩顆星星一般璀璨。他的表情很怪異，似羞怯、似憤怒，也有點像是見不得人……

雲舒饒有興趣地觀察著這個少年，心想他該不會是來跟哪個姑娘幽會，被人發現以後趕了出來吧？

轉瞬間，少年身後的門被打開，雲舒一聲「小心」還未說出口，就見一盆水從後面潑到了他身上！

少年一時之間尷尬極了，雲舒明確感覺到他身上的怒火開始燃燒，少年返身向後門走了兩步，卻像是想起什麼似的，握起雙拳忍下了這口氣。

雲舒有些不安，她不小心瞧見別人出糗的一面，也不好一直這麼盯著他，轉身就要朝巷子外面走去。

「等等！」少年突然朝雲舒的背影大喊。

雲舒聽到聲音以後愣住，不太確定地轉身向那少年問道：「叫我？」

少年穿著濕衣服氣勢洶洶地逼近她，雲舒嚇了一跳，急忙往後退。不是吧，只是不小心看到他出糗，難道就要被滅口？

少年一把拉住頻頻後退的雲舒，把一個溫潤的東西塞進雲舒手中，用命令的口吻說：「去給我買一套衣服過來！」

雲舒眨了眨眼，看看少年，又看看被塞入手中的東西——一塊晶瑩剔透的綠翡翠。見雲舒愣著不動，少年一副不耐煩的模樣，吼道：「還不快去？這個樣子教我怎麼見人？」

雲舒莫名其妙地看著那少年，說道：「我不認識你，你求我去幫你買衣服，口氣就不能好一點嗎？再說，你把這麼好的一塊翡翠給我去換衣服，就不怕我拿了東西走掉，再也不回來？」

少年聽到雲舒這麼問，也愣了一下，似乎從沒想過雲舒會帶著翡翠一走了之，根本不幫他買衣服的情況。他臉上紅紅的，面對雲舒的疑問，硬生生憋出了兩個字：「妳敢?!」

雲舒搖了搖頭，不知這是哪家任性妄為的公子哥兒，一點人情世故都不懂，更別說是社會經驗。

雖然衣服濕了，不過看他穿著華貴、出手大方——那塊翡翠質地很好，雲舒決定幫他這個忙。誰知道他到底是什麼人，萬一得罪了，以後他找大公子麻煩怎麼辦？再說，與人方便，自己也方便。

「等著，我這就去買。」雲舒應允道。

通樂大街上吃喝玩樂的店很好找，可成衣鋪子就不是那麼好找。雲舒好不容易在街尾找到一家，可在挑選衣服的時候又開始發愁。

那家店裡的衣服不多，適合那個少年頎長略顯健壯身形的衣服就更少了，看來看去，只剩下一套亮綠色的衣服……

這顏色太亮了，不好看，可是實在沒辦法，雲舒只好咬牙買了，反正不是給大公子穿的，管他呢！

雲舒抱著那「綠油油」的衣服回到霓裳館旁的小巷子時，少年已是一臉不耐煩，顯得有些急躁。

看到雲舒小跑步回來，少年臉色稍稍和緩了一些，他剛剛還真的有些擔心雲舒一去不復返。

「真慢！快把衣服給我。」少年說著，就把濕掉的外衣脫掉扔在地上。

雲舒有些心虛地把衣服遞過去，不知這少年看了衣服的顏色，會不會拒絕穿上？好在巷子裡面昏暗，衣服看起來像暗綠色，並沒有尋常燈光下看的那麼刺眼。少年接過衣服，也未細看，三兩下就把衣服穿在身上。

穿好衣服後，少年來到巷子口上張望，當他看到幾個年輕人從霓裳館裡走出來時，面露喜色，立即喊道：「韓嫣，這邊，過來！」

雲舒心中一緊，他認識韓嫣？果然是長安某個公子哥兒！

韓嫣聽到少年的喊聲，趕緊帶著身後兩人朝巷子口走來，待眾人都來到巷子裡時，雲舒才看清楚，原來跟韓嫣一塊兒的正是竇華，以及自家的大公子桑弘羊。

韓嫣看到少年的頭髮濕漉漉的，就說：「叫你從後門走，你怎麼像掉水裡似的？」

少年一臉不耐煩，回道：「別提這個了，陳冠走了沒有？」

韓嫣點頭說：「放心吧，我跟竇華已經把他給打發走了。」

少年鬆了一口氣，說：「那就好，你派車過來，送我回去！」

韓嫣似笑非笑地說：「好不容易出來一趟，這就回去了？別讓陳冠掃興了嘛，我們接著進去玩！」

少年興趣缺缺地說：「也沒什麼好玩的，我回去了，不然明天早上『她』又會鬧，夠我頭疼的。」

韓嫣笑了笑，轉身就去找自己的車夫。

竇華恭敬地靠近那位少年，低聲下氣地說：「公子下回出來玩，提早些說吧，不然再遇到今天這樣的事，一點準備也沒有，倉皇得很。」

少年不耐煩地點了點頭，並未說話。

雲舒好奇地打量起那個少年，猜測他的身分。他跟韓嫣的關係像朋友，但跟竇華卻像主僕。一個想法在雲舒心中油然而生，但她卻不敢妄斷，只向大公子靠過去。

「大公子！」

桑弘羊早就看見雲舒在那少年身旁，但因他們一直在講話，他也沒有聲張，此刻見雲舒走過來，就輕聲問道：「發生什麼事了？」

雲舒搖了搖頭，剛要說話，就聽那少年問道：「這個人是誰？」

竇華趕緊說：「這是洛陽的桑弘羊，桑家世代經商，是洛陽商賈第一家，剛剛的費用就是桑公子支付的。」

少年用一副居高臨下的神情打量著大公子，大公子被人這麼打量，一時有些不快，但仍有禮地作揖道：「這位兄台，有禮。」

少年也不回禮，指著雲舒問道：「這是你的丫鬟？」

大公子不安地點了點頭，少年笑道：「她今晚幫了我的忙，回去記得賞她！」

雲舒和大公子感到很疑惑，若說雲舒幫了這個少年，要賞也該是這個少年賞她，他怎麼會命令大公子賞賜呢？

此時，韓嫣的馬車已經來到巷子口，少年匆匆走過去準備上馬車。

韓嫣從馬車上看到少年，突然大笑道：「哈哈！你的衣服，你的衣服怎麼變成這樣了！」

周圍的燈光照到巷子口，映出少年的衣服翠綠亮眼，說有多醒目，就有多醒目！

之前在巷子裡，周圍很是昏暗，誰也沒看出那衣服有問題，現在一瞧，差點沒笑出來。

「該死！」少年一聲咒罵，雙眼犀利地掃向雲舒。

雲舒躲在大公子身後，小聲地說：「只剩這一套了……」

少年顧不得找雲舒算帳，匆匆鑽進馬車，一把捂住韓嫣大笑不止的嘴，強行把他拖了進去，嚴厲地喝道：「走！」

大公子和竇華一直強忍住笑，等馬車漸漸跑遠了，他們才敢笑出聲。

大公子朝雲舒問道：「他的衣服是妳買的？怎麼選了一個這樣的顏色？」

雲舒委屈地說：「他體型高大，適合他穿的尺碼只剩這套了，不是我故意使壞的。再說，我答應幫他買已是做好事了，他凶得很呢！」

竇華搖頭笑了笑，解釋道：「他習慣命令他人，雲舒姑娘可別往心裡去。」

雲舒思索著那位少年的身分，問道：「發生什麼事了？那個公子怎麼是從後門鑽出來的？」

三人將事情前後一兜，雲舒才明白，原來韓嫣帶著那少年來歌舞館玩，一時花多了錢，不夠銀子結帳，便派人去找竇華，要他送錢過來。

屋漏偏逢連夜雨，韓嫣和少年在這裡玩的事情傳到少年家人耳中，少年為了躲開家人搜索，匆匆從後門逃了出來，讓看後門的婆子誤以為是來和姑娘幽會的小青年，拿髒水潑了他一身，這才有了讓雲舒買衣服一事。

竇華的言語中，對那少年的身分隻字未提，大公子和雲舒雖然有所懷疑，也未追問。

竇華對大公子感激地說道：「我沒料到他們兩個這麼能花錢，若不是碰到桑老弟，今日我們幾個都不好脫身，讓桑老弟破費了，改日我再請你！」

大公子笑道：「竇兄客氣了，這點錢桑某還出得起。」

竇華知道桑家有錢，也不再與他客氣。再說，他知道桑弘羊能在自己後腳跟來，必定是從鍾蕎那裡得到消息，想乘機結識一些人，如此看來，他也算給了大公子表現的機會。

和竇華在通樂大街的街口道別之後，大公子悶不吭聲地往回走，雲舒在一旁問道：「大公子，您是不是在想那位少年是誰？」

大公子點頭說：「看竇華對他的態度，那少年的出身必定不凡，恐怕不是一般王公子弟，可能是劉氏宗親的皇子皇孫。」

雲舒笑著將那少年要她買衣服的翡翠送到大公子眼前，說：「大公子您看，這是那個人要我幫他買衣服時給我的，我看這翡翠很貴重，就自己花錢買了衣服，把它留了下來。」

大公子從雲舒手上接過翡翠，只見這個水滴形的翡翠玉珮中，竟然有個半透明的龍紋！

大公子手一抖，說：「難道說他是……」

雲舒抿嘴低笑道：「恐怕他真的就是皇上！」

主僕二人對視一眼，神色各有不同，但下一刻都變得沈默，直到回到宅院中。

第二十章　新的決定

顧清在家裡翹首盼望大公子回來，待看到大公子和雲舒在夜色中緩步回來時，他立即迎上去，亦步亦趨地跟在大公子身旁，想知道他們今晚去魏其侯府赴宴的情況怎麼樣。

可大公子只是垂著眼瞼沈思，默默朝房裡走去，大拇指和中指習慣性地揉搓著，顧清一看到他這個狀態，便知道不能打擾他。

顧清退而求其次，來到雲舒身邊，拉拉她的衣角小聲問道：「今晚事情順利嗎？」

「很順利。」雲舒臉上的神情很複雜，有凝重、有高興、有興奮，也有一點莫名的惆悵。

顧清看到兩人的表情，怎麼也不像「很順利」這樣簡單，可大公子不說，雲舒也不願意多說，顧清只能乾著急。

雲舒看他急躁的模樣，笑道：「你去廚房準備點宵夜給大公子吧，大公子晚上沒吃多少。」

在魏其侯府赴宴時，大夥兒只顧著說話，大公子根本沒抬幾下筷子，而且今晚又遇到皇上劉徹，大公子必定會思考事情到很晚。

回到房間之後，雲舒幫大公子換了身寬鬆的居家服，然後一個倚在榻上、一個坐在榻邊說起話來。

大公子似乎仍有點不確定那個少年是否真是劉徹，說道：「宮禁森嚴，皇上怎麼可能不帶一個侍衛就從皇宮裡溜出來，還到那種鬧市裡去玩呢？」

「皇上正是任性好動的年紀，宮裡有太皇太后、太后、皇后三個人管著，朝廷上有大臣約束，他肯定會覺得不自在。如果韓嫣在他身邊鼓吹，偷偷跑出來玩也有可能。」

大公子忽然問道：「雲舒，妳一向知道得多，皇上的情況妳知道多少？」

雲舒有些拿不準，不敢說太多，卻又不好什麼也不說，於是配合今晚的事情，分析道：「之前聽韓嫣說，去霓裳館找皇上的人叫陳冠，此人說不定是皇后陳嬌家裡的人，皇后如此緊張皇上在外面的舉動，就說明皇后是個善妒而強勢的人。」

大公子點了點頭，之前竇華和韓嫣打發陳冠的時候，他就在旁邊，的確聽到他們對陳冠說：「請夫人和少夫人放心，公子不在這裡，我們哪裡有這個膽子把公子帶到這種地方來玩？」再聽雲舒一說，那陳冠看起來的確像是皇后的人。

大公子賞識地看著雲舒，沒想到只透過一個人名，她就能分析出皇后的性格來。殊不知，雲舒知道不少漢代歷史和人物，陳嬌大致上的個性如何，她又怎麼會不知道呢？

雲舒又說：「而皇上血氣方剛，看他不像容易被駕馭的人，跟皇后的關係應該不太好，跟太皇太后和太后的關係可能也不樂觀。不過兩位太后雖然對皇上多有限制，但都是為了皇上好，這一點皇上應該明白，在她們面前，皇上或會收斂一些。在皇上獨立之前，他應該會不斷對太后、外戚妥協，這個忍讓期，會很漫長痛苦……」

大公子點了點頭，覺得雲舒說得很有道理。他想了一會兒，說道：「我原本只是想到長安闖蕩一番，試圖結交一些權貴，為桑家的生意找些轉機，沒想到卻遇上了皇上，這樣的際遇擺在我面前，讓我很徬徨……」

雲舒眼神一亮，問道：「大公子，您在想什麼？」

「新皇年幼勢弱，內有太后，外有重臣，現在是他最需要人才的時候，若我能在此時親近他，他日必能有一番作為。單看今晚之事，皇上及其周圍之人沒有一個主財者，個個阮囊羞澀，我可補此缺……」

看來，這就是大公子想了一晚上的決定了！

大公子說完後抬眼看向雲舒，很認真地盯著她，似乎在等她的意見，但雲舒卻被他這幾句話震撼住了。

雲舒心中如滔天駭浪一般翻滾。她讀漢史的時候，得知桑弘羊十三歲入貲侍中，「貲」就是捐助資財的意思，說白了，就是花錢買官，這種人會被稱為「貲郎」。

雲舒每當讀到這段歷史，總以為是桑弘羊的父親為了兒子的前程，替他買了個官，如今看來，竟然是大公子自己想到這條路子！

劉徹貴為皇帝，但奶奶、母親、老婆都管著他，哪裡有錢做自己想做的事？韓嫣和竇華雖是王侯子弟，但自己不會賺錢，總向家裡伸手，哪抵得住他們那麼大的開銷？大公子有錢卻無權無勢，正與他們互補，絕對是一拍即合。

大公子見雲舒一直愣愣的，以為雲舒不同意他的想法，於是解釋道：「妳是不是覺得貲郎不好？可這是我所想到，最直接容易的辦法了……」

雲舒緩過神來，趕緊說：「不，大公子的想法很好。求人不如求己，等大公子成了大人物，桑家的生意也會好做了。再說，大公子您有才華，一定能得到皇上的賞識，入貲只是一種入門的手段而已，我了解的。」

雲舒說這些話，一是為了表示理解，二是為了寬慰大公子。比起靠真才實學上位的人，花錢買官之人總容易被人看輕，她不希望他心裡有這樣的陰影。

「不過，大公子……」雲舒臉上突然出現尷尬無措的神色，她無辜地看向大公子，低聲說：「我撞見皇上被人罵、被水潑，又為他買了一身綠油油的衣服，看到他出醜，他會不會為了面子，一怒之下把我殺了啊……」

大公子一愣，回道：「不會吧，皇上怎麼會因為這種小事記仇？」他這話說得很沒把握，眼神閃了兩下，又說：「即使他真的為此事生氣，我也不會不管妳的，無論如何，我一定想辦法救妳。」

雲舒雖然有點擔心劉徹會記恨她，但是總覺得到不了殺頭那一步。現在又聽到大公子這麼保護她，便打從心底笑了出來。

這晚，兩人在商議完之後，吃了點顧清送來的宵夜，之後大公子便熬夜向家裡寫了一封關於「貲郎」的書信。

第二天一早，鍾薔那邊拜託桑家轉交給鍾家的書信也送了過來，大公子便把這兩封信交給韓管事，並仔仔細細把事情說與他聽。

韓管事是桑老爺身邊的心腹，他最近看到大公子在長安積極行動，早已覺得大公子長大了，此刻再聽他說了「替鍾家說和」及「入貲郎中」這兩件事，看大公子的眼神頓時變得不一樣。

韓管事慎重地包好兩卷書簡，鄭重其事地說：「大公子放心，我一定將事情一字不漏地轉述給老爺，我不在長安這段期間，還請大公子多多保重。」

說著，他看了看顧清和雲舒，他們兩人趕緊點頭說：「韓管事放心，我們會照顧好大公子的，您路上當心。」

送走韓管事後的幾天裡，大公子頻頻被竇華邀出去會友吃飯，漸漸開始融入長安的新圈子，也常會擺小宴邀請朋友。因其他公子出門聚會時都不帶丫鬟，只有小廝，所以大公子就帶顧清出去，把雲舒一個人留在家裡。

因怕雲舒一個人守著宅子寂寞，大公子給了她一袋錢，要她自己上街逛逛，看到什麼喜歡的東西，就買回來。

雲舒早先去街上逛了幾次，買了些家具擺設，或幫園子添了些花花草草，偏沒有為自己買什麼東西。後來逛得乏了，就縮在家裡看看書、練練字，過得也算舒心。

雲舒看到大公子和顧清在外面好吃好喝，並不羨慕，反而覺得自己這種閒散的生活很舒服，可這卻把大公子急壞了，覺得雲舒會照顧別人，偏不會關照她自己。

這天大公子從外面回來，看到房間的衣架上多了幾套新的男子衣服，於是問道：「今天去街上了？」

雲舒點頭說：「夏天到了，大公子來長安的時候衣服帶得不多，最近您經常出去會友，總穿那幾套的話，不夠體面，所以我就買了幾套，大公子一會兒試試吧。」說著就取來清水讓大公子洗臉洗手。

大公子一面洗一面問：「還買了些什麼？」

雲舒在旁扳著指頭說：「買了三套竹簾，我把幾個房間窗戶上的布簾全都換成竹簾了，這樣夏天既通風，看著又清爽。我還幫大公子買了一方硯臺，可是我不太會挑，只揀貴的買了，大公子一會兒幫忙看看吧。」

大公子擦完臉，無奈地看著雲舒，問道：「妳幫妳自己買了什麼？」

雲舒搖搖頭說：「我不缺東西，所以沒買。」

大公子真的無語了。雲舒總在他身邊照顧他、為他出謀劃策，她的好，大公子都記在心裡，早就不把她當普通的丫鬟對待。他想對她好，卻不知該買什麼給她，於是用最簡單的辦法，直接給錢讓她自己去挑，誰知她盡幫他還有宅子買東西了！

「妳的衣服本來就不多，只有當初在家裡奶奶賞的那兩套還算體面，怎麼不為自己多買些衣服呢？夏天到了，也該置些新衣吧。」

雲舒聽了卻說：「我穿現在的這些衣服就挺好的，寬鬆舒適，又方便做活，買些好的衣服，反而綁手綁腳。」

雲舒到漢朝的時間也不短了，最讓她不習慣的就是漢服寬大的衣襬和長長的廣袖，在她看來礙手礙腳的十分不便，反而是下人做活時穿的窄袖緊衣比較方便。

大公子覺得雲舒這個丫鬟也太實誠了，完全不為自己謀半點私利。既然跟她說不通，改天乾脆讓顧清上街跑一趟，直接幫她買衣服回來比較實際。

其實雲舒是清楚有所為有所不為。那些錢雖然是大公子給她花的，可她若真的花在自己身上，被旺叔或其他人傳回洛陽桑家，只怕會將她問罪。雖然他們離開本家在長安住著，桑家的人一時管不了他們，但是她知道，在沒有確保自己的地位之前，她得本本分分地做好一個「丫鬟」，切不可被人捉了把柄。

大公子每天從外面回來，總會跟雲舒聊一聊認識了哪些人，他們各是怎樣的性格，又發生了什麼事。一般情況下，雲舒總是安安靜靜聽著，關鍵時候問一、兩個問題，到最後再和大公子討論一番。

今天他們又說到了「入貲」的事情。大公子找竇華悄悄問過，入貲的費用不低，但想走這條路的人卻不少。皇上身邊的侍郎人選，由竇太皇太后一手挑選，並不是說誰想買就能買，所以這事一時還辦不成，得慢慢想辦法。

雲舒因為知道大公子很快就能成為侍郎，所以比大公子多了幾分把握，並不像大公子那般憂慮，可她又不能跟大公子說「歷史上就是這麼寫的，別急，一定能成」，所以她只能轉而寬慰道：「之前已經要韓管事放消息出去，在各地尋找能治療眼疾的名醫，說不定過幾天就能找到人，藉此引起魏其侯和太皇太后的注意呢！」

大公子點頭說：「也是。」

大公子歪頭想了想，又問雲舒：「妳還記得我們在清泉坊結識的那位東方公子嗎？」

東方朔？雲舒點了點頭，她當然記得。

大公子繼續說道：「今天我又碰到東方公子，聽說他上書自薦，得到了太后和皇上的賞識，近期就要召見他了。」大公子言語中帶著一些羨慕，只可惜自己作不出那樣的好文章能夠上達天聽。

雲舒抿嘴笑道：「東方公子才高八斗，在文字功夫上的確有所長，被皇上看中也是早晚的事。術業有專攻，大公子不必羨慕他，若論起算帳，他肯定算不過大公子的！漢朝這麼大的疆域，朝廷得在多少地方花錢，又得想多少辦法賺錢，這些問題，都需要大公子這樣的人才，他那樣的可不行。」

雲舒一番話說得大公子豁然開朗，他也笑道：「雲舒妳真好，聽妳說話總是覺得很開心，而且又有道理。」

雲舒謙虛道：「我只是把大公子在局中看不清的問題說了出來。」

「哦，對了雲舒，我明天請了東方公子、竇公子到家裡作客，已經命廚房開始準備，不過宴廳裡的事，妳得辛苦一些了。」大公子說道。

那些粗使僕役都上不得廳堂，只有雲舒一個丫鬟，縱使有顧清在一旁幫忙，也有得她忙了。

雲舒微微皺了皺眉，突然問道：「沒有請韓公子嗎？」

大公子說：「原本請了，可是他明天要進宮一趟，說如果出來得早，就來這裡找我們。」

雲舒點了點頭。韓嫣這樣一個關鍵人物，可不能丟了，想接近劉徹，竇華和東方朔都不太夠分量，只有韓嫣才能幫上忙。

第二十一章　貴客臨門

第二天一大早開始，雲舒就在廚房和宴廳裡來回忙碌。

顧清一見雲舒進廚房，就在後頭跟前跟後，直到把雲舒纏暈頭了。

雲舒跺腳問道：「人手不夠，大家忙得跟什麼似的，你老跟著我做什麼？」

顧清撓頭笑道：「今天宅子裡要接待貴客，雲舒妳廚藝那麼好，不如下廚露兩手吧！」原來顧清還念著之前沒吃到嘴的蛋包飯呢！

雲舒敲了敲他的頭說：「到底是客人想吃還是你想吃呀？就一個廚灶，我可不想給大嬸們添亂，你快去前面幫忙，別跟著我了！」

雲舒雖把顧清趕走了，可她卻認真思考起顧清的話來。大公子宴請朋友，總得拿出一些有特色的東西吸引別人才好，尋常的菜餚恐怕不夠體面。

想了一會兒，雲舒轉身走到廚房，開始翻找起食材。

廚房眾位廚娘看到雲舒在屋角的架子邊翻看食材，都悄悄偷看，想知道這個小姑娘能弄出什麼花樣。桑家最初只招了兩個廚娘，後來因大公子常在家中擺小宴邀請朋友，於是又請了三位，現在共有五位廚娘。

廚娘們聽顧清說，雲舒在大公子到長安第一天晚上做了非常美味的一頓飯給大公子吃，叫什麼「蛋包飯」。她們都當玩笑話聽，沒往心裡去，難不成這黃毛丫頭做的飯，還能強過她們這些做了十幾年飯的廚娘？

雲舒見幾位廚娘都停下手中的活兒看著她，立即臉上堆笑道：「各位嬸嬸儘管忙，別管我，我就瞧瞧而已。」

說著，雲舒從食材架子後方翻出一籃曬乾的紅棗。由於今天不用這東西入菜，所以被廚娘扔在角落裡。雲舒從袋子裡挑出一盤又紅又大的紅棗，低低笑了一下，轉而跑去院子水井邊。

用水把紅棗洗淨之後，雲舒挑出一個吃了一口，頓覺香甜無比，比現代的紅棗不知好吃多少倍！

她笑逐顏開地跑進廚房，把一大盤亮燦燦的紅棗放進櫥櫃裡。見有人一直在打量她的行為，雲舒乾脆說道：「這紅棗很甜，我洗了幾個給大公子飯後當零嘴，嬸嬸們幫我看一下，宴後我來取。」

廚房的一個領頭嬸娘說道：「姑娘放心，放在櫥櫃裡，沒人動的。」心裡卻鄙視道：幾個紅棗而已，怕誰偷吃不成？

雲舒並不在意別人心裡怎麼想，接著問道：「家裡可有糖？」

另一位廚娘以為雲舒還是小孩子，要吃糖，便說：「之前買過一袋飴糖，姑娘要吃的話，我去找出來。」

雲舒搖頭道：「除了飴糖，還有其他糖嗎？」

飴糖是麥芽糖，雲舒想要白砂糖之類的蔗糖，可她卻不清楚西漢這個時候有沒有蔗糖，於是小心問道：「聽人說，好像有種叫蔗糖的東西，有嗎？」
那位廚娘茫然地搖頭說：「沒聽說過……」
此時另一位廚娘搭腔說道：「除了飴糖，似乎還有一罐柘漿，那東西也甜著呢！」
雲舒眼睛一亮，「柘」通「蔗」，柘漿就是甘蔗汁熬成的濃漿。雲舒急忙說道：「對對對，是柘漿，我把名字給記錯了，嬸嬸幫我取來吧。」
那個搭腔的廚娘倒是很好說話，笑咪咪地從角落裡翻出一個暗紅色的瓦罐。雲舒打開嚐了一點，果然是甘蔗熬的濃漿，連忙謝了一番。
待她把東西都準備好了之後，轉而去了廳堂。她不能在廚房待太久，今天主要的任務是服侍那幾名貴客。

東方朔和竇華相邀而來，竇華還是老樣子，笑著跟大公子見禮，東方朔則比上次見到的時候更加意氣風發，給人志得意滿的感覺。
雲舒想到大公子說東方朔自薦的文章被皇上看中了，難怪他這樣。他即將踏上仕途，對於躊躇滿志的年輕人來說，自然覺得未來一片美好。
席間有事先準備好的堅果、點心和美酒，大公子請兩位賓客入席之後，三人便互相敬酒說起話來。
雖然大公子是東道主，但是話題主要集中在東方朔身上，竇華和大公子頻頻祝賀東方朔前程似錦，東方朔心情大好，加上他本身言語詼諧，一時之間廳堂裡賓主皆歡。

顧清在外面朝雲舒使眼色，示意菜餚已經準備好，可以上菜了，大公子又看到雲舒的暗示，便說：「有酒無肉不歡，快把飯菜傳上來，我們邊吃邊喝吧。」

聞言，顧清和雲舒趕緊把廚房準備好的東西，一一擺放到他們面前的食案上。

按照《周禮》所記，飲食制度分為飯、膳、羞、飲四部分，飯即是主食，膳多指肉類，羞同饈，指其他美味的菜餚，飲即是湯。

大公子下令準備的家宴，自然也缺少不了這四部分中的任何一個，因此小小的食案上堆了白白的米飯、油亮的烤鵝、鮮嫩的蒸魚、光鮮的蔬菜及骨頭湯等。這些菜餚比起後世，製作沒那麼精細，卻依然能顯示主人待客的誠意。

有酒有肉，有菜有湯，聚會這才進入高潮。雲舒叮嚀了一下顧清，要他待在廳外聽候差遣，自己則來到廚房。

廚娘們煮完飯菜，已開始歸整器具、打掃環境了。

雲舒從櫥櫃裡拿出洗好的紅棗和柘漿，找來剛才幫她找到柘漿的廚娘，說道：「嬸嬸，幫我控一下火候，我要借爐灶用一用。」

那廚娘一聽，笑咪咪的，放下手中的東西，來到灶前幫雲舒把快熄滅的火給燒起來。

廚房裡的人都停下手中的活兒，想看雲舒要做什麼。雲舒也不含糊，先燒開一鍋水，將曬乾的紅棗煮軟，然後將紅棗從中間切開，去掉硬核，並把煮好的米飯塞了一些進去棗肚中，堆在盤中備用。

準備好後，雲舒倒去鍋裡的水，伸手取來灶旁裝油脂的罐子，將半罐油給倒進鍋裡。

「唉唷，做什麼菜要這麼多脂？姑娘省著些吧！」一旁的廚娘看不下去，出言勸阻。這個年代的油脂並不容易得到，是富貴人家才用得起的好東西，見雲舒一次用了大半罐，怎麼不教人心疼呢？

雲舒沒說話，只是笑了笑。待火燒旺，油漸漸翻滾起來，雲舒對燒火的廚娘囑咐道：「不用太大，中火即可。」

調好火勢，雲舒就把加工好的紅棗一個個放進鍋裡油炸，待炸得金黃撈起來後，又把鍋裡多餘的油裝回罐子裡。

眾人又見她小手一掀，把半罐柘漿倒進鍋裡，這東西也是貴物，一時之間又有人傳出嘆息聲，或感嘆富貴人家的丫鬟用物氣度不凡，或暗怪雲舒浪費東西。

雲舒把柘漿倒進鍋裡之後，用中火慢炒，眾人不知道她要做什麼，其實她要做的是——拔絲紅棗！

拔絲紅棗這樣甜點，說難不難，但想做好也不簡單，關鍵要把握好三點：刀工、火候、和熬糖的時間。

刀工好的人會將食材雕成各種花樣，如圓柱、佛手或小花，但雲舒的刀工只是做家常菜的水準，所以便老老實實把紅棗去核，並不玩什麼花樣。

熬糖大致分為兩種，水炒糖和油炒糖，雲舒選的是較為容易的水炒糖。因為柘漿原本就有水分，所以雲舒只放了一點水進去。她命廚娘把火候調到適中之後，便不停翻炒起來。做拔絲的時候，火候十分重要，不能太大，不然容易糊鍋邊，要用中火慢慢熬，並不停翻炒攪動。

熬糖的時間也是關鍵，只有火候和時間都掌握好了，熬出的糖才能色黃、絲長，甜綿適口。

當雲舒看到鍋裡的糖突然由多變少時，就迅速把炸好的紅棗倒入鍋中翻炒，拌勻後盛盤。

雲舒將拔絲紅棗分成三份，又裝了三碗清水，之後要廚娘幫忙把拔絲紅棗送到廳堂前，然後由她一一送進去。

送拔絲紅棗進去的時間剛剛好，大公子和寶華、東方朔桌上的菜餚已吃掉大半，壺裡的酒也快空了。

大公子一早就注意到雲舒不見蹤影，此刻見她端著一盤黃中透紅的黏稠物上來，便向她挑了挑眉。

雲舒解釋道：「我去廚房做了一道飯後甜點，是我家鄉的點心，特地送來給兩位客人嚐一嚐。」

雲舒把拔絲紅棗和裝有清水的碗分別放在眾人的食案上，幾個人看著那不知何物的一團東西，或好奇或皺眉，神情十分有趣。

雲舒來到大公子身旁，拿起他的筷子挾了一顆紅棗，然後拉高，脆長的糖絲就像網一樣被她拔起，眾人一時睜大了眼睛。

雲舒又將紅棗放到裝了清水的碗中稍稍沾了一下，糖絲因此斷開，她這才將筷子上的紅棗送到大公子嘴邊。

大公子略有些不好意思地吃下雲舒餵他的紅棗，而後驚嘆道：「香甜可口，外脆內軟，好吃！」

竇華和東方朔聽到他這樣說，也依樣畫葫蘆地吃了起來。

在廳堂外偷偷觀看的廚娘們也都睜大了眼睛，紛紛低聲議論起來。

顧清怕幾個廚娘打擾賓客，出面將她們趕回廚房，但她們臉上驚訝、佩服的神情卻彌久不散，這才明白當初顧清誇雲舒，可不是誇假的！

廳堂裡幾個人吃拔絲紅棗，將案桌上弄得一片狼藉，糖絲沾到盤子、杯子、酒壺甚至衣襟上，可大夥兒心情卻十分愉悅。

竇華新奇地說：「長安從未出現過這種小食，這種做法也是前所未見，真是獨特！等我回家，也讓廚子學著做，孝敬給我爹娘吃。」

大家說得正開心，顧清突然跑來稟報。「大公子，韓公子帶著一名公子到了！」

韓嫣的個性根本不會等在門外候傳，顧清前腳才進來，他後面就跟著過來，不待顧清通報完，便問：「你們在吃什麼好吃的？老遠就聽到笑聲了！」

大公子和雲舒都沒有心思回答他的話，而是緊緊盯著韓嫣身後帶的那個人——劉徹！

大公子怎麼也沒想到，韓嫣竟然會把劉徹帶到他的小院裡來！貴客突至，大公子有一瞬間想行大禮，卻被雲舒不著痕跡地阻止了。

劉徹既沒有擺出皇上的架子，就說明他不想用皇上的身分出現在眾人面前。反觀竇華，他也只是很恭敬地對劉徹行了個問候禮，然後讓座請他坐下而已。

大公子便學賨華那樣與劉徹、韓嫣互相行禮問好，而雲舒則趕緊替他們兩人擺上食案，並把劉徹的位子安置在首位。

劉徹毫不推辭地坐在首位上，眾人的眼光都集中在他身上，特別是東方朔，大概是沒見過劉徹本人，不知韓嫣帶來的這個人是誰，所以十分好奇。尤其是看到韓嫣並不向眾人引薦，但大家卻對他恭恭敬敬，一時之間，東方朔不得不疑惑地思索起來。

賨華見眾人冷場不說話，打圓場說道：「韓老弟，你再晚來一點，可就錯過了美食，絕對是你沒吃過的！」

韓嫣不信，揚眉問道：「我沒吃過的？那可真是少見。」

賨華將自己的拔絲紅棗端到韓嫣跟前，因為糖漿漸冷，紅棗上面顯得透澈而晶亮，很是漂亮。賨華弄了一顆給韓嫣吃，韓嫣吃完後，驚訝地說：「果然有意思！」

劉徹在一旁冷眼看著他們玩。他和韓嫣是吃過飯才出來的，他沒打算動筷子，但韓嫣卻搶過那盤拔絲紅棗，送到劉徹面前，說道：「這東西有點意思，你嚐嚐看。」

劉徹猶豫了片刻，但見眾人都瞧著他，他不想掃興，便抬起筷子挾了一塊。無奈糖漿已冷卻，他使勁拔了半天，好不容易才弄了一塊出來，但裡面的糖絲卻又黏住了。

他緊緊皺著眉頭，對著那愈拉愈長的糖絲犯愁，正不知怎麼弄斷時，一雙小巧的手端著一碗清水出現在他身側。

劉徹疑惑地看向端著水的雲舒，雲舒小聲地說：「沾水即斷。」

劉徹理解了她的意思，將拔絲紅棗放到水裡沾了一下，糖絲果然斷了。劉徹滿意地看了雲舒一眼，似是讚賞她的機靈。

雲舒嘴角有淺淺的笑意，她看著劉徹品嚐拔絲紅棗，劉徹嚼了半晌，終於說了兩個字：「不錯。」

能得到這樣的誇獎，雲舒已經很滿意了，畢竟拔絲的東西冷了之後，就不好吃了。

劉徹看到雲舒眼睛裡有欣喜的光芒，轉口又說道：「就是甜得膩人。」

雲舒頓時洩氣。她剛剛還在想，若劉徹喜歡吃，說不定可以藉此吸引他常來和大公子聚會，誰知他嫌膩。

看到雲舒的模樣，劉徹勾了勾嘴角，似是很滿意這個效果。

韓嫣並不覺得甜，將剩下半盤盡數吃完，說道：「桑老弟家裡行商走遍天下，見到的新奇東西果然很多，紅棗這種做法，我還是第一次見到呢！」

大公子抿嘴笑道，不想將雲舒推到眾人的話題焦點上去，於是就沒把拔絲紅棗是「雲舒出品」的事實說出來。

可劉徹看到雲舒臉上隱隱的笑容，便問道：「這是誰做的？」

若沒人問起，大公子自然不會主動說起，但劉徹問了，大公子不能欺君，只好老實說：「是我的丫鬟雲舒做的。」

劉徹既了然又訝異，他雖猜到是這個看著很機靈的丫鬟做的，但得到證實的時候，還是覺得有點意外。

他沈吟了一下，說道：「雲舒？我沒記錯的話，她就是那晚給我拿衣服的人吧？」

雲舒臉上的笑容立刻僵硬起來。劉徹竟然提起那晚的事了，她以為劉徹為了自己的面子，不會提那套綠衣服的！

看出雲舒的慌張，劉徹臉上浮現出壞壞的笑容，不過稍縱即逝。

雲舒和大公子以後的日子是好是壞，全都繫在劉徹一人身上，她可不敢得罪這個尊主。於是她趕緊說：「那一晚委屈公子了，我去買衣服的時候，著急得不得了，想著公子穿著濕衣服站在巷子口吹著過堂風，萬一病了可怎麼好？偏偏那一家成衣店只有一套適合公子身形的衣服，我也就顧不得衣服好壞，趕緊買回來，還請公子擔待一二。」

劉徹饒有興趣地看向雲舒，心想這小丫鬟還挺會說話，一面伏低做小，一面說是為他好，若他再發脾氣，豈非顯得他太小氣？

雲舒悄悄觀察劉徹的神色，可看不出他到底是喜是怒，於是又從袖子裡取出那晚劉徹給她的龍紋翡翠，說道：「公子那晚匆匆離開，我沒來得及將翡翠還給公子，此物貴重，拿來換衣服實可惜，還請公子收回。」

那翡翠雖不是特別重要的東西，但皇家之物流落在外，總是不好。劉徹那晚因為著急才拿這東西換衣服，回宮後就派人去通樂大街上尋這塊龍紋翡翠，無奈怎麼都找不到。此時雲舒送上門來，他自然樂得收下。

不過在收下的同時，劉徹心中閃過一個想法，於是笑著說道：「說來妳那天也算幫了我的忙，若讓妳一個小丫鬟替我墊付買衣服的錢，傳出去我顏面何存？這樣，等我回家後，我備份賞賜讓人送來，到時妳可千萬要收下。」

雲舒受寵若驚，卻十分不安。劉徹的賞賜哪是那麼好收的？而且她剛剛分明看到他的神情有一絲怪異，總覺得有些不尋常。

他們兩人說著話，東方朔在另一側偷偷問竇華：「這位公子氣質尊貴、舉止不俗，敢問是哪家公子？」

竇華笑呵呵地為東方朔斟酒，打馬虎眼說：「一個朋友，呵呵……」

按照禮儀，韓嫣在進門時就該互相引薦，可他不但沒介紹，在場的人也沒問。東方朔是個機靈人，他察言觀色，便知道這位公子的身分必定不方便對外人說，於是坐直了身體，不再追問。

劉徹今天在宮裡聽到韓嫣說有個小聚會，參加的人一個是他看中的東方朔，一個是有意入貲的桑弘羊，聽到這些人的名字，他就有了跟韓嫣一起前來的意思。

劉徹登基之初，發布告徵召天下賢良方正和有文學才能的人，各方志士、儒生因而紛紛上書。東方朔也向劉徹上書，共用了三千片竹簡，兩個人才扛得起，劉徹也整整讀了兩個月才讀完。

劉徹不僅欣賞東方朔上書時的文章，更覺得他的自薦書寫得很有氣魄。東方朔毫不自謙，一直誇自己怎樣有才學、有抱負，然而劉徹本就有雄心壯志，因此非常欣賞東方朔這種氣概。

不過劉徹沒見過東方朔本人，他若想重用他，就要有全面的了解，因此想趁這次小聚看看東方朔到底是怎樣的人。至於桑弘羊，他略有印象，看起來是個很俊、很乖的少年，這賣官賣誰都是賣，若能賣給一個他中意的人，劉徹自然高興，所以也想一併看看。

思量再三，劉徹便向太皇太后與太后謊稱，說要跟韓嫣一起去馬場練騎術，轉而溜進桑家的小宅子裡。

大公子已知道劉徹的身分，而東方朔雖不那麼肯定，但從眾人的神情中已知道此人地位不凡，所以他們兩人在劉徹面前全都畢恭畢敬，努力表現出好的一面。

東方朔才華橫溢、風趣幽默，在眾人談論的過程中，漸漸聚集了大家的視線。

雲舒在旁暗暗著急，東方朔實在太亮眼，討論的話題又不是大公子擅長的，若一直這麼下去，劉徹肯定注意不到大公子！

正在雲舒犯愁的時候，韓嫣已提議離開宴席，去長春湖遊覽。

「我家上月剛打造好一艘遊船，泊在長春湖中，與其呆坐在屋裡說話，不如去船上邊賞景邊聊天，豈不快意？」

眾人都說好，因為他們沒帶人隨身，所以大公子要雲舒和顧清都跟過去服侍。

一行人乘著馬車來到接近長安外廓的長春湖，只見湖邊夏柳婀娜，迎風招展，湖中一隅種滿荷花，加上今天天氣不錯，這些植物在明媚的陽光下都呈現出有活力的姿彩，十分宜人。

眾人在小渡口登船之後，雲舒和顧清從船艙裡取來坐席和案桌，在甲板上置好席位，然後服侍幾位公子坐下。

待船夫將船划至湖中央，東方朔就提議道：「美景當前，我們不如作賦留念吧？」

東方朔專挑他擅長的東西表現，雲舒可看不下去。她得想辦法讓大公子出頭，於是在為劉徹斟水的時候，聲音不大不小地說：「這個湖真大，得遊上一下午吧？幾位公子若只是作賦，作完了豈不沒事可做？不如接楹聯吧！」

「楹聯？」劉徹疑惑地望向雲舒，問道：「楹聯是什麼？」

眾人的注意力都被劉徹的問話吸引過來，雲舒在大家注視下，不疾不徐地說：「接楹聯是我家鄉那邊的讀書人喜歡玩的一種遊戲。楹聯講究字數相等、詞性相對、平仄相拗、句法相同，一副楹聯由兩句對偶句組成，一人說上句，一人接下句，接錯或接不上之人就算輸。」

東方朔對楹聯很感興趣，追問道：「妳再講仔細一些，有什麼規矩？」

其實楹聯就是寫對聯，對聯相傳起源於五代，漢朝並不興做這個，不過漢賦已非常講究語句的對偶，作對聯對這些文人來說，再簡單不過。

雲舒娓娓道來：「作楹聯有很多對格，好比正名對、同類對、連珠對、雙擬對、疊韻對、雙聲對等等，舉例來說，上聯：海納百川，有容乃大；下聯：壁立千仞，無欲則剛。」

聽完雲舒的話，東方朔不禁拍手叫好。「好一個『海納百川，有容乃大；壁立千仞，無欲則剛』！沒想到桑公子家裡的丫鬟也這麼有才學！」

劉徹等人看向雲舒的眼光也驟然一亮，十分驚奇。

雲舒趕緊擺手說：「不是的，我爹常跟鄉里的叔伯一起玩楹聯，我從小聽到大，記得一、兩句而已，要我自己想，我想不出來的……」

大公子也說：「雲舒只會一點皮毛，擔不得東方兄的誇獎。既然大家都覺得接楹聯有意思，我們也嘗試著造兩句吧？」

雲舒之所以要提議他們作對聯，是因為她怕東方朔在辭賦的風采上蓋過大公子，遮掩了大公子的才華。作對聯橫豎只有兩句，大公子的才學也不是不行，應該能夠輕鬆拿下。再者，大家都是第一回玩，公平一些。

果如雲舒所料，大公子在作楹聯方面，絲毫不比東方朔差，他思維敏捷，頗得大家讚賞。

接了好一會兒的楹聯，周邊的景色都被他們誇遍了，雲舒適時說道：「我記得一個十分有意思的楹聯，要不我說出來，讓大家接一接？」

眾人滿是期待地看向雲舒，猜想這個小丫鬟還能帶給大家怎樣的驚喜？

雲舒坐正身子，說：「以前我村裡有一家的老翁五十大壽，請眾人參加宴席，赴宴的有一位百歲老翁，主人便出了一個上聯，要大家猜百歲老翁的具體年紀，並接出下聯。上聯是：『花甲重開，外加三七歲月』。各位公子，你們說這下聯要怎麼接？」

一時之間，眾人都陷入沈思。這個對聯看似容易，實際上卻難得很，不僅是作對聯，還是做數學題！

雲舒笑吟吟地看著大公子。她覺得這種事情對大公子來說要簡單很多，東方朔、劉徹等人可能會被老翁的年紀難住，但大公子應該會最快算出來。

果然，大公子手指在桌面上敲了兩下，說道：「有了！下聯是：『古稀雙慶，又多一個春秋』。對不對？」

雲舒非常高興，頻頻點頭。

「花甲」指六十歲，「花甲重開」指兩個花甲，也就是一百二十歲；「三七歲月」為二十一歲，上聯加起來共一百四十一歲。

而大公子接的下聯中，「古稀」是指七十歲，「古稀雙慶」是指兩個古稀，也就是一百四十歲，再加上「一個春秋」，下聯加起來也是一百四十一歲！

其餘幾人反應慢了半拍，待大公子說出來，才反應過來，一時皆讚嘆大公子有才。

大公子謙虛道：「這次是我投機取巧。我生於商賈之家，若連年紀都算不清楚，豈對得起先祖？」

竇華說：「聽賤內說，桑老弟以心算聞名於四方，今日看來，果然不錯！」

大公子連說不敢當，劉徹看向他的眼神，卻多了幾分思索。

之後的時間裡，劉徹跟大公子頻頻交談，問他多大、家裡有哪些人、做些什麼生意，他能夠心算到什麼程度等話題，雲舒在旁看著，喜從中來。

她忍不住鬆了一口氣，總算沒辜負她費這麼大周章，從作賦到對聯，再到心算，終於把大公子的才能給引了出來。金子上面蓋了太多沙，她這個掘金工人，實在不容易啊！

第二十二章　難題易解

遊湖歸來，大公子心情很是愉悅，雲舒和顧清看著也欣喜。

甫一進門，旺叔又稟報一個好消息：韓管事傳來回話，已在民間找到一位口碑很好的名醫，並花重金邀請到家中，月底就會派人送到長安。

「此人名叫陸笠，年三十有四，至今未娶，孤身一人在各地漂泊，專為人治療疑難雜症，在山東南部諸郡富有盛名。」

見事情漸漸走上正軌，大公子臉上洋溢歡快的笑容。「雲舒，收拾出一間空房給那位陸先生住，務必收拾妥貼，如要添置什麼東西，儘管跟我說。」

雲舒點頭應下。

旺叔臉上略有難色，補充說：「大公子，還有一事，陸笠雖然答應到長安來幫大公子，但提出了一個要求，就是要我們在長安幫他開一間醫館，此事老爺已經答應了。」

大公子有些遲疑，想了想才說：「我們既然有求於人，也只好照辦。旺叔，你以前是負責藥草生意的，開醫館需要什麼，你比較熟悉，此事就交給你來辦。」

「是。」

開醫館要租鋪面、招人手、準備藥材，這些對旺叔而言並非難事。

回到房間以後，顧清抱怨道：「那個叫陸笠的人也太貪心，不僅收了我們家老爺的重金，還要大公子為他在長安開一間醫館，長安的鋪面可不便宜啊！」

大公子思索道：「父親既然答應他的要求，必定有原因。我想，應該是陸笠這個人很得父親賞識，說不定想把他留在桑家。等他來了，我們再細看看這個人是否可靠，畢竟是要推薦進宮裡給太皇太后醫病的，若出了問題，桑家上下都難辭其咎。」

雲舒覺得大公子說得很有道理，大公子能想到的，作為一家之主的桑老爺又怎麼會不清楚？想來，這個陸笠應該有些名堂。

顧清依然有些不平，咕噥道：「希望他是個有真本事的人，能幫上大公子的忙，不然的話，我要他好看！」

下午在外面遊玩了半天，大公子總覺得身上像蒙了一層灰，於是在顧清服侍下沐浴，換上乾淨的衣服。

雲舒在外面幫他鋪床，收拾妥當之後，大公子卻沒有睡意，要顧清把他的圍棋取來，又問雲舒：「妳可會對弈？」

雲舒搖了搖頭，圍棋她是真的不會。

大公子卻又問道：「當真不會？妳父親沒有教妳？」

雲舒訕訕地笑了，回道：「是我笨，學不會……」

大公子淺笑不語，低頭擺起棋局來。

大公子喜歡下圍棋，是因為下棋的時候能讓他摒棄一切雜念，冷靜思考。他小的時候，生母早亡、父親嚴厲，時常心有憂愁而無人可訴，每當這個時候，他就會一個人在房間裡對著棋盤慢慢琢磨，使自己的心緒平靜下來。

然而他今天再次取出圍棋，並不是因為心中憂愁，而是由於激動不安。得到皇上的肯定，踏上陌生的仕途，對大公子來說，將是完全的未知，他有所期待，卻也憂慮。

他不習慣這種不平定的心情，必須讓自己冷靜下來……

雲舒讓顧清先下去休息，自己則留在大公子身旁掌燈、斟水，只是她沒料到，大公子下棋竟下到了很晚。她看到大公子一臉嚴肅，似是非常投入，也沒敢出聲喊他睡覺。聽著棋子「嗒、嗒」落到棋盤上的聲音，雲舒意識漸漸渙散，不知不覺間趴在案邊睡著了。

等雲舒第二天早上醒來時，愕然地發現睡在自己的房間裡，她心頭一驚，並不記得自己昨晚回房了，難道是睡著後被大公子送回來的？

雲舒起床後，有些侷促地來到大公子房中，大公子也剛醒，正坐在床邊揉眼睛。雲舒取下衣架上的衣服，服侍大公子穿衣，並問道：「大公子，昨晚我是不是中途睡著了？您怎麼不喊醒我呢？」

大公子淡笑著說：「妳辛苦了一天，我應該早點讓妳去休息的，看到妳睡著，哪還能把妳喊醒？」

雲舒有些不好意思地問道：「那我是怎麼回房的？」

「我揹妳回去的。」大公子的聲音很平靜，好像這是很尋常的一件事。

雲舒有點彆扭，卻覺得自己不該這麼矯情。不就是公子揹丫鬟回房嘛！她平時照顧他那麼多，他偶爾「服侍」她一下，又有什麼不行？

雲舒在心中寬慰自己一番，慢慢將此事置於腦後。只是她不知道，大公子平靜的聲音之下，有一顆莫名緊張的心。

大公子看到雲舒神情大方，不禁鬆了口氣。他之前還有些擔心雲舒會因為「男女之別」而不高興，看她不介意，他也就安心了。

在等待名醫陸笠前來的這段時間裡，雲舒每天得閒了，就會去佈置一下為陸先生準備的房間，時而和大公子一起上街購置物品。等房間佈置妥當了以後，還沒等到陸笠，卻盼來一群她萬萬沒有想到的人！

桑宅小門前，一個眉清目秀的青年帶著幾名低眉順眼的姑娘站在一輛馬車前面。

雲舒看著他們，詫異地問道：「你們找我？」

清秀青年點頭說道：「是，正是奉我家主人之命來找雲舒姑娘。」他的聲音細細的，也很柔和，卻讓雲舒有種不適的感覺，總覺得這種聲音不應該由一個男子發出。

大公子站在門後的院子裡，和雲舒一樣很好奇，不知是誰來找雲舒。

門外的幾個年輕姑娘在青年指揮下，從馬車裡捧出幾包用錦布裹著的東西，以及一個木匣。

「這是我家主人送給雲舒姑娘的謝禮，姑娘快收下吧。」

不由雲舒分說，那些姑娘就捧著包袱走進了桑家小宅，把東西整齊地放在正廳案桌上，然後再魚貫退出。

雲舒問那領頭的青年：「你家主人是誰？」

青年但笑不語，向雲舒行了一個禮之後，帶著那幾位姑娘上馬車揚長而去。

大公子來到雲舒的身後問道：「會不會是……『他』？」

雲舒明白大公子口中的那個「他」是指劉徹，她也覺得這些東西只可能是劉徹派人送來的，畢竟她現在沒認識幾個人，送衣服來的青年也像是宮裡的宦官。

「大概是吧，上次他說過要給我賞賜，只是沒想到他真的派人從宮裡送來，我都快忘記這件事情了。」

兩人來到正廳，雲舒動手解開包袱，包袱裡鮮亮的錦衣差點閃花她的眼！

大紅、亮黃、翠綠、碧青……很多種顏色混雜在一起，雲舒原以為這是很多件不同顏色的衣服裝在一個包袱裡，可當她將衣服展開一看，才發現這竟是一整件漢服！

雲舒又拆開一個包袱，跟上一件一樣，衣服是用五顏六色的布拼在一起縫製的，什麼顏色配起來難看就拼湊在一塊兒，看得雲舒嘴角抽搐。

大公子見雲舒臉色變得很不好看，神色有些不安地安慰道：「雷霆雨露皆是君恩，這些衣服雖然難看了點，可是質地還不錯……」

大公子這番話說得有些心虛，劉徹分明是故意報復雲舒，誰看不出來？

雲舒雖然有點動氣，不過忍一忍也就算了，誰教他是皇上呢！

「罷了罷了，只是可惜了這些好布，被他糟蹋成這樣子，這衣服是沒法穿了。」

雖然雲舒說自己不會穿，但她覺得這件事情只怕不會如此簡單。劉徹上次穿著綠油油的衣服被大家取笑，他怎麼會任雲舒閒置不穿就作罷呢？

看著這兩件像錦雞一樣的衣服，雲舒頭疼得扶額，揉了揉眉角之後，伸手打開隨這兩件衣服一起送過來的木匣。木匣中，放著一卷暗黃色錦帛所做的帖子。

雲舒展開帖子一看，嘴角不禁扯出一抹冷笑，眼神中透著蔑視的淡漠。

大公子第一次看到雲舒表情這般陰鷙，一下子愣住了，猶豫了一會兒，他才問道：「怎麼了？」

雲舒將帖子遞給大公子，說道：「大公子，皇上要我們三日後去韓府參加韓嫣的生辰宴會，還要我穿這些錦雞似的衣服去給他看看樣式大小是否合身！」

雲舒覺得劉徹好無聊，他身為一國之君，竟然做出小孩子般的舉動。姑且不論上回雲舒並不是故意讓他穿綠衣出醜，只說他現在欺負雲舒一個弱女子，還讓她穿那樣招搖難看的衣服去韓府，明擺著就是要讓她丟人現眼！

他是覺得上回的氣消不掉，還是覺得欺負雲舒會很好玩？

大公子皺眉看完帖子的內容，抿著嘴角沈默不語，但抓著帖子的指關節卻有些泛白。

這件事對大公子來說十分為難，要他違背君命不太可能，不過雖說皇命難為，他也實在不願意讓雲舒在眾人面前出醜。

思來想去，大公子沒想出一個好辦法，鬱悶地說：「妳本非故意害他，他怎可如此報復？到時候被人指指點點，何其難堪？」

雲舒聽到大公子不想讓她出醜，心中一喜，又見他表情愈來愈苦悶，就說：「大公子別犯難，這件事好辦！」

對上大公子明亮但疑惑的雙眼，雲舒說：「既不想出醜，那我不隨大公子赴宴就好了。這只是請帖，並非聖旨，他從未在我們面前表露過皇上的身分，我們一時『不察』，不小心違背了他的意思，也是不知者無罪嘛！」

話音剛落，大公子就笑了，雲舒果然機靈！

大公子在慣性思維下，總是以遵從皇命為前提思考，思路難免狹窄，如今聽雲舒這樣一講，頓時豁然開朗。只怕劉徹在想出這個主意的時候，也是不知不覺當作下達皇命，沒想過雲舒會有膽量違抗他的意思。

此時雲舒靈動略帶調皮的聲音又傳了過來。「再說，人難免有些疾病，若他在宴會上問起來，大公子便說我病了，不能隨身服侍，難道他要為了我一個小丫頭，壞了韓嫣的生辰宴會嗎？」

大公子聽雲舒說得有理，便笑著說：「就依妳所言。」

雲舒一掃陰鬱的心情，抱著衣服回到房間，把它們塞到箱底，眼不見心不煩。

未央宮中，劉徹斜靠在宣室殿的錦榻上，看著正在另一頭把玩琥珀杯和瓊釀的韓嫣問道：「他們接到帖子，不敢不去吧？」

韓嫣頭都不抬，說：「小小庶民，怎敢不從？虧你也把他們放在眼中，折騰她有意思嗎?」

劉徹略微思索後說道:「那個桑弘羊我看著不錯,小小年紀,做人做事都不錯,背景也簡單,儘早招攬過來,以後就只為朕所用。朕在宮內宮外處處被人掣肘,桑家的人脈和財資都不錯,有他們在,朕就方便很多了,只是擔心奶奶看不上他的出身。至於那個小丫鬟……」

劉徹臉上浮現出玩弄的神色,說:「逗逗她挺有意思的,誰教她有損朕的威嚴!再說了,能博朕一笑,也算是抬舉她!」

韓嫣聽他說完,突然大笑起來。「你可別再提了,我一想到你穿得跟一條綠瓜似地站在街口,我就想笑!唉唷,我的肚子……」

韓嫣笑的幅度太大,把桌上的美酒都弄灑了。劉徹見他笑得沒完沒了,面子過不去,便齜牙咧嘴撲過去,警告道:「韓嫣!你再笑朕,信不信朕把你殺了!」

韓嫣根本不怕劉徹威脅,反而跟撲過來的他扭在一起,口裡還喊著:「快去把那件綠衣服拿出來,你自己穿上照照鏡子,我說得可一點也沒錯……」

劉徹惱羞成怒,低吼道:「朕今天就讓你穿上那件衣服!來人,給朕把衣服取來!」垂首在旁候命的宦官低聲應下,便碎步向宣室殿裡面找衣服去了。

劉徹這邊也不手軟,當即開始扒韓嫣的外套,韓嫣的力氣比不過劉徹,剛開始嘴很硬,現在卻不停求饒。

「別玩了,打死我也不穿那麼醜的衣服,快住手!上回太后警告過我,再跟你胡鬧,我總有一天得掉腦袋！」

這邊韓嫣剛說完，外面就有宦官稟報：「皇上，皇后娘娘駕到——」

劉徹的皇后是他的表姊陳嬌。

陳嬌乃館陶長公主劉嫖的獨生女，劉嫖是先皇景帝的同胞姊姊、武帝劉徹的嫡親姑姑。劉嫖是景帝最親近的人，宮內、宮外都有不小的勢力，劉徹能夠登上帝位，這位「丈母娘」可是出了很大的力。

陳嬌自小被母親和竇太皇太后寵大，性子十分驕縱，心中又認為劉徹的皇帝之位是靠她母親才得到的，所以對劉徹的態度非常倨傲。

劉徹起先還處處忍讓陳嬌，但隨著他一天天長大，愈來愈無法忍受陳嬌的放肆無禮。當他聽到宦官說皇后駕到時，不僅沒有起身收拾衣裝，反而把衣衫不整的韓嫣往懷裡一拉，擺出一副「淫亂」的情景。

韓嫣無奈地看了劉徹一眼，嘆氣低聲道：「你又害我……」

「閉嘴。」

劉徹板著臉，看著一襲紅衣從宣室殿門口雀躍而入，張揚歡悅的聲音也隨之傳來。「徹兒，奶奶那裡做了好喝的粥，要我給你送一份過來，你要喝豆粥還是肉粥？」

待陳嬌笑盈盈地走進殿裡時，笑容頓時在她臉上僵住，歡欣的說話聲也戛然而止——

韓嫣半露著胸膛靠在劉徹懷裡，兩人鬢髮散亂，桌子上的酒杯傾倒，美酒灑了一地……

陳嬌的雙手微微發抖，隨即大叫一聲，從宮女手上奪過粥碗朝劉徹砸去。「劉徹！我還沒死吶，你不如殺了我吧！」

陳嬌接著哭了出來，滿心的愉悅瞬間被憤怒取代。

前幾天她跟劉徹拌了嘴，今天在來宣室殿之前，竇太皇太后拉著她的手勸說了半天，要她跟劉徹好好過日子，不要耍小孩子脾氣。她好不容易勸服自己，低下頭來向劉徹討好，卻不料看到這樣的情景！

「來人，把那個賤男人給我拖出去！」陳嬌憤而下令。

外面的宮廷侍衛愣在那裡，在劉徹怒目注視下，誰也不敢衝進來抓韓嫣。

韓嫣從劉徹懷裡掙脫開來，開始慢條斯理地整理衣服。待他整理好儀容，便站起身說：「皇上、皇后娘娘，臣家中還有事，先行告退了。」

見沒人敢拉住韓嫣，陳嬌氣得發抖，指著韓嫣說：「你、你……站住！」

韓嫣一臉無辜地看向陳嬌，又無奈地看向劉徹。劉徹揮揮手說：「你先退下吧。」

韓嫣趕緊逃離現場，一面為自己惹來皇后的盛怒感到無辜，一面為劉徹的「政治婚姻」覺得無奈。想到這裡，他不禁皺起眉頭。想起父親說要幫他談親事，就是最近的事，他可不想娶個不喜歡的女人，得趕緊想想辦法才行……

第二十三章　狹路相逢

韓嫣生辰當天，大公子一早由雲舒幫他梳理好衣冠，再帶著顧清往韓府走去。

臨出門前，雲舒叮囑道：「若皇上真的很小氣，為我沒赴宴的事情生大公子的氣，大公子儘管把責任都推到我身上，說我死活不願意去好了。」

大公子自然不同意，皺著眉頭沒答應。

雲舒又說：「大公子前途無量，可不能為了我的事情得罪皇上。若他真的追究起來，您不能被我拖累，到時推到我身上來，橫豎我認罪就是，也比大公子您扛著要好。」

大公子不滿地說：「我說過要保妳周全，怎麼能把妳推出去？妳好好在家待著，等我回來。」說完，不等雲舒再說兩句，就跳上馬車走了。

雲舒一個人留在家裡，看書簡看不進，做活也不安，她思來想去，覺得自己又要給大公子惹麻煩了。不就是穿件醜衣服被人笑一下，又不會少幾兩肉，可是得罪劉徹的話，真的會出問題啊！

雲舒有點為自己死要面子而感到後悔，在古代人權沒保障的社會下，她跟皇上鬧什麼脾氣呢？真是自尋死路啊！

愈想愈不安，她從箱子裡翻出一件劉徹送來的七彩錦衣，用包袱包起來，急匆匆出門追過去。

韓府門前車水馬龍，馬車沿著圍牆來回排了兩條街，看來過府參加宴會的人可真不少。雲舒在正門張望了一番，覺得自己沒有請帖，肯定進不去，於是沿著圍牆走到後門前。

韓府的後門也很熱鬧，因為府內在辦宴會，後門那裡有很多送貨物的小販進進出出。雲舒看他們盤問並不嚴格，於是抱著包袱靠過去低頭往裡走。

剛跨進門檻沒兩步，就有個中年男人攔下她，問道：「停下，妳是哪兒的？怎麼冒冒失失往裡衝？」

雲舒顯出一副很急切的樣子，說：「大叔趕緊讓我進去吧，我剛剛回館裡給我家姑娘取衣服，她馬上就要為賓客們跳舞，晚了可就來不及了。」

看門的大叔皺著眉頭看她，雲舒趕緊掀開包袱的一角，把七彩錦衣露出一點給他看。他看那衣服豔麗非常，不像尋常女人穿的，看樣子果然是從外面請來的舞姬忘了帶換裝的衣服，讓小丫鬟回去取了。

「趕緊送去吧，別在府裡亂跑，老實點！」

「多謝大叔！」雲舒說著，便小跑著鑽進韓府，一顆「怦通」亂跳的心才漸漸安定下來。

她喘了兩口氣之後，循著府內的絲竹聲往宴廳找去。

韓府除了主要擺宴的廳堂，還有兩處偏廳，專供各位賓客所帶的隨從吃飯休息。

顧清簡單吃完飯之後，就站在窗子旁邊，怕大公子出來找不到他。百無聊賴之際，忽然看見一個熟悉的面孔，夾在傳菜送飯的侍女中，怯生生地靠近。

「雲舒？」顧清驚訝地喊出聲，匆匆走到廊下對雲舒招手。

雲舒看到顧清，高興地朝他跑來，並匆匆問道：「大公子還好嗎？宴會沒出什麼事吧？」

顧清壓低了聲音興奮地說：「皇上親自來向韓公子賀壽，韓公子當真威風！我偷偷看了皇上一眼，原來上次跟韓公子一起去咱們小院的那位公子，就是皇上！真沒想到！」

劉徹果然親自來為韓嫣慶賀生日了！雲舒有些擔心，不禁低頭沈思。

顧清疑惑地問道：「妳不是說不來嗎？怎麼又來了？妳懷裡抱的是什麼東西？」

雲舒不曉得劉徹會不會為難大公子，也沒工夫向顧清詳細解釋，趕緊問道：「有沒有辦法到大公子身邊？我有事找他……」

顧清想了想，說：「妳跟我來，我們從後殿靠近。」

兩人相偕向宴廳走去，而此時，在他們剛剛所站的窗子後面，出現了一個人影。那個人看著雲舒的背影冷笑了一下，自言自語道：「不過是名字一樣，我是在緊張什麼呢？」

韓府的宴廳兩側，有專門提供賓客臨時退席的小門。顧清帶著雲舒來到小門旁，兩人探頭探腦地向宴廳中看去。

宴廳裡賓朋滿座，寬闊的廳堂被數百賓客擠滿，雖無人大聲喧譁，但是眾人低低的耳語聲匯集在一塊兒，聲音也不小，幾乎要把絲竹聲給壓下去。

宴廳正上方是正席，劉徹、韓嫣，以及一個中年俊美男人坐在那裡，雲舒看韓嫣跟那中年男人長得十分相似，猜測他可能是韓嫣的父親。

正席下方有左右兩片席位，眾賓客正是坐在那裡，正席前方空出一條寬而長的區域，十幾名舞姬正隨著絲竹聲起舞，為賓客助興。

雲舒和顧清兩人的眼睛搜索著大公子的身影，因大公子無官無爵，是平民身分，坐的位置不是那麼顯眼，最後雲舒終於在末席找到他的身影。

大公子一個人靜靜跪坐在那裡，離他近的人時而探過身子來跟他講話，他都面帶微笑，禮貌地應對。而正席位上的劉徹，臉上則有些慍色，手中把著酒樽，有一口沒一口地品嚐著。

雲舒輕吁了一口氣。大公子平安無恙，劉徹也沒追問她的事，一切看起來都很正常。她回頭對顧清說：「看來是我多慮了，我們下去吧，不用打擾大公子了。」

兩人正要退下，宴廳中忽然傳來一個女子張揚的笑聲，眾人討論的聲音戛然而止，紛紛抬頭看去。

雲舒情不自禁停下腳步，想看看這笑聲來自何人。

左邊的席位上，靠近前排上方的上等席位上，有個粉衣盛裝女子，正笑得前俯後仰，絲毫不顧形象。那個女子雲舒見過，正是在街上收留了卓成的平陽長公主劉嫣！

劉嫣笑得正歡，忽聽劉徹揚聲問道：「皇姊因何事如此開心？不如說出來，讓大家一起笑一笑。」

劉嫖的笑聲漸小，這才抬起袖子遮住嘴說：「皇上，別怪我放肆，我剛剛問濟東王今日送了什麼賀禮給韓嫣，他說送了一個金鑄的雞，我聽到這件事，想到了一個笑話，一時忍不住，失了儀態，讓大家笑話了……」

濟東王劉彭離是先皇景帝胞弟梁孝王的兒子，因梁孝王在世之時，非常得母親竇太皇太后的疼愛，與劉徹叔姪兩人曾為皇儲之位起過爭執。

梁孝王如今雖死，但劉徹依然不待見他幾個兒子。

劉徹十七歲生辰時，濟東王進京送賀禮，得到竇太皇太后召見，竇太皇太后對這位孫子也是百般疼愛，看得劉徹和劉嫖姊弟很難受。今天劉嫖當眾說起劉彭離的事，劉徹怎會不知他姊姊是想替他出當時那口氣呢？

於是他問道：「皇姊想到什麼笑話，說出來給朕樂一樂吧。」

劉嫖的身子微微向正席傾過去，用她清脆的聲音說：「我的一個食客曾說過這樣一個笑話——

「有一位官吏貪污，受到御史調查。貪污的官吏鑄造一個金人放在御史家的廳堂上，而後報告說：『我的大哥在廳中求見。』御史來到廳堂瞧見金人，悄悄收下賄賂，然後不再追究貪污之事。

「後來此官吏又犯罪案，由御史裁決，犯官連聲說：『且看在我大哥的面子上』。御史回答道：『你大哥太不像話，見了一面就再也不來了！』

「皇上，您說這個御史，是不是比那犯官還要貪心？」

劉徹聽到這個笑話，非但沒笑，臉色更陰鷙了幾分。他冷冷說道：「皇姊這個笑話真是有趣，不知眾位聽了可覺得好笑？」說著，眼睛掃向劉嫖身旁的濟東王劉彭離。

一時之間，席間眾人都緘默不語，唯獨韓嫣低聲抱怨道：「你難不成要在我的宴席上追查貪官污吏？」

劉徹想想也是，似乎太掃興了，於是看了冷汗直流的濟東王一眼，轉而對劉嫖說：「皇姊，講這個笑話的食客倒有些意思，改日妳帶他讓朕見見吧。」

劉嫖嘻嘻一笑，說：「擇日不如撞日，我今天恰巧帶他來了，這就宣他進來。來人吶，傳卓成——」

原本很有興致旁觀的雲舒，頓時石化在當場，原來，這竟是卓成的局！

是啊，卓成知道劉徹跟梁孝王一家有過節，也知道濟東王劉彭離藏污納垢，劉徹想整治他們，卻沒有契機。卓成見機為劉嫖出謀劃策，正中劉徹下懷，堂而皇之地面見聖上，真是好計謀！

雲舒緊緊抓住懷裡的包袱，看著短髮、灰白布衣的卓成一步步走進宴廳，跪在劉徹跟前。

就是這個人，就是這張臉！

雲舒全身的血液像沸騰一樣直衝腦門，她憤恨而恐懼地看向卓成，腦袋裡只有一個想法——不能讓他在劉徹面前有所表現！

雲舒一次又一次深呼吸，努力讓自己平靜下來。顧清看到雲舒面色脹紅、幾欲暈倒，急忙扶住她問道：「妳怎麼了？」

雲舒讓自己冷靜了一會兒，回頭笑道：「沒事，我還是要去大公子身邊一趟，你在外面等我們吧。」

話音剛落，雲舒就抖開懷裡的包袱，將那套如七彩錦雞般的衣服穿在外面，而後低頭朝大公子身邊走去。

雲舒靜悄悄在大公子身旁跪坐下來，大公子吃了一驚，壓低聲音問道：「妳怎麼來了？」同時震驚地看向雲舒身上的衣服。

雲舒同樣低聲回答說：「我在家裡想想不妥，還是不能陷大公子於危境之中，所以就過來了。」

大公子看向雲舒的眼中滿是心疼，這樣張揚、醜陋的衣服穿在身上，十分滑稽，她卻為了不牽連他而忍讓。

雲舒的表情平淡，似是穿著尋常衣服一樣，她伸手為大公子斟了一杯酒，端起酒樽，說道：「大公子請飲。」

大公子心中不暢，皺著眉頭伸手接過酒樽，誰料雲舒提前鬆手了，銅製的酒樽「叮叮噹噹」滾落到地上，引起周圍不小的關注。

眾人本來只是被異響吸引，不料卻看到雲舒那身刺眼誇張的衣服，談論聲頓時傳開了。

劉徹正在問卓成的頭髮為何如此短，還沒等卓成回答完，就聽見下面議論紛紛。劉徹不解地抬頭看去，只見眾人都看著一個角落交頭接耳，他循著大夥兒的視線看過去，原來是雲舒穿著他賞賜的衣服來了！

他心中一樂，就揚聲說道：「雲舒，上前來給朕看看！」

回話被打斷的卓成只好閉嘴退到一旁，滿眼怨恨地看著雲舒一步步走到劉徹跟前。

偌大的宴廳中，身穿彩衣的雲舒就像一個聚光點，吸引眾人的目光。四周傳來的竊竊私語和偷笑聲讓她感到不快，即便知道自己現在的模樣一定滑稽極了，可是她得忍著。

雲舒垂首走到正席下方，萬分「惶恐」地跪下去，儘量表現出緊張的一面，說道：「民……民女叩見皇上，民女之前不知……不知您是皇上……冒犯之處，請皇上恕罪！」

劉徹笑咪咪地看著緊張到發抖的雲舒，她現在滑稽可笑的模樣，讓劉徹之前的鬱悶一掃而空，被韓嫣取笑的悶氣也全散了。

「不知者無罪，妳站起來回話吧。」

雲舒站起來，依然低著頭，用一種草民見到皇上應該表現出的侷促不安，應對劉徹的問話。

劉徹一面笑一面問道：「朕賜給妳的衣服，穿著可還合身？」

雲舒又要跪下去謝恩，卻被劉徹的手勢阻止了。她屈膝回稟道：「謝皇上賞賜，民女惶恐，這些衣服很好看，民女一輩子也沒見過如此華貴美麗的衣服。」

周圍的竊笑聲漸大，一些明眼人已看出劉徹是想整這個小姑娘，便附和道：「皇上慧眼獨具，挑的衣服果然不同凡響。來，繞著大廳走兩圈，讓我們好好觀賞一下皇上的御賜錦衣！」

一場宴會漸漸變成一場鬧劇，身在上層的帝王將相、王侯子弟，看向底層平民的雲舒，眼神彷彿像在看個玩物般戲謔。

雲舒緊咬牙關，忍著屈辱，心中只想著，哪怕是自己丟人現眼，也不能讓卓成出風頭！她正要依人所言繞場兩周，卻聽到劉徹發話了。

「罷了，今天是韓嫣的生辰，妳怎可喧賓奪主？還不快快退下！」

劉徹讓雲舒穿七彩錦衣，是為了取樂自己，但見別人欺負雲舒，他卻覺得別人動了他的私有物品，很是不高興。

劉徹又說：「朕乏了，該回宮了，諸位愛卿慢慢享用。」說完就從正席上退去，眾人急忙叩拜送別。

等劉徹走遠了，雲舒才慢慢抬起頭站起身，瞥見一旁的卓成滿臉鬱悶失望，心頭閃過一絲快感。他的計劃因她的搗亂泡湯了！

轉過身，雲舒穩步走回大公子身邊。大公子面若冰霜，唯獨一雙看著雲舒的眼睛裡，寫滿了擔憂和不安。

待雲舒坐到他身邊，大公子立刻握住雲舒平放在膝頭的雙手，溫柔低語道：「讓妳受委屈了。」

感覺到他手心傳來的溫暖，雲舒一顆心也變得暖融融，她笑道：「大公子別擔心，我沒事。皇上就是為了出一口氣，讓他出了氣，他反而會為欺負民女感到不安。」

大公子牽著她的手，帶她從側門離席，兩人來到外面之後，大公子動手準備脫下自己的外套給雲舒，雲舒阻攔道：「我裡面穿了衣服，把這難看的錦衣直接脫掉就好了。」

雲舒三兩下就把錦衣脫下，大公子緊皺的眉頭這才漸漸鬆開。「走，我們回家吧。」

找到顧清之後，主僕三人向韓府大門走去，眼見要到出口了，正門前突然快速跑進幾個小廝，口中慌張喊著：「皇后娘娘來了，快通知主上！」

大公子心中一驚，準備回到宴廳跟眾人一起迎接皇后駕到，雲舒卻拉著大公子急忙退到一旁，說道：「大公子，我們退避一下，皇后娘娘突然駕到，只怕不是什麼好事。」

如雲舒所猜測的，陳嬌此次前來，正是砸場子的！

她在宮中聽人稟報，說劉徹親自出宮為韓嫣慶生，再想到她生辰那天，劉徹連臉都沒露一下，加上幾天前在宣室殿看到的情景，心裡那口氣愈想愈忍不下，當即命人備車，出宮尋劉徹來了。

陳嬌一身紅袍，氣勢洶洶地在近二十名宮女簇擁下往宴廳走去。

韓嫣父子已起身走到庭院裡迎接，不待他們行完禮，陳嬌就喝問道：「皇上呢？」

韓嫣的父親回稟道：「皇上剛剛啟程回宮了。」

陳嬌不信，冷笑道：「有這樣的巧事？本宮剛來，他前腳就走了？你們可別藏，讓他出來見我！」

雲舒遠遠聽到陳嬌的言語，不禁搖頭。一個是當朝皇后，一個是九五之尊，不管兩人怎麼不和，陳嬌怎麼能在外臣面前讓劉徹失了顏面呢？皇上的威嚴何在、皇家的體面何在？

好在劉徹現在的確不在場，若是在場，她豈能忍下這口氣？只怕會鬧得更大。

眾人勸說了一番，直到最後平陽公主出面保證，陳嬌才相信劉徹確實不在。

只是她怒氣難消，對著韓嫣的父親啐了一句：「哼，看好你的兒子！」之後又帶著人風一般似地離開。

被她這樣一鬧，賓客再無吃宴席的興致，紛紛告退。大公子三人也在人流中離開韓府，回到清平大街的宅子。

第二十四章　名醫陸笠

馬車裡，大公子若有若無的嘆氣聲時不時傳入雲舒耳中。他還在介意雲舒被眾人取笑的事情，但雲舒卻早已釋懷，反正又沒人認識她，脫掉那件衣服後，什麼事情都沒有。

雲舒想逗大公子開心，便說起劉徹、陳嬌和韓嫣三人的事情來打趣。「聽說韓嫣跟皇上從小一塊兒長大，感情十分好，更有甚者，傳韓嫣是皇上的榻上賓。皇后今天突然到韓府鬧了一場，看起來，像是在跟韓嫣爭風吃醋呢！」

大公子臉上突然紅了，他年紀雖然不大，但也耳聞過貴族中的一些男風緋聞，現在聽雲舒說起來，格外不好意思，於是板著臉說：「皇上的事情，我們不可胡亂議論。」

雲舒忍不住低低笑了起來，此時馬車突然停住，大公子問道：「到了？」

顧清掀起車簾回答道：「大公子，有輛馬車停在我們家門口。」

「哦？」大公子疑惑地下車，果然見到一輛寬大華麗的馬車停在門邊。

那馬車的幃布是暗青色萬福紋樣，泛著錦帛的華光，低調而雍容；拉車的馬是兩匹黝黑的高頭駿馬，一看就知道不是凡品；而馬車外則站著四名腰上掛刀的護衛。看來馬車的主人非富即貴！

大公子與雲舒對望一眼，眼神中都充滿了好奇，不知這停在桑宅門前的馬車裡坐著何人。

顧清熟練地上前問道：「請問何方貴人來訪？」

守在馬車邊的四名帶刀護衛一臉警戒地看著顧清，倒把他看得怯懦起來，好像這不是自己家門前似的。

車中之人聽到顧清的詢問，掀開車簾問道：「桑大公子回來了嗎？」

溫潤嗓音傳出的同時，一張白淨如玉的臉出現在大家面前。雲舒心底暗暗驚嘆，不知這是哪位公子，長得好生俊俏。

大公子顯然也是吃了一驚，滿腹疑惑下車向那輛馬車走去，抱拳問道：「在下正是桑弘羊，敢問尊客是……？」

那玉面小生也走下馬車，一雙顧盼生輝的眼掃了眾人一下，說道：「在下陸笠，奉令尊之命來長安替桑大公子辦事情。」

眾人一時之間皆震住了。這是名醫陸笠？不是說是個遊歷四方的中年人嗎，怎麼是這麼個嬌俏公子哥兒？

陸笠也不管大公子等人如何驚訝，伸了個懶腰說：「坐馬車一路好累，終於等到大公子回來，我想歇歇了，我們……進去吧？」

大公子這才回過神，趕緊引著陸笠進門。

陸笠似是想起什麼似的，突然轉身回到馬車前，掀起車簾對裡面說：「阿楚，我們到了，下車吧。」

話音剛落，一個粉雕玉琢的小女娃便從車廂裡爬出來，來到陸笠跟前，往他身上使勁一撲，奶聲奶氣地說：「爹爹，我餓，要喝奶……」

旁邊一個護衛聽到小女娃這麼說，立即從腰間遞來一個水袋，陸笠摸了摸，說：「涼了，我們待會兒熱了再喝。」

小女娃一聽，眉頭一皺，差點哭出來。

雲舒見他們幾個大男人帶著一個小娃娃著實不容易，而且來者是客，陸笠又是要幫大公子辦要緊事情的人，必須好生招待，於是急忙上去說：「我這就去把奶熱上吧。」

陸笠見雲舒機靈，笑著把水袋交給雲舒：「有勞了。」

雲舒匆匆把水袋送去廚房，要廚娘把裡面裝的羊奶熱一熱。待她端著熱呼呼的羊奶來到事先為陸笠準備好的屋子裡時，大公子正好在與陸笠說話。

「因不知道先生今天來，未曾遠迎，還望見諒。幾個護衛我們已經安排在先生屋後的廂房，先生如需召喚，應該還算方便。若還缺什麼，先生儘管跟我說，千萬別委屈。」

陸笠和氣地說：「大公子太客氣了，我們江湖人隨意得很，有地方住就行了。」

雲舒一聽他自稱「江湖人」，渾身一陣哆嗦，難不成真的有江湖？這陸笠到底是什麼來頭？看他帶來的四個護衛，也不像善類，千萬不要招惹到江湖是非才好！

不待雲舒細想，陸笠懷裡的小女娃已經聞到了羊奶的香味，努力向她伸手。陸笠倒也不客氣，直接把小女娃遞給雲舒，說：「妳來餵她。」

雲舒手忙腳亂把碗放下，雙手抱起小女娃之後，再用小勺子餵她喝羊奶。

大公子見她不方便，就說：「妳坐下餵吧，別把孩子摔了。」

雖然雲舒平時跟大公子不講什麼規矩，但在外人面前，她還是會注意一些，不過既然大公子發話了，她也就不為難自己，急忙抱著小女娃坐下，將她摟在懷裡，生怕摔著她。

小女娃顯然是餓了，也不顧著燙，伸手就要抓碗，雲舒趕緊阻攔道：「阿楚乖，喝勺子裡的，碗裡的燙。」

阿楚睜著黑白分明的大眼睛看著雲舒，似乎在考慮到底是喝碗裡的還是勺子裡的。雲舒繼續哄道：「都是妳的，慢慢喝，先喝勺子裡的，來。」

阿楚聽她這麼一說，便乖乖張嘴把小勺子裡的羊奶喝了下去。

大公子和陸笠見雲舒在幫孩子餵奶，便全心全意聊起話來。

雲舒聽見他倆的談話，不禁頻頻皺眉。每當大公子想打聽他們的底細時，總被陸笠四兩撥千斤地擋開，到最後說了半天，依然不知道原本該單身的中年人陸笠，怎麼會變成一個玉面小生，還帶著一個奶娃娃和四個護衛！

大公子見陸笠不想多談，也不強人所難，笑著要他先歇息，接著命人準備晚膳。

阿楚在雲舒這裡喝飽了，掙扎著落到地上，搖搖晃晃朝陸笠走去，口中喊著：「爹爹，抱……」

陸笠卻不大想管孩子，急忙對大公子說：「大公子，我還有一個不情之請，阿楚年紀小，沒有母親和奶娘，我一個男人也不知如何照顧，您看能否讓您的丫鬟先幫忙帶幾天，等我在京城尋到奶娘了，就不再煩勞你們。」

大公子沒有急著答應，反而先看雲舒，似是在徵求她的意見。

雲舒看看一臉為難的陸笠，再看看可憐兮兮等陸笠抱的阿楚，最後對大公子點了點頭。她從未帶過小孩，很怕自己帶不好，但陸笠一副不想管小孩的模樣，使雲舒覺得阿楚怪可憐的，一不小心母愛氾濫，答應撿了這樣一個包袱。

雲舒抱著阿楚回房時，陸笠的兩個護衛已經把阿楚的衣服和用品全都搬了過來，動作不是一般的快。雲舒把阿楚放在床上，疑惑地看著她。不知這孩子的母親是誰，是離世了還是去了別的地方？怎麼把她丟給不想帶孩子的陸笠呢？

阿楚同樣疑惑地看著雲舒，似是在思考爹爹為什麼要她跟著她走……

雲舒心想要跟小孩子好好相處，不能讓她覺得疏離，便笑著問道：「阿楚幾歲了？」

阿楚反應很快地伸出兩個指頭。

竟然已經兩歲了，怎麼還沒斷奶？不過這不是關鍵……

雲舒又問道：「阿楚的娘去哪了？」

阿楚收回手指頭，似乎不是很懂地想了一會兒，才抬頭說：「被爹爹放在土裡睡覺。」

雲舒一愣，頓時後悔自己失言。阿楚的娘親果然不在人世了，兩歲的孩子，大概還不知道生死的意義。

一聲飄忽的嘆氣聲傳來，雲舒吃驚地回過頭，看見大公子站在門口。大公子的嘆息讓雲舒心中很難過，他大概也想起自己早逝的娘親了吧……

房間裡一時很安靜，阿楚感到奇怪地看看雲舒，再看看站在門口的大公子。

大公子走了進來，坐到床邊摸摸阿楚的頭，問雲舒：「妳一個人忙得過來嗎？要不要找個人幫妳？」

雲舒不敢誇下海口，她真不敢想像萬一阿楚哭鬧起來，或半夜突然要喝奶，她該怎麼辦。既然大公子說找人幫忙，她自然不能放過這個機會，她想了想，說道：「廚房裡有位吳嬸娘，脾性很好，生育過兩子一女，就請她來幫忙帶阿楚吧。」

吳嬸娘是雲舒之前在廚房做拔絲紅棗時，幫她找柘漿、替她生火的那位廚娘，她話不多，卻老實誠懇，穿著做事也乾淨利索，很得雲舒青睞。

大公子點頭說：「好，我叫顧清把她請來幫妳。」

吳嬸娘也挺可憐，家裡三個半大不小的孩子，正是長身體的時候，偏偏她的丈夫去年冬天在雪地裡摔斷了腳，到現在都沒好完全，家裡全靠吳嬸娘一個人做工賺錢。

如今聽到雲舒讓她幫忙照看孩子，大公子更給她雙份工錢，她哪會不願意？當晚做好晚飯之後，吳嬸娘就在顧清帶領下來到雲舒房中。

雲舒正坐在床頭哄阿楚睡覺，許是白天坐馬車累壞了，阿楚睡得倒很快。雲舒把她輕輕放在床上，又用被子把不靠牆的那一邊堵上，免得她滾下床。都處理妥當了，雲舒這才到門口跟吳嬸娘說話。

「阿楚是貴客陸先生的女兒，陸先生一個男人不方便帶孩子，便把孩子託給我照顧，偏偏我是個女孩子家，很多事情不懂，就有勞吳嬸娘幫忙。」

吳嬸娘知道雲舒是大公子跟前得意的人，況且又是雲舒指名要她幫忙，因此滿心感恩，忙說：「姑娘言重了，我粗手粗腳的，姑娘不嫌棄就好。」

雲舒說：「吳嬸娘從明天開始過來幫忙帶孩子吧，早膳簡單，廚房裡的人手想必夠了，妳就不用過去，等到準備晚膳的時候，妳再去幫忙，其他時間就隨我照顧阿楚。」

吳嬸娘記下，又問道：「小孩子夜間最鬧騰，我晚上就留在這裡幫姑娘守夜吧。」

雲舒原本想吳嬸娘自己也有孩子、有家要照顧，晚上不好留她在這裡，可是沒想到她自己提出來了。

「妳整天不回去，家裡怎麼辦？」雲舒問道。

吳嬸娘忙說：「我家那口子雖然不能下地做重活，但是在家照顧幾個孩子還是沒問題，也不用我多操心。」

話雖如此，但雲舒總覺得不妥，可是她沒帶過孩子，也不敢打包票說自己這裡沒問題，衡量再三之後，才說：「這樣吧，妳隔天在我這裡歇下，先看看阿楚晚上鬧不鬧，如果晚上不鬧，妳也就不用守著了。」

吳嬸娘拿兩倍工錢，自然想盡心盡力，見雲舒如此體諒，更是感激不盡。

「妳先回去交代一下吧，收拾好再過來，不然突然不回去，家裡會著急的。」

「好，我回去一下，很快就過來。」

吳嬸娘回家告知家人，又帶了幾件衣服過來，雲舒這邊也要人搬了一張榻席進來，靠在床邊放著，再鋪上厚被子，好讓吳嬸娘晚上睡下。

阿楚睡到後半夜，突然間醒了，閉著眼睛就哭，也不知是怎麼了。雲舒被驚醒之後，就抱著阿楚哄，但是愈哄她愈哭，完全不知道是什麼原因。

還是吳嬸娘有經驗，她先把手搓暖，伸進阿楚的衣服裡看看有沒有尿，見是乾的，就說：「要麼是餓了，要麼是被夢嚇到了。姑娘把阿楚抱緊些，貼著她的臉，她就不怕了，我去熱奶。」

因睡覺前在廊下生了小爐子備用，羊奶熱起來很快。等吳嬸娘端著奶回來時，阿楚已經沒哭得那麼凶，等羊奶餵到嘴裡，她閉著眼睛吃了一碗，又睡著了。

吳嬸娘小聲說：「怕是下午吃得早，到後半夜就餓了，睡覺前該餵一次的。」

雲舒點頭記下，兩人吹了燈，又重新歇下。

待第二天早上起來，吳嬸娘幫阿楚穿衣，雲舒則去大公子房裡服侍。

大公子見她眼圈黑黑的，就說：「昨晚是不是沒睡好？半夜我似乎聽到孩子的哭聲。」

雲舒一面幫他繫帶子，一面說：「還好，孩子只鬧了一次，吃了奶就睡了，幸好公子讓吳嬸娘來幫我，不然我一個人真不知該怎麼辦才好。」

大公子心中略有些不舒坦，沒想到請個名醫，還惹來一個奶娃娃要人照顧，徒增不少麻煩。「今天還得帶陸先生去看他要的醫館，但願他真的能幫上我們的忙，不然麻煩這麼多，真是白折騰了。」

雲舒只是微笑，沒說話。她不知道該怎麼勸大公子，因為那個陸笠看起來的確很像繡花枕頭，不太能讓人信服。

待收拾妥當，眾人在自己屋裡用了早膳，大公子就去邀陸笠出門看醫館，誰知到了陸笠門前，竟見一個皮膚古銅色的中年人穿著粗製布衣站在那裡。

幫大公子引路的顧清一驚，喝問道：「你是誰？怎麼擅闖我們家院子？」

那中年人一手背在後面，一手摸著鬍子，笑咪咪地看著他們，並不回答。

雲舒朝他看去，卻見那中年人一雙笑眼光彩熠熠，並不像普通漢子，再細細打量兩下，雲舒就吃驚地喊道：「您是陸先生？」

中年人這才笑著說：「好眼力，被妳看破了。」

眾人都是一驚，沒想到真的是陸笠！

陸笠解釋道：「我在外行醫，用的都是這副皮相，大家莫要揭穿我的真實面目才好。」

一個是俊美的白嫩公子哥，一個是滄桑平凡的中年人，真的很難將他們聯想在一起，雲舒剛剛不過是透過他的眼神猜測，若他否認，雲舒也只會認為自己猜錯了。

大公子頗為興奮地問道：「陸先生，這就是傳說中的易容術嗎？」

陸笠點了點頭，但不願多談易容的事，只對大公子說：「大公子，我們這就去醫館吧？」

大公子知道這是他的秘術，不肯詳談也是常情，他肯在自己面前露出真面目，已是信任，便不再多求。藉由這件事情，大公子和雲舒心中也放心了不少，看來這個陸笠還是有些本事。

因為要照顧阿楚，雲舒並不隨大公子和陸笠一起去看籌備中的醫館，把兩人送上馬車之後，就返回內院。

走回房間的路上，雲舒一想到陸笠，嘴角不禁浮出笑容。他這個人，不簡單呢……對於一個常年易容在外行走的人來說，第一次與大公子見面就顯露出真容，是他太輕率，還是太坦誠？

桑家這次在民間求名醫，是為了推薦進宮幫太皇太后醫病，萬一出了問題，會連累桑家所有人，桑老爺在把陸笠送來長安之前，想必已經跟他說過輕重，陸笠的所作所為，是想用自己的秘密來換取大公子的信任吧？

而且他把女兒交給雲舒來帶，真的是因為不願意帶小孩子嗎？若真的不想照顧小孩，那他以前是怎麼過的？為什麼沒有替阿楚找個奶娘？還是說，他把孩子交給大公子的人，也是為了表明自己投靠的決心？

至於陸笠為什麼這麼果斷地投靠桑家，雲舒覺得需要再查一查，不過不論原因為何，他把自身利益與桑家的榮辱綁在一起，目前對大公子來說，不是壞事。

雲舒想到這些，心情不由得輕鬆了很多。她原先還擔心民間找來的郎中靠不住，可看了陸笠的作為，她知道他也是個明白人。

回到房裡，阿楚已經在吳嬸娘照顧下起床穿好衣服，正在喝奶。見到雲舒進來，阿楚就推開吳嬸娘餵奶的勺子說：「我要爹爹！」

雲舒過去坐到她身邊，軟語哄道：「妳爹爹有事出去了，中午會回來，到時我帶阿楚去見他，我們現在先喝奶，一會兒姊姊帶妳抓蝴蝶玩好不好？」

阿楚聽了並沒哭鬧，只是噘嘴問道：「爹爹出診去了嗎？阿楚不哭，阿楚等爹爹回來……」

雲舒聽了心頭一酸。難道陸笠以前出診，都是把阿楚一個人丟在家裡嗎？她摸摸阿楚的頭，覺得這孩子真是懂事得過分。

吳嬸娘一面幫阿楚餵奶，一面說：「阿楚早就到了斷奶的年齡，一直喝奶身體長不好，而且容易餓，是時候幫她換些東西吃了，姑娘看怎麼樣？」

雲舒點頭道：「我也是這麼想，只是不知道該煮什麼給她吃。」

吳嬸娘見自己說的雲舒都聽，欣喜道：「這事就包在我身上吧，我知道該弄什麼給小孩子吃。」

雲舒點了點頭，又跟吳嬸娘商量要弄點布偶玩具給阿楚，正討論著，就有人來找雲舒，說有客人來了。

旺叔和顧清都跟著大公子出去了，家裡就剩雲舒一個能待客的人，於是她放下阿楚，急匆匆來到前門，一看卻是上回替劉徹送賞賜的那個宦官！

雲舒愣愣地看著那個年輕宦官，以及他身後的馬車，不知劉徹這次又想怎樣，難道上次讓她穿七彩錦衣玩上癮了？

「不知貴人光臨，所為何事？」不論劉徹目的如何，雲舒不得不對宮裡來的人客客氣氣。

那位宦官歡愉地說：「家主又命小的送東西給姑娘了。」

也許是劉徹第二次送東西來，讓這位宦官想歪了，所以對雲舒的態度極好，似是想巴結一般。「小的貴海，雲舒姑娘來點一點家主送來的東西吧。」

六套精美成衣、一套珍珠首飾、一套純金頭飾，再加兩盆紅珊瑚擺設，這些東西對於雲舒的丫鬟身分來說，可謂貴重至極！

「這……這是為何？」雲舒實在想不通劉徹幹麼賞賜這些東西給她，難道是因為上次戲弄她，讓他覺得內疚了？

貴海眯著眼睛笑，擺出一副「妳懂的」表情，說道：「家主一片心意，雲舒姑娘就收下吧，小的趕著回去覆命，雲舒姑娘可有什麼話要帶？」

雲舒心中很忐忑，說：「請回稟你家公子，雲舒多謝公子賞賜，但受之有愧，實在不敢當……」

貴海捂嘴笑了笑，說：「雲舒姑娘就放心接受吧，小的先告辭了。」

看著屋裡擺著的東西，雲舒來回走了幾步，始終理不出頭緒。

「罷了，等公子回來，看他怎麼想吧。」

大公子和陸笠來到正隆大街的醫館鋪前面，醫館的牌子還沒掛，但裡面已收拾妥當，藥櫃、診臺、桌椅等俱已齊備，請來幫忙的四個年輕人看起來老實忠厚，十分穩妥。

大公子很是滿意，對旺叔說：「做得很妥帖，辛苦你了。」

旺叔受到誇獎，心裡非常高興，但也不過分謙虛。「老夫跟隨老爺和大公子這麼多年，這點事還是做得好的。」

旺叔接著又說：「醫館尚未提名掛牌，大公子和陸先生看叫什麼名字好？」

這是為陸笠開的醫館，大公子自然是問他的意見，中年人模樣的陸笠捏著鬍子說：「就叫『回春堂』吧。」

旺叔記下，派人去請工匠做牌匾，不久後就能選個好日子開張做生意了。

陸笠不算挑剔，在醫館轉了一圈，並未提多少意見，只是問了問來幫忙的幾個年輕人是否懂藥材。

那四個年輕人是旺叔從桑家人手裡挑出來的，都隨他走過藥材的商隊，對各種藥材很熟悉。聽到他們的回答，陸笠很滿意，特地謝旺叔費了心思。

旺叔笑道：「這是應該的，開醫館，若是找些什麼也不懂的年輕人，只怕會出事，先生要醫病救人，萬不可弄錯藥，變成害人。」

有旺叔打理，大公子和陸笠沒什麼好挑，早早回到清平大街。

剛一回來，得到消息的雲舒就迎了出來。雲舒笑著問他們醫館的情況如何，又說阿楚想見陸先生，讓吳嬸娘抱著阿楚在陸先生房門前等著，最後還要顧清去廚房看看飯菜準備得如何。

大公子見雲舒把眾人支開，猜到雲舒有話要對他說，便說：「取盆清水送到我房裡，我想擦把臉。」

雲舒送水到大公子房裡時，大公子已經自行換上了居家服。他一面洗臉一面問道：「有什麼話，妳直說吧。」

雲舒忐忑地說：「早上大公子出門之後，宮裡又送賞賜來了，賜了許多好東西，可我卻想不通皇上因何而賞，心裡很不安。」

大公子微微有些吃驚，也沒料到皇上會送賞賜過來。他想了一會兒，說：「雖不知是什麼原因，但也不是什麼壞事。妳先收著，我最近正好有事要聯繫竇三公子，到時候也一併問問這件事。」

聽說要找竇華，雲舒追問道：「是要推薦陸先生進宮給太皇太后看病嗎？」

大公子點了點頭，說：「嗯，妳覺得陸先生這個人怎樣？」

雲舒想先知道大公子的想法，便反問他。

大公子邊想邊說：「他肯將女兒託付給我們，更在我們面前露出真容，說明他是真心相待，此人或可一用。」

大公子跟雲舒的想法相去不遠，雲舒便把自己的看法說了出來，又補充道：「……陸先生的底細恐怕還要再查一查，若他只是受桑家邀請來為太皇太后醫病，也沒必要表現出這樣迫切的投誠之意，而且他要求在長安開一家醫館，怕是另有所圖。」

大公子點頭道：「我會送信給韓管事，要他再查查。」

大公子雖然性格溫和，做事卻是雷厲風行。他決定弄清楚陸笠的底細之後，當夜就寫信給韓管事，要他派人去查。

身在洛陽的韓管事收到大公子的書信，便到書房與桑老爺共同商議。桑老爺見大公子詢問陸笠的底細，心中又欣慰，又覺得難辦。

欣慰的是，大公子考慮周到，知道替太皇太后引薦名醫之事很重要，必須弄清楚陸笠的底細，以免為桑家帶來無妄之災；覺得難辦，則是因為桑老爺本來就知道陸笠的來歷，只是因為答應過他，不將他的私事轉告他人，所以無法對大公子言明。

韓管事見桑老爺猶豫，進言道：「陸先生的情況大公子理應知道，若連自己要用之人都不了解，大公子辦起事來必定束手束腳。陸先生不願把自己的情況告訴大公子，是覺得他年紀小，不想在後生面前失了尊嚴，可是大公子是老爺的兒子，他的為人，老爺難道還不清楚嗎？若老爺覺得不願失信於人，不如寫信給陸先生，請他相信大公子，自行向大公子說明清楚。」

桑老爺覺得韓管事說得有道理，便寫了一封親筆信給陸笠，派人送出之後，又對韓管事說：「弘兒在長安辦事，身邊少不了人，若是入貲成功，更要好好安置一番。這幾日，你就從家中帶一批人去長安服侍他，選些他用慣且老實可靠的人，不要給他添麻煩。」

韓管事應下，出了書房之後，就向筠園走去。

沒多久，陸笠在長安就收到了桑老爺的書信。他看完之後，對著窗外的月色思考良久，最終還是提步向大公子的房間走去。

還未走到大公子的院落，陸笠遠遠地就聽到孩童的歡笑聲，他心中一暖——看來阿楚被照顧得很好呢。

他走進院落，並沒有直接去找大公子，而是走向雲舒和阿楚的房間。房間內，阿楚在床上爬，伸出一隻小手要抓雲舒手中的布老虎，兩人玩得不亦樂乎，吳嬸娘則在床邊守著，生怕孩子打滾掉了下來。

見陸笠來了，雲舒趕緊從床上下來，起身問道：「陸先生是來看阿楚的嗎？」

阿楚乘機把布老虎抱到懷裡，而後獻寶似地對父親喊道：「爹爹，老虎！我有老虎！」

陸笠笑著走進來，讚道：「阿楚好厲害，捉到老虎了。」

被誇獎的阿楚格格笑了起來。陸笠看看孩子，然後對雲舒謝道：「阿楚讓妳費心了，謝謝妳把她照顧得這麼好。」

雲舒忙說：「陸先生太客氣了，有個孩子，我也覺得開心很多。」

她以為陸笠是來看孩子的，便讓出床邊的位子，讓陸笠坐過去跟阿楚玩，誰知陸笠只是摸了摸阿楚的腦袋，就問：「大公子現在應該在房裡吧？」

雲舒恍然大悟，原來他是有事找大公子來了！於是忙說：「公子在房裡看書，我帶先生過去吧。」

將阿楚交給吳嬸娘之後，陸笠便隨著雲舒來到大公子房中。大公子看到陸先生主動過來，很是吃驚，忙要雲舒幫陸笠安置席位。

雲舒察言觀色，發現陸笠一副欲言又止的模樣，想必有什麼重要的事情要跟大公子說，便託詞說要去取熱水燒茶，退了出去。

雲舒退出之後，回到房裡繼續跟阿楚玩，只是留了一個門縫，注意大公子房裡的動靜。

過了許久，陸笠終於出來了，是大公子親自送出門的。送走陸笠之後，大公子一步三嘆地回到房間，雲舒也隨後跟了進去。

雲舒看到大公子神色憂戚，便問：「陸先生跟大公子說了什麼，大公子怎麼這樣悵然？」

大公子感嘆道：「陸先生也是個可憐之人吶！」

原來陸笠並非他的真名，這個名字是他行醫時的假名。他本名陸勃，是醫學世家陸家五代單傳的獨子獨孫，曾隨江湖人士學習易容之術。雖然陸家人丁單薄，但在鄉裡也算得上一方富豪，可正是因為他家中人丁單薄，被同鄉的土豪看中，打起他家田地財產的主意。

先是搶他的田地，接著便是貪圖他妻子的美貌，最後那群土豪竟然趁著陸笠外出時，闖入陸宅凌辱他的妻子！

陸夫人不願忍辱偷生懸了梁，待陸笠出診回來時，只看到他妻子冰涼的屍體，以及被氣得吐血的父親和暈倒在床的母親。

他花費大筆銀兩，想要狀告那群土豪，可是當地根本無人敢受理此案，受陸笠之命去告狀的家丁甚至被土豪打死。

在陸笠的爹娘雙雙因病歸天之後，忍無可忍的他變賣家財，帶著女兒離開家鄉，誓死要報這家破人亡之仇！

雲舒聽得目瞪口呆、難以置信。「怎麼會有這種事？難道沒有王法嗎？」

王法？雲舒只怕是氣糊塗了！這並不是個法治的時代，而是在千年以前的漢朝！縱使漢朝已有律法，但是在鄉下，人丁興旺的家族就是當地一霸，他們說的話，就是當地的「王法」！誰家兒子多，誰的親戚多，誰的勢力就大！像陸笠這種懷有家財美玉，卻無力守護的，就是他們強搶的對象！

見雲舒氣得拳頭緊握，大公子勸道：「好在陸先生的大仇已經由我父親出面替他報了，所以陸先生才願意委身桑家替我們做事，只是前塵往事難以啟齒，不願再對人說了。」

雲舒理解地點頭道：「這般我們就能理解他的所作所為了，他以前真是過得不容易啊……」

第二十五章　推薦入宮

等到「回春堂」開張的那天，已到了流火似的八月。

大公子請了竇華到家中擺席，向他引薦陸先生。他原本還請了東方朔、韓嫣等幾個時常走動的好友，但東方朔要準備幾天後進宮面聖的事宜，一心在家研讀，不願分心出席；韓嫣則是因為弄砸了家中為他尋的親事，被父親禁足，最後只有竇華一個人能夠前來。

竇華聽說大公子在京城開了醫館，並請了名醫坐堂，心中十分疑惑。不久他才聽大公子說想要入貲，怎麼眨眼又回頭做起生意？

帶著狐疑，竇華在席後小憩時，拉了大公子到房裡講話。

大公子原本就想找機會對竇華說推薦名醫給竇太皇太后治療眼疾之事，所以就支開其他人，單獨留下雲舒幫他們斟茶倒水，與竇華說起話來。

竇華個性直接，坐定之後便問道：「你前些日子還在詢問入貲之事，怎麼眨眼就開起醫館了？」

大公子心中很感激竇華把自己的事情放在心上，便說：「這個醫館雖是掛在我名下，但實際上是家父為陸先生所開。他與家父有些交情，家父聽說他想帶女兒在長安立足，卻又不願折了他一身的本事，就想出資替他開個醫館，也是適得其所。」

聽到大公子這麼說，竇華就放心了。「那就好，我還以為你打消了入貲的心思，正想勸你不要半途而廢。」

雲舒在旁邊聽得心中一動。竇華既然勸大公子不要放棄，那表示入貲之事自然有戲了！

果然，竇華接著說：「皇上前些日子向我問了你的情況，似是有些這方面的想法，只不過太皇太后、太后、兩位長公主那邊都推薦了人，讓皇上很難辦，一時之間還未有決定，在這個關鍵時刻，你得更有所表現才是。」

竇太皇太后、王太后、館陶長公主、平陽長公主……都想往皇上身邊塞人！

入貲的侍中雖是個沒有實權的位置，卻是皇上跟前的人，皇上的一舉一動跟想法，侍中最為清楚，太后們和長公主們自然想安插自己的人好控制皇上，可劉徹……絕對是一百個不願意！

劉徹想要的，是東方朔、桑弘羊這種背景乾淨、可以被自己收服的年輕人！就這一點來說，相對於其他皇家成員推薦的人選，大公子在這部分占有優勢，只是劉徹現在還不能當家做主，要想順利入宮，還需得到一方有力人士的支持。

因竇華是竇太皇太后的姪孫，他自然想到請她幫忙，這個想法跟大公子不謀而合，使大公子能很順利地說出引薦之事。

「我原本也在為此事發愁，不過這次陸先生進京，倒讓我有了一個想法，也不知行不行……」大公子緩緩將推薦陸笠為竇太皇太后看病之事說出來，聽得竇華很驚訝。

竇華說：「太皇太后的眼疾是舊疾，這麼多年看過無數太醫，都沒有起色，這個陸先生，當真有本事能治好？」

大公子自然不敢打包票，只說：「陸先生在民間久負盛名，說句不恭敬的，太皇太后的病已經拖了這麼多年，有一絲機會，試一試又何妨？」

竇華點點頭，宮裡那群太醫保守守舊，早被太后和皇上罵過很多次，如今有人引薦名醫，自然要看，只是，他有些不放心……

「桑老弟，宮中規矩森嚴，何況太皇太后更是尊貴，你引薦的這個陸先生，說話做事靠得住嗎？」

大公子把握十足地說：「竇兄放心，我敢推薦此人，自然對他有把握，若他辦事不利得罪了太皇太后，我這裡賠上的可是桑家所有人的身家性命呀！」

竇華聽了覺得有理，桑弘羊斷不會拿桑家所有人來開玩笑，便放心地說：「那好，我回去就跟父親說這件事，若他肯出面向太皇太后引薦，一定能成。」

大公子見事情順利，高興地和竇華喝了幾杯酒，繼而問道：「竇兄，還有一事，小弟心中既困惑又忐忑，不知可否問竇兄緣由？」

竇華放下酒杯，問：「何事？」

大公子指著房中的兩盆珊瑚盆景說：「皇上前些日子賜下很多賞賜給雲舒，卻沒說原因，她心中不安，我看著也覺得不妥。」

竇華一聽是這件事情，當即看了垂首站在旁邊的雲舒一眼，笑道：「原來是這件事，我還當你們知道原因，原來你們還不知！」

這話讓大公子和雲舒極為困惑，不約而同看著竇華。

「皇上那日在韓府戲弄雲舒的事情，傳到太后耳中。太后很生氣，訓斥皇上恃強凌弱，不能善待自己的子民，有辱國體。為了這件事，皇上才特地賞了東西賠罪，這是天大的體面，你們竟然還不知道是什麼原因。」

這一席話把雲舒的腦袋震得嗡嗡響。劉徹那樣一個驕傲尊貴的人，竟然被太后訓得低頭向平民認錯，這對他是多大的羞辱?!即使他之前因為讓雲舒當眾出醜而產生了一點愧疚，這點愧疚也會隨著對他的折辱而煙消雲散，說不定還會對他們心生怨恨！

那些好看的衣服、首飾、珊瑚，全變成了一塊塊燒紅的烙鐵，燙在了雲舒心上！她急忙抬頭向大公子看去，大公子像她一樣臉色蒼白，意識到大事不妙！

「這……如何敢當！」大公子皺著眉頭，說了這一句。

竇華卻沒意識到這件事情的嚴重性，只說：「既然是賞的，你們只管收著，下次見到皇上，記得謝恩就是了。」

雲舒見屋內只有他們三人，大著膽子插嘴問道：「敢問竇公子，可知是誰把韓府宴會之事傳入太后耳中？」

竇華微微皺了皺眉頭，但想到大公子平日對雲舒一向十分親厚，這次兩人談話，又特地留下她，想必寄予十分信任，便說：「聽說是平陽公主進宮探望太后時說的。」

聽到是平陽公主進的言，雲舒的手緊張地扭在一起，向竇華追問道：「公主是不是知道了我家公子想入貲進宮之事？」

竇華先是吃驚地看了雲舒一眼，而後點頭說：「那天韓嫣生辰，皇上離開之後，公主特地向我打聽了你是誰。我想到公主跟皇上一向親厚，覺得不用瞞她，就對她說了妳和桑老弟的事情。」

雲舒無奈地搖起頭，臉上露出苦色，只說：「此事很不妙啊！」

竇華還沒想明白這個道理，大公子苦笑了一下，替雲舒解釋道：「皇上因我們之事受太后責備，若對我心生間隙，就不會再想用我。若他自己尋不到中意的人，在太后和公主們推薦的人選中，竇兄你說皇上會選用誰的人呢？」

平陽公主跟劉徹是親姊弟，關係的確很好，而且平陽公主跟劉徹並沒有利益衝突，劉徹在一定程度上還要靠平陽公主的幫助。在太皇太后、太后以及館陶長公主這位岳母的逼迫下，劉徹更有可能選擇自己姊姊推薦的人，當然，產生這種結果的前提，是劉徹並沒有物色到心儀的侍中人選。

這就是平陽公主對太后進言的目的吧！

竇華想通了這層緣由之後，也緊張起來，恍然大悟道：「我竟沒想到這層原因！」

雲舒心中微微嘆了一下，竇華這個人直率、實誠，對朋友有義氣，卻沒有足夠的聰明才智，也難怪他無法在魏其侯府的子弟中出頭了。

一說到平陽公主，雲舒不由得想到那個如她心頭刺的卓成！她忍不住猜測，平陽公主這樣做是不是卓成的計策？平陽公主推薦的人，會不會是卓成？

一時之間，她心亂如麻！

當務之急，就是要挽回頹勢，雲舒揮去腦海中的陰霾，沈穩地對竇華和大公子說：「推薦陸先生給竇太皇太后醫病的事情，必須立即進行，最好能想辦法把我一併帶入宮，我藉著向皇上謝恩的機會，想辦法消除皇上對大公子的成見，晚了的話，就真的來不及了。」

竇華覺得這件事他有錯，心生愧疚，當即站起來說：「我這就回府找父親商議，你們等我的消息！」

竇華大步流星地離開了，留下雲舒和大公子在房裡。

雲舒不願讓大公子過度憂心，所以努力調整好心情，以平和的心態去面對大公子。而大公子也不想讓雲舒著急，便冷靜下來，微笑看向雲舒。兩人四目相接，頓時明白彼此眼神中的寬慰之意，心情不由得都好轉了。

不管碰到什麼難題，只要一起努力解決，總有辦法的！

竇華一趕回家，就向管家打聽父親的所在。聽管家說他正在後院的書房休息，竇華也不回房梳洗整理一番，便急匆匆向書房走去。

魏其侯是個長相方正的中年人，隨著新皇登基，竇太皇太后把持朝政，他的地位也愈來愈高，由內而外散發出一種尊貴和傲然。

他對竇華這個沒什麼作為卻也不會給他鬧事的三子，無喜也無厭，見他風塵僕僕前來，略有些吃驚，淡淡問道：「華兒匆匆而來，所為何事？」

竇華對父親竇嬰有些畏懼，恭敬垂首地說：「父親，孩兒聽說有位民間神醫到長安開館，他的醫術十分高明，孩兒就想，能不能推薦他進宮為太皇太后娘娘診治一番，也許能讓娘娘的病情有所好轉呢。」

竇太皇太后不僅雙目失明，身體各方面也多有不適，一是歲月不饒人，二則是她勞心勞力，難免傷神。

竇嬰目光連連閃了幾次，在竇華身上上下打量，最後笑著問道：「這個所謂的神醫，是誰向你推薦的？求的到底是什麼事？」

不愧是朝廷重臣，一下子就能看出事情核心。他根本不相信竇華會沒事向太皇太后推薦名醫，肯定有人慫恿他這麼做。按照竇華的性格，應該不是他有所圖謀，比較可能是為了朋友。

竇華見自己被父親看穿了心事，訥訥地站在那裡，一時之間不知道該如何回答。

竇嬰也不急，靜靜等兒子給他一個說法。

竇華想來想去，覺得桑弘羊既然想得到太皇太后的支持，那麼肯定得通過他父親這一關，若連他這關都過不了，就更不用說太皇太后那一關了，於是便把桑弘羊想入貲，希望得到太皇太后支持的事情全說給父親聽。

聽到竇華的話，魏其侯想了很多。

今日早朝，皇上在殿上大發雷霆，怪罪梁孝王之子濟東王在封地胡作非為，不僅搜刮民脂民膏，還放縱屬下草菅人命。一項項罪證列出來，把濟東王逼得在朝上發抖，無話可說。

朝中之人都明白，濟東王縱使有錯，但皇上在這個時候挑出來，無非是為了向太皇太后示威——當初太皇太后支持梁孝王登基，若梁孝王為帝，這濟東王可就是皇子，甚至是太子了！

現在劉徹登基，太皇太后雖然也是盡心輔佐，但劉徹心裡有疙瘩，覺得太皇太后處處牽制、為難他。祖孫兩人的關係愈來愈疏遠，看得竇嬰也頭疼。

現今聽竇華說起入貲和薦醫之事，竇嬰不由得陷入沈思。

「華兒，你是說，這個桑弘羊頗得皇上青睞，皇上也有意招他為侍中？」

竇華點頭稱是，說道：「皇上不僅私服去過他家，還一起出遊，甚至邀請他參加韓嫣的生辰宴，並私下問過孩兒他的事情。」

竇嬰點了點頭，說：「這個孩子想來不錯，能看得清形勢。既然知道此時皇上做不得主，要來求太皇太后為他做主，那必定也明白他日為官，該為誰效力了。」

侍中的名單一直定不下來，幾方都在推薦人，竇嬰原本覺得小小侍中沒什麼爭執的必要，所以並未打算插手，可如今他改變想法了，何不藉此事緩和一下太皇太后和皇上的關係？

既然是皇上看中的人，就由太皇太后出面訂下這個人選，由她給了這個恩典，不論是皇上還是侍中，都會記得這份情。

而且，太皇太后的身體愈來愈差，竇家實在不能沒有她，也是該換個名醫好好瞧瞧了。

竇嬰愈想愈覺得有理，看向竇華的眼神也多了幾分欣賞，於是站起來拍著兒子的肩膀說：「難得華兒有這個孝心，牽掛太皇太后的身體，果然是做爹的人，懂事了！」

竇華心中大喜，沒想到這麼容易就跟父親說通了，還得到誇獎，不禁笑逐顏開。

竇家的侍從來給大公子送口信時，雲舒正在幫大公子擺晚膳。見到竇華的貼身小廝，大公子吃了一驚，這前後不到一個時辰，竇華就派人過來，難道是覺得之前商議的事情不合適，突然改變意見了？

正覺得有些失望，那個小廝的聲音就傳入他的耳中。「我家公子要我傳話給桑公子，讓您安心等幾天，我們侯爺已經應承下，等這幾日把日子訂了，再來拜訪桑公子。」

大公子略顯失落的雙眼頓時變得神采熠熠，驚訝地問道：「你家公子當真說侯爺已經應承下來了？」

小廝連忙點頭，說：「是，我家公子正是這麼說。」

「太好了！」大公子喜出望外，沒料到竇華這件事辦得這麼快，但臉上卻努力克制，同時不忘讓雲舒打賞那小廝，再差人好好將他送出門。

將人送走之後，大公子才在雲舒面前露出毫無顧忌的笑臉，歡欣鼓舞地說：「沒想到這麼快就成了！」

雲舒同樣高興地說：「魏其侯肯出力相助，是極好的事……」她沈吟了一下，說道：「不過大公子也要想想魏其侯為何答應得這麼快，若是真的病急投醫還好，若是有其他想法，大公子又當如何？」

大公子經雲舒這樣一指點，頓時收斂起笑容，低頭繼續吃飯，只是時常走神。

身在高位的人，斷然不會做沒有意義和缺乏利益的事，魏其侯果斷相助，必有所圖，是圖桑家的錢，還是想讓大公子為其效力？雲舒並不點破這一層，讓大公子自己慢慢想清楚。

大公子一直到臨睡的時候，才拉住雲舒說了句：「縱然現在是太皇太后執政，可這天下終歸是皇上的。」

雲舒笑著點頭，大公子選對邊了。竇太皇太后會愈來愈老，皇上會愈長愈壯。歷史上外戚干政，向來都沒有好結果，大公子一心一意扶持劉徹，這是再好不過的選擇。

只是雲舒仍舊不放心地提醒道：「只是現在竇家勢大，我們還是得借一下他們的勢，才能站到皇上身邊去輔佐皇上。」

大公子若有所思地點了點頭。

雲舒見時辰不早了，服侍大公子睡下，然後吹燈離開他的房間。夜色昏暗，她看不到床上的大公子，可她就是能感覺到大公子肯定睜著眼睛沒睡覺，今晚，他大概會想很多吧。

對大公子而言，從小學的是如何做生意、管理家業，國家大事還輪不到他操心。如今為了桑家，也為了他自己，他選擇入仕，走一條完全不熟悉的路，心裡必然覺得茫然不安。面對風譎雲詭的朝堂形勢，他自然要多想想才行……

又過了幾日，宮中傳出竇太皇太后身體不適的消息，竇嬰趁著進宮問安的時機，向竇太皇太后提起長安來了民間名醫之事。

竇嬰跟竇太皇太后是自家人，他向她推薦名醫，沒人想太多，都以為他是為了太皇太后身體好才如此，連竇太皇太后都連連稱讚他的孝心，允了這件事。

帶陸笠進宮為太皇太后看病的日子定下來了，竇華先是將這項安排轉告給大公子，而後受父親之命帶陸笠去見他。

他對大公子解釋道：「父親擔心陸先生進宮後說話行事有差錯，想先見他一面，親自囑咐一下。」

大公子對此沒有意見，雲舒卻在後面悄悄拉了拉大公子的衣袖。大公子收到雲舒的暗示，有些猶豫地開口：「不知有沒有辦法帶雲舒一起進宮？畢竟皇上是因她那件事才對我們心生間隙，她想見皇上，好解釋一番。」

竇華皺起眉頭，這件事很不好辦，帶陸笠進宮是得了太皇太后傳召的，可再多帶一個人，就怕說不通了。

雲舒很怕竇華一口拒絕，忙補充道：「如果實在不能帶我進宮，就不為難竇公子了，只是，皇上最近還出宮來玩嗎？能讓我在宮外見到他也行！」

她這樣一說，倒提醒了竇華，竇華思索道：「月底皇上要去狩獵，我會隨行，倒是可以偷偷把妳帶上……」

雲舒急忙道謝，把竇華謝得不好意思收回自己說過的話。

雲舒在心底盤算，再過幾日她就能悄悄跟竇華去獵場向劉徹「賠罪」，如果一切順利，大公子入貲的事情應該能在月內定下來……希望不要出什麼意外才好！

第二十六章 進宮問診

陸笠雖然是小地方的富家子弟出身，但貴在走過不少路、見過許多世面，與各種不同的人打過交道，自有他的氣質和風度。他見到魏其侯時，神情從容不迫，回話也有條不紊，讓魏其侯十分滿意，對推薦他的人——桑弘羊，也連帶覺得很滿意。

入宮看病的事情就這樣定了下來。到了約定的日子當天，大公子、雲舒，甚至阿楚都早早起床，一起將陸笠送上馬車。竇華因此事受到父親魏其侯重視，所以很積極地親自來接陸笠。

大公子站在馬車前，對竇華說：「竇兄，陸先生就託付給你了。」

竇華精神很好，眉角飛揚地說：「你放心，有父親和我伴著，出不了什麼事！還有什麼話要囑咐的，就趕緊說吧！」

陸笠從馬車的窗戶探出頭來，對大公子淡笑道：「大公子放心，我知道分寸，就算醫不好太皇太后的病，也斷不會給大公子惹麻煩。」

大公子欣慰地點了點頭。

阿楚被雲舒抱在懷裡，看到父親上馬車要走，嘟嘴說道：「爹爹帶糕糕回來！」

以前陸笠易容出診時，總會替阿楚帶各式各樣的糕點回來，阿楚年紀小，只當這跟以前一樣，是一次普通的出行。

陸笠看著粉嫩的女兒，點頭道：「阿楚乖乖聽話，爹就給妳帶好吃的回來。」

因是一大早天未全亮就送陸笠出門，所以眾人都還沒吃飯，阿楚也只有在睡醒之後喝了幾口熱水，現在提到食物，孩子就覺得餓，吵鬧著要回屋吃東西。

送走陸先生之後，雲舒趕忙讓廚娘做早膳，用完早膳後，雲舒把阿楚抱回房交給吳嬸娘照顧，再到大公子房內陪伴他。

今天雖然是陸先生進宮，但大公子想必也很緊張，有個人在旁邊陪著，總會好一些。

不出雲舒所料，當她到大公子房裡時，大公子正在房中來回踱步，見雲舒進來，就說道：「妳去照顧阿楚吧，不用管我。」

雲舒抿嘴笑道：「吳嬸娘是帶孩子的好手，阿楚交給她，大公子儘管放心，現在是大公子比較讓人擔心。」

大公子見自己慌亂的心情被雲舒看破，反而輕鬆，緊繃的臉頓時釋然，浮現出一絲不好意思的神情，低語道：「我很久沒有這麼緊張了。」

大公子知道陸笠和竇華都靠得住，進宮出診又有魏其侯照應，理應不會出什麼意外，但他無可避免會擔心，雲舒勸無可勸，便說道：「大公子今日有空的話，不如教我下棋吧，我爹以前沒把我教會，大公子可一定要成功呀！」

大公子被雲舒這樣一打岔，就隨著她的想法問道：「妳想學下棋？這個比較枯燥，當真要學？」

雲舒點頭道：「我很想學，只是一直沒空，又沒人教，今天恰好有空也有人教，大公子就成全我吧。等我學會了，我就能陪大公子對弈，您也不用一個人悶頭跟自己下棋了！」

大公子見雲舒如此積極，便答應了，要她把棋盤、棋子拿出來擺好。

圍棋的門道太多，以至於雲舒認認真真學了一天，也沒把基礎學全。不過她的本意不是學下棋，而是為了分散大公子的注意力，要他不要一直想著宮裡的事情，這個目的達到了，她也就滿足了。

長門宮中，陸笠跟在魏其侯竇嬰身後，垂首站在一座寬敞華麗的殿宇外候命。

殿宇深處有紫金色的床幃，十幾名宮女站在殿中服侍，床邊圍著幾位年長的婦人，她們身上的衣物首飾很華貴，看起來像是宮中女眷正在探視太皇太后的病情。

聽到宮女稟報說魏其侯帶名醫前來問診，竇太皇太后便嘶啞著聲音對圍在她床邊的婦人們說：「妳們的孝心我都知道了，散了吧……」

有宮外男人進來，宮中女眷要回避，加上竇太皇太后發話，這幾名婦人都斂聲屏氣迅速退了下去，待重新布好屏風後，才有宮女帶魏其侯和陸笠進殿。

陸笠跟著魏其侯走進殿中，在窗前十多步的地方停住，跪下向竇太皇太后問安。

竇太皇太后要魏其侯跟陸笠起身後，便有宮女把陸笠帶到屏風後去為竇太皇太后看病，陸笠悉心診斷了很久，確定病情之後，便退出來到一旁開藥。

此時，竇太皇太后蒼老的聲音從屏風後傳出，說：「魏其，你到我跟前來。」

魏其侯聞言，繞過屏風走到床邊，對閉目躺在床上的竇太皇太后說：「太皇太后，微臣在，您千萬保重身體啊！」

竇太皇太后咳了兩聲後低聲問道：「魏其，我的眼睛雖然看不到，但我心裡卻看得很明白。你老實告訴我，你帶這個郎中進宮是為了什麼？難道你有想插手的事？」

竇太皇太后這段話把魏其侯嚇到不行，竇太皇太后竟然以為竇嬰想把陸笠安插進太醫院，所以在動手腳！

竇嬰趕緊低下頭，對竇太皇太后彎腰解釋道：「太皇太后明察，微臣絕對不敢，這個名醫是有人向我推薦，加上我實在擔心太皇太后身體，才帶他進宮，絕無其他用意！」

「哦？是何人向你推薦？」竇太皇太后冷笑了兩聲，說道：「你不要被人利用卻不知。」

「太皇太后英明！」竇嬰見竇太皇太后已經有所察覺，索性將桑弘羊希望入貲侍中，並向竇家求援之事說了。

聽完之後，竇太皇太后沈吟了一番，最終嘆了一口氣，唸道：「彘兒他大了，不願意我插手他的事，罷了……那個孩子你幫我查一查，若還可以，就順了彘兒的心，放到他身邊吧。」

「彘兒」是劉徹的乳名，竇太皇太后絮絮叨叨的話從屏風後傳入正在開藥的陸笠耳中，不由得鬆了一口氣。

日落西斜時，陸先生被竇華送了回來，大公子和雲舒趕緊丟下棋盤迎出去，見到竇華跟早上一樣，依然神采熠熠，他們也就放心了。

竇華要趕著回家，大公子不便留他，就客氣地將他送走，然後請陸先生到房裡說話。

陸先生隨著大公子到房間裡，慢條斯理地將進宮的種種事情說了一遍，聽到一切順利，大公子嘆道：「幸好！我今天一直很不安，十分擔心出什麼意外。」

陸笠笑道：「大公子有貴人相助，事情一切順利，怎麼會有意外？」

大公子又問了一些宮中的見聞、禮數之類的事，此時雲舒已煮好茶為陸笠端了上來。雲舒頗為關心地問道：「太皇太后的病怎麼樣，治得好嗎？」

聽到此問，陸笠原本淡然的臉色忽然一黯。

他不禁嘆了口氣，說道：「太皇太后是因肝陰虛損所致青風內障，早年醫治未及時，最終導致失明，想要復明，幾乎不可能。」

聽到這個診斷，大公子臉上露出一絲失望的神色，不過卻在雲舒意料之中——竇太皇太后在歷史上，眼疾一直未治癒。

陸笠未能醫治太皇太后的病，自己也很失望，不過他強笑著說：「雖不能復明，但因眼疾造成的嘔吐、發熱、寒顫之症，我卻有良方，保管藥到病除。」

大公子明白有些病可治，有些病不可治，陸笠不是神仙下凡，治療眼疾之事不可強求。再說，推薦陸笠進宮的本意也不是為了醫病，而是為了得到竇太皇太后的支援，目的既已達到，就不再多求。

大公子笑著道了一聲辛苦，便送陸先生下去休息，他這幾天還要進宮幾次，少不得要辛苦一些。

剛送走陸先生，顧清就跑來稟報，東方朔前來拜訪！

雲舒記得大公子跟她提過，東方朔前些日子進宮面聖，已被封為侍中，服侍皇上左右，為其出謀劃策。

她眉頭一挑，對大公子說道：「東方公子現在理應在殿前候命，現在前來，莫不是有什麼急事？大公子快去見他吧。」

大公子對東方朔突然前來拜訪也很詫異，於是整理好衣衫，帶著雲舒去前廳見東方朔。

剛進到廳裡，雲舒就見東方朔迎了上來，大聲說道：「恭喜桑老弟，好事啊，我特地來給你報喜了！」

大公子向他還禮之後，才抬起頭問：「東方兄因何報喜？」

東方朔眉飛色舞地說：「皇上剛剛已決定任命你為侍中，現在已經向太皇太后請示去了！」

大公子和雲舒都很詫異，他們原本以為劉徹會對他們有成見，這才趕緊在竇太皇太后那裡疏通，怎知他竟主動要求任命大公子為侍中！

原來東方朔聽聞了劉徹被王太后訓斥，因而給雲舒賞賜「賠罪」之事，就想試探一下他的氣度，故意在劉徹面前推薦桑弘羊，果然惹得劉徹很不高興。

「我提到你時，見皇上神色不好，就知道他心存芥蒂，可是這怎麼行？皇上理應胸懷寬廣、廣納人才，斷不可因為這點小事而拒用良才。我身為皇上的侍中，此時不直諫，更待何時？」

雲舒在旁聽他此言，抿嘴一笑。她以前看過漢朝史劇，知道東方朔的性子，就是一個會先把劉徹氣得半死，然後再哄他高興的直諫之人。

可廳裡的大公子卻很心急，忙說：「東方兄千萬不要觸怒聖上，若因我之事連累東方兄，這教我怎麼安心？」

東方朔豪爽地笑道：「你且放心，我敢觸怒聖上，自然也有法子哄得他高興，桑老弟不必緊張。」

即使東方朔這麼說，大公子還是有些不安，但見他如此自信，又覺得不好多說，一時有些躊躇。

東方朔又說：「皇上已接受我的諫書，今日就會向太皇太后稟明想招桑老弟為侍中之事，只要太皇太后那邊同意，你我就可同朝為官，一起輔佐皇上了！」

大公子感激道：「東方兄如此助我，弘羊不知如何回報，內心很是不安吶！」

東方朔大手一揮。「桑老弟大可不必這樣，我是為了皇上、為了大漢朝，見到皇上從善如流，我內心不知道有多高興！」

雲舒在旁偷樂，感嘆大公子的時運好。竇家為了緩和太皇太后和皇上的關係，願意幫他，又有個熱心的東方朔在劉徹耳邊規勸，有這麼多人助他，弄得雲舒幾乎要大喊「天命難違」了！

東方朔見雲舒在一旁滿臉笑意，便說道：「雲舒姑娘，我下面要說的事跟妳有關，妳可猜得到是什麼事？」

雲舒好奇問道：「跟我有關？我一個小丫鬟，能跟我有什麼相干？」

東方朔搖頭一笑，說道：「妳可千萬別小瞧了自己，皇上幾天後要去獵場狩獵，命桑老弟和妳隨行！」

「大公子和我？」雲舒與大公子對視一眼，十分驚訝。

若說大公子是劉徹即將任命的侍中，讓他隨行，還說得過去，但是為什麼點名叫雲舒一起去？難道是竇華的關係？可是竇華之前說的是把她假扮成自己的丫鬟，偷偷帶過去，斷不可能直接跟劉徹提起此事呀。

東方朔神秘一笑，說道：「妳可知是誰點了妳的名？」

雲舒更疑惑了，若是劉徹點名要她跟隨，那麼東方朔不必賣這個關子，既然這麼問，那肯定不是劉徹要她去，會是誰呢？

見大公子和雲舒都猜不出來，東方朔笑嘻嘻地說：「你們肯定猜不到，是平陽公主！」

東方朔樂呵呵地說著，雲舒卻沒之前那麼高興了！

平陽公主為什麼點名要她隨行？會不會跟卓成有關？難道她這麼快就暴露身分了？抑或是平陽公主知道劉徹要任用桑弘羊，想趁著狩獵之時伺機破壞？

想到這裡，一陣冷汗從雲舒背後冒出，臉色也驟然變得蒼白。

東方朔只當雲舒是沒見過世面的小丫頭，一時緊張罷了，就說：「是因為上次在韓嫣府中，平陽公主見妳很有意思，就把妳記了下來。這次去狩獵，去的女眷少，平陽公主就說要把妳帶上一起樂樂，皇上聽了想了一下，也就准了，這兩天就會有聖旨下來。皇上怕你們什麼都不知道，接到聖旨時不知所措，所以要我來先跟你們說。」

雲舒眉頭微蹙，什麼叫「帶上一起樂樂」，把她耍著好玩嗎？

只不過，現在情況如此，由不得她不去。雖然不想被平陽公主拿來取樂，但有機會接近劉徹，也不算太壞。

略想一下，雲舒就釋然了，此時又正好聽到大公子留東方朔用晚膳，她就匆忙退下去讓廚房備飯。

廚房幾位廚娘沒料到今晚有客人要留下來用餐，正靠在一起說話，雲舒剛一靠近，便聽到有個尖銳的聲音說：「大公子不管家裡的事，什麼事都是那個小丫頭一人說了算，吳嬸娘入了她的眼，不要說給她雙份工錢，就算是讓她當管家，我們又能說有什麼不對？」

另一人應道：「我們沒有吳嬸娘那麼大的心。看她的樣子，是想做奶娘呢，以後跟陸小姐有了情分，自不會把我們放在眼裡！」

雲舒站在廚房門口冷笑一聲。真沒想到，這些廚娘們竟會說這些閒言碎語。這些人看她年紀小、吳嬸娘老實，就敢碎嘴，若不管管，吳嬸娘在背地裡不知會受多少排擠！

想到這裡，雲舒就輕咳一聲走了進去。

由於雲舒要照顧大公子和阿楚兩個人，已經許久沒有來廚房，現在突然出現，把幾位說閒話的廚娘嚇得不輕。

雲舒似笑非笑地掃視了眾人一圈，幾個人紛紛心虛地縮了縮腦袋。但雲舒並不直接提剛剛聽到的那些閒話，而是說：「今天家中有客人，諸位嬸嬸趕緊忙活起來吧，晚了可就怠慢客人了。」

廚娘們匆忙散去，做起各自的活，洗菜的洗菜，生火的生火，但眼睛卻時不時瞄一下雲舒。

雲舒在廚房左看看、右看看，卻不說別的，倒把廚娘們的心弄得慌亂不堪。

在桑家做廚娘，雖然是零工，但對她們來說也是份難得的好差事。東家出手大方，大公子不挑食，她們做起飯菜來不用顧忌太多。

縱使她們對雲舒一個小女孩當家頗有異議，但這是桑家的事，她們這些人沒有半分插嘴的道理，可她們偏偏嚼了舌根，又讓雲舒聽到了。

雲舒見她們眼睛亂轉，一副無心做事的模樣，便笑著當家常話似地說道：「不知各位嬸嬸聽說了沒？下月初，洛陽本家就會送一批丫鬟跟婆子過來，廚娘也有幾位。我算了一下人手，除了本家送的那些，還需要雇用兩位原本的廚娘幫忙。我想著各位嬸嬸這幾個月做事勤快俐落，又是熟悉的人，便決定從妳們幾人中挑選兩人，只是大家都太出色了，我一時竟不知留誰才好……」

聽聞雲舒突然說起這件事，眾人的臉色驟然蒼白。這是什麼時候的事情，她們竟然完全不知道？

原本的五位廚娘，除去吳嬸娘，還有四個人，可雲舒說只能留兩個人……

雲舒淡淡笑著，又說：「我想了一個主意，以後的飯菜由各位嬸嬸輪流做，若誰得了大公子誇獎，我便留誰，嬸嬸們說這樣可好？」

廚娘們說了閒話心虛在先，雲舒又是東家的人，能夠直接決定她們的去留，她們哪裡能說一個「不」字？

見眾人都苦笑著應下，雲舒便笑著離開了廚房。

想要避免這些廚娘欺負吳嬸娘，最直接的辦法就是在她們內部製造矛盾，當她們有利益衝突、自顧不暇時，誰敢去欺負雲舒看中的人？只怕她們有的人，還會去討好吳嬸娘，要她幫忙說好話吧？

大公子和雲舒在外面有大事要做，必須全心應對。雲舒不想看到後院不安，少不得要用些法子震懾一下眾人。現在雇用的是零工，什麼都由她做主，還算好管，等下月韓管事將洛陽桑家那些丫鬟、婆子帶來了，只怕就沒這麼好應付！

想到最初在洛陽桑家那短暫卻不平靜的日子，雲舒心中就有些犯愁，不知這次是送哪些人過來……

第二十七章 伴君狩獵

劉徹的聖旨很快就來了，聖旨不同於以前的帖子、口訊，大公子和雲舒不免要穿戴整齊，在院子裡跪拜接旨。

傳旨的是之前送「賞賜」的貴海公公，他這次沒有換常服，而是穿著宦官的青袍，在傳旨的時候，別有用意地看著雲舒，笑咪咪的模樣讓雲舒覺得背脊發涼。

聖旨說得明白，要大公子和雲舒兩人花兩天時間陪駕去獵場。大公子接了旨之後，貴海竟然親自上前將雲舒從地上扶起，雲舒忙退後一步，口中說著：「不敢當！」

貴海笑著說：「雲舒姑娘好福氣，被聖上欽點侍奉，我這個閹人能夠扶妳起身，有何不敢當？妳太客氣了！」

雲舒苦笑著敷衍了兩句，心想：這公公想必是誤會什麼了。

也難怪貴海誤會，劉徹先後兩次給雲舒賞賜，這次又親自下旨要雲舒陪他去狩獵，對於不知道內情的人來說，自然以為劉徹看上雲舒了，可其中的凶險，只有雲舒自己知道！

接了聖旨之後，雲舒就開始在家裡整理要去獵場的行裝、衣服和常用的器具都得帶，但又不能帶多了，挑挑選選好半天才將大公子的東西收拾好。

在挑她自己的衣服時，雲舒發了愁。她雖是丫鬟，但因為要出現在皇上、公主面前，不能丟了大公子的顏面，於是想帶幾套好衣服，可又不能太過，這個尺度實在不好拿捏。

她最好的幾套衣服是劉徹第二次賞賜給她的那些，可是那些東西劉徹賞得不情不願，她若穿去，被有心人挑起，恐怕又會鬧得不愉快。除了那些衣服，再好一些的，便是大公子要顧清上街去幫她買的幾套成衣，布料做工都是上品，雲舒平日一直沒捨得穿，這次總算有機會了。

收好衣服，雲舒坐在梳妝檯前收拾梳頭髮的用品，她無意間看到銅鏡，見到自己微微豐潤了一些，不再像以前那麼單薄，精神十足、目光閃亮，心情不由得更好了。

臨行前一晚，雲舒先囑託顧清看好家、照顧好陸先生，而後又囑託吳嬸娘照顧好阿楚，等交代好一切，只見大公子正在身後笑嘻嘻地看著她。

雲舒臉上一熱，問道：「大公子這樣看我做什麼？」

大公子笑道：「妳年紀最小，卻事事囑咐他們，怕他們照顧不好自己。我們只出去兩天，家裡還有旺叔照顧，妳這樣擔心做什麼？」

雲舒不好意思，低著頭回嘴道：「大公子還有閒工夫笑話我，快仔細想想明天的事情吧，到時候見了皇上，可不是好玩的！」

大公子神情凝重了幾分，不過依舊笑著說：「自然要慎重對待，但太緊張了也不好。」

雲舒微微感到驚訝。之前陸先生進宮時，大公子那樣緊張，現在輪到自己了，卻一點也不擔心，是他心態調整得好，還是有足夠的自信？

收拾好了床鋪，雲舒催促大公子早點歇息，畢竟他們明天一早天未亮就要去宮門前候命呢！

隔日天未亮，大公子和雲舒兩人就乘車趕到未央宮西宮門前，出示聖旨之後，就有禁軍帶他們進宮。

雲舒跟在禁軍身後，沿著長長的甬道一直向宮內走，忍不住悄悄抬頭環顧巍峨的宮殿和高牆。她想到前不久才在大街上眺望這未央宮，沒想到如今就走入宮門，身臨其境了。

在走到第二道內宮門之後，就見廣場上已有禁衛軍和宮女、宦官在準備出行車駕。

禁軍將他們兩人帶到偏殿裡，說道：「兩位請在此歇息，稍後就會有人前來安排出行事宜。」

大公子客氣地謝過禁軍官兵，而後便與雲舒一起進入偏殿等候。

因大公子現在尚是平民百姓，無官無爵，所以他們進入殿中之後也未敢隨意坐下，而是站在窗前靜候。他們來得比較早，還沒有其他隨行的人進宮，等到天空泛起魚肚白時，一陣急促的馬蹄聲從外面傳來。

雲舒心中一驚，何人敢在宮內策馬疾行？

大公子也聽到馬蹄聲，跟雲舒一起向外望去，那騎在黑馬上的銀冠少年，不是韓嫣又是誰？

雲舒心中暗嘆：古人誠不欺我，韓嫣恃寵而驕，視規矩如無物，他這樣張揚，怎能長久？

看到那飛揚少年遠去的背影，雲舒心底有說不出的擔憂。大公子雖然什麼話也沒說，但他微皺的眉頭，已能說明一切。

兩人又等了一會兒，外面傳來說話聲，是竇華和東方朔交談著走了進來，兩人見大公子和雲舒已在殿內，就笑著打了招呼。

時辰差不多了，陸陸續續來了不少人，大公子和雲舒不認識其他人，只跟竇華站在一起，偶爾有跟竇華交好的，竇華就會引薦給大公子，不過多數人聽說大公子是富賈之子後，表情都淡淡的，客套地打了招呼，就不再多說。

雲舒心中微嘆，大多數官宦子弟，終究瞧不起生意人，認為商人重利輕義，行的是投機取巧之事。她能感覺到別人的輕視，大公子又何嘗不知？

雲舒擔心地看向大公子，但見他臉上風輕雲淡，時不時與東方朔或竇華低聲說話，似是一切都好。見他如此從容，雲舒就放心了。她轉而想想，又覺得自己太愛操心，大公子從出生就是商人之子，會被官宦子弟瞧不起的事，肯定早有心理準備，她又何苦替他擔憂？

在細碎的說話聲中，突然傳來一陣環珮、首飾相擊的聲音，雲舒循聲望去，平陽長公主劉嫖來了！

劉嫖神清氣爽地走進來，身後跟著兩名平民裝扮的漢子，雲舒一眼就看到其中一人正是卓成！

雲舒怕暴露身分，不敢多瞧，正好眾人紛紛向平陽長公主行禮，她便乘機隱沒在其中。

劉嫖善於交際，性格也開朗，在場每個人都能與她攀談上幾句。當她含笑的鳳眼瞥到了站在大公子身後的雲舒時，掩嘴笑了一聲，說道：「站在那裡的，就是上次穿七彩錦衣的女子嗎？」

眾人循聲看向雲舒，時光彷彿倒流回在宴廳上被眾人取笑的時候，她努力沈下氣，上前屈膝回話道：「草民雲舒拜見長公主。」

劉媗的眼睛上下打量著她，取笑著問道：「妳今天怎麼不穿七彩錦衣？我以為妳今天還會穿呢！」

雲舒心中疑惑，平陽公主怎麼就抓住那件衣服不放？不過轉瞬她就想明白了，劉媗當時正要向劉徹引薦卓成，卻被雲舒那引人注目的衣服破壞了機會！

雲舒不知該如何回擊劉媗的刁難，又想，她一個小小草民見到公主，理應緊張到發抖，斷不該這麼冷靜才是，如此想著，她便一下子跪倒在地上，哆嗦著說：「草民……草民不知要穿那衣服，公主容我、容我回去換衣服！」

劉媗見雲舒跪地失措，反而沒了興致，擺手說：「罷了，皇上馬上就要啟程了，哪有時間給妳換衣服，下去吧。」

雲舒低著頭退到大公子身後，只見到大公子嘴角抿得緊緊的，似是很不高興。

劉媗回頭看了臉上沒有任何表情的卓成一眼，輕笑了一下，低聲說：「那個女子有什麼奇特？也用得著你特地要我喊她？」

卓成抬眼看了雲舒一下，又垂下眼對平陽公主說：「也許是我猜錯了。」

平陽公主並不在意，多一個人參加狩獵又不會影響她，閒了還可以取樂，便揭過不提。

大夥兒等了片刻，便有人進來請眾人出去迎駕，劉徹已準備妥當，準備起駕了。眾人魚貫而出，在廣場上列成幾排，待劉徹穿著黑亮的輕甲，腰掛長劍踏著鐵靴走出來時，眾人紛紛叩首。

劉徹興致很高，揮手說：「諸位平身，我們速速出發吧！」

在宮人的引導下，大公子和東方朔等其他幾個公子同坐一輛馬車，而雲舒則與帶著行李隨行的宮女坐到一車。

寬大平穩的馬車很快就駛出未央宮，向長安以西的獵場行去。雲舒透過擺動的車簾縫隙裡看到馬車兩邊有成隊的騎兵和手持長矛的步兵護送，見到這些冷兵器，雲舒不由得有些緊張。

待眾人出了城，車隊突然停了下來。位於隊伍中前方的劉徹從御駕中走了出來，從一名禁軍手中牽過一匹寶駒騎了上去！

皇上不坐馬車要騎馬，其餘隨行之人誰敢坐馬車，於是一個個全都下車換為騎馬。

東方朔有些擔憂地看向大公子，很怕他不會騎馬，於是問道：「你若不會騎馬，千萬不要逞強，不如稟明了皇上，隨後趕去就是了。」

大公子感激地說：「多謝東方兄關懷，不過我們商人子弟要四處奔波，怎能不會騎馬？東方兄不必擔憂。」說著就接過宦官牽來的棗色大馬，一躍騎了上去。

在大公子前方的平陽長公主也跳下馬車，喊道：「卓成，把我的驚雷牽過來！」

大公子神色嚴峻地抬頭看過去，緊緊盯著被平陽長公主稱為「卓成」——那個把雲舒從惡夢中嚇醒的人！

待認清楚卓成的面目之後，大公子回頭看向隊伍末尾的馬車，雲舒正坐在裡面。他不由得想到，雲舒肯定看到了卓成，也難怪她在宮中回公主問話的時候害怕得發抖。想到這裡，他的擔憂更甚了。

初秋正是狩獵的好時機，陽光燦爛、晴朗卻不炙熱，道路兩旁綠樹成蔭，顯得生機盎然。

劉徹及一干隨行的年輕官員騎上馬向五十里外的獵場奔去，大半禁軍護駕隨行，剩下一些禁軍則留在車隊中護送物資、宮女和宦官。

雲舒從馬車的車簾縫隙中看到眾人奔跑遠去，甚至連平陽公主也騎馬而去，不由得感嘆，這位公主還真是像男子一般！

卓成因不會騎馬，跟著隊伍慢慢行走，不知不覺走到雲舒的馬車外。雲舒一瞥到他的身影，就快速放下車簾，不再向外張望。

卓成看了還在晃動的車簾一眼，抿了抿嘴，繼續行走，但始終都在雲舒的馬車附近徘徊。

跟雲舒同車的三名宮女都不太愛說話，一個閉目養神，兩個湊在一起編繩，雲舒左右張望了一下，覺得不好貿然搭話，就從隨身帶的行李中抽出一卷書簡，低頭看了起來。

包袱裡塞的幾卷書簡是大公子最近在研讀的《周髀算經》，關於這部古老的數學典籍，雲舒在中學學習畢氏定理時聽老師提起過，但是從未讀過正文，如今有機會看看古人是怎麼學數學的，雲舒覺得十分有意思！

《周髀算經》中記載：「數之法出於圓方，圓出於方，方出於矩，矩出於九九八十一。故折矩，以為勾廣三，股修四，徑隅五。既方之，外半其一矩，環而共盤，得成三四五。兩矩共長二十有五，是謂積矩。故禹之所以治天下者，此數之所生也。」

這便是現在廣為人知的「勾三股四弦五」。

雲舒正看得有意思，突然有女子輕聲問她：「妳會識字？」

雲舒抬頭一看，剛剛那個閉目休息的宮女，正睜著一雙大眼睛看著她，於是笑著點了點頭。

宮女見雲舒點頭，有些羞怯地說：「我從沒唸過書，一個字也不認得，所以只能做粗使宮女。」

在內殿服侍的宮女，要幫忙整理書簡、傳遞訊息，雖不說需要多高的學問和見識，但必須認識一定的字，不能把書簡放錯地方，更不能把訊息送錯人。若不識字，縱然再刻苦耐勞，也沒辦法做上等宮女。

雲舒見這個宮女滿臉好奇地看著她手上的書簡，期待的眼神中隱隱帶著自卑，於是笑著說：「到獵場還有很久，如果妳想學的話，我教妳認幾個吧。」

那宮女訝異地抬起頭，滿臉不信地看向雲舒，見雲舒不是逗她，便急忙點頭，說道：「好啊，謝謝妳！我叫夏芷，今年十五，妳叫什麼名字？」

「雲舒，今年十四。」

夏芷微微紅著臉說：「那就有勞雲舒妹妹教教我。」

雲舒就著手頭上的書簡，挑著《周髀算經》裡的數字和簡單常用的字一個個教她，並在手心裡比劃。

旁邊正在編繩的兩個宮女覺得有趣，也圍過來看，不過她們年紀比夏芷小，沒耐性學，看了兩眼，又回去編繩玩了。

在路上有了事情做，就覺得時間過得非常快。到了下午，馬車才來到獵場的臨時行宮。

雲舒揉著快要散掉的腰，扛著包袱走下馬車。

車隊的馬車停在一條青石板路上，左邊地勢較低，是一片廣闊的樹林，站在小路上看過去一望無際，在夕陽映照下，顯得格外壯闊。

小路右邊是長長的灰白色石階梯，階梯順著丘陵的地勢往上而去。階梯後方是深紅色高大的宮門，在那之後，正是獵場的臨時行宮。

夏芷跟著從馬車上下來，見到雲舒站著發呆，立即接過她手上的包袱，說：「妳第一次來這裡吧？我跟著皇上來了好幾次，走，我帶妳上去！」

雲舒帶的兩個包袱都有點重，她不好意思麻煩夏芷出力，但夏芷卻執意要幫她拿，在爭執不下的情況下，最後兩人各揹一個包袱沿著階梯往上走。

夏芷熟門熟路地帶著雲舒從小門走進行宮，詢問到大公子休息的房間後，再帶雲舒過去安置。

夏芷因雲舒願意教她認字，對她心生好感。以前她在宮裡見到那些大宮女，但凡詢問什麼事，個個都趾高氣昂，更不要說教她識字了。雲舒真誠待她，她也用真心回報，一股腦地將自己知道的事情全都說了出來。

「外臣一般安置在西邊的博望苑中，皇上和女眷則歇在東邊的御宿苑。除此之外還有各種宮殿庭院共幾十處，地方大得很，妳千萬不要到處亂走，更不要走到獵場的林子裡去了，很危險，有虎豹豺狼呢！」

雲舒仔細聽著，很多宮中細節她不明白，夏芷願意告訴她，她正好可以問一問。兩人一路聊到博望苑，到了雕花角門外，夏芷便停住腳步，說：「我不能進去了，只能送妳到這裡。」

雲舒接過包袱，謝道：「謝謝妳。」

夏芷也許是在宮中壓抑久了，難得遇到一個能隨意交談的人，她看著雲舒，突然有些不捨。這幾天她在獵場肯定會很忙碌，必然沒時間來找雲舒玩，不過稍想一想，她就釋然了，在回程的路上，她們還能見到呢！

想到這裡，夏芷靦覥的笑道：「那我回去做事了，妳趕緊尋妳家公子去吧！」

雲舒跟她告別之後，一回頭轉身，就撞到一個人懷裡，她下意識地說著「對不起」，並後退了兩步，誰知抬頭一看，她撞到的人竟然是卓成！

雲舒神色倏地轉變，看卓成的眼神也十分警戒！這裡是外臣住的博望苑，平陽公主斷然不會在這裡，卓成怎麼會出現？

卓成冷眼打量著雲舒，見她像隻刺蝟，便開口說：「我聽姑娘的口音很特別，很像我家鄉的方言，不知姑娘是哪裡人？」

雲舒的臉色更蒼白了幾分。

時下的古人說話的腔調她學不來，所以這麼久以來，她說的都是普通話。大公子以為她說的是家鄉方言，也沒追問，她自己更沒注意，現在被卓成問起來，不禁慌亂！

卓成追問道：「姑娘的名字是雲舒嗎？我家鄉有位故人，名字也叫雲舒，真是很巧。」

雲舒咬牙看著卓成，此時大公子的聲音突然從後方傳來——「雲舒，妳來了嗎？讓我好等，妳怎麼還不進來？」

大公子站在雕花角門下，平靜地看向對峙中的卓成和雲舒。

雲舒被大公子的喊聲驚醒，瞬間冷靜下來，因咬牙太緊而僵硬的肌肉也鬆弛下來，對大公子展開一個甜美的笑容。

「大公子，您讓我好找，總算見到您了。」說著，雲舒就抱著包袱跑到大公子身邊。

大公子對她點點頭，不著痕跡地站在卓成和雲舒之間，把他們隔開，而後說：「怎麼現在才來，我一直擔心妳在後面出了什麼事。」

雲舒歡快地答道：「能出什麼事呢？是大公子跟著皇上騎馬太快，才會覺得我們慢。大公子身上好多灰，趕緊洗洗換身衣服，今晚還有晚宴吧？」

大公子點點頭，護著雲舒便要往博望苑中走，兩人似是絲毫沒把卓成放在眼裡。

卓成緊握著拳頭，突然對雲舒喊道：「雲舒，妳不認識我嗎？」

雲舒回過頭來，用奇異的眼光打量著卓成，說：「你這人好生奇怪，我不過撞了你一下，你卻一直說著我聽不懂的話，我為什麼要認識你？」

卓成神情莫測地看著雲舒，一時拿不定主意，到底是自己猜錯了，還是雲舒失憶了？雖然她長得跟原來完全不一樣，可是聽她說的一口標準的普通話，與古人口音截然不同，他不應該猜錯的呀？

猶豫之間，大公子已正色站出來，問道：「你是何人？我看你神色詭異，徘徊於博望苑門口，又拉我的丫鬟搭話，不像什麼好人！」

卓成已從平陽公主那裡得知桑弘羊即將成為侍中，所以不得不客氣地回話道：「在下是平陽長公主的侍從，特奉公主之名，前來傳個口訊，現在正要回去覆命。」

大公子板著一張臉說：「既是這樣，就快走吧，不要在這裡調戲女子，若傳到皇上耳中，只怕會怪公主馭下無方！」

一頂大帽子扣上去，卓成不得不告退離開。

雲舒走進大公子所住的房間裡，輕吁了一口氣，動手準備把包裹裡的東西拿出來。

大公子走過來按住包袱，止住她的動作，雙眼擔憂的看著雲舒，問道：「妳……還好吧？」

雲舒勉強笑問道：「大公子何出此言？」

「那個卓成……就是妳之前說想要害妳的人吧？」

雲舒點了點頭說：「我跟以前有些不一樣了。他現在還不是很確定我的身分，但看樣子，他已經很懷疑了，畢竟我的樣貌會變，但說話腔調不容易變。」

大公子擔憂地點頭說：「妳說話的腔調的確很奇怪，聽卓成說話，你們倒像是一個地方的人。」

雲舒無奈地嘆了口氣，這可怎麼辦？咬緊牙關一味否定有用嗎？只怕卓成不會相信。若他堅持想法，認定此雲舒就是彼雲舒，只怕不管她怎麼否定，他也會按照自己的想法對她下手吧？

待他肯定了自己的想法，會怎麼辦？雲舒擔憂地想著。

她知道他來自何方、明白他的品行、了解他有幾斤幾兩，在她面前，卓成沒有絲毫穿越者的優勢，那些歷史資訊不再是他唯一一個人知道的天機，為了他的前途，卓成肯定不會放過她！

想著想著，雲舒就打了個寒顫，似乎又看到自己被殺時的情景。

大公子握住雲舒的手，暖著她冰涼的指尖，保證道：「他以前害過妳，即使他現在仰仗著公主的照拂，我也不會再讓他欺負妳，定會為妳報仇！」

報仇！

雲舒猛然驚醒。一味防守只會被敵人窮追猛打，如今卓成已經差不多知道她還在人世的事情，她已無處可躲，也許進攻才是防守的最佳方式！趁卓成還未成大器，就將他的前途扼殺在搖籃裡，也許這樣才能保住自己的性命，更甚者，還要取回他欠自己的一條命！

意識到這一點，雲舒的腦袋就靈活地轉動起來，她正色對大公子說：「大公子對我的照拂，雲舒這輩子都會感激。雲舒無力自保，惟有仰仗大公子的保護。這次平陽公主特地要我們來參加狩獵，極有可能會向我們發難，大公子需時時警惕才是！」

發難的途徑不外乎兩種，一種是「文」，在晚宴上出難題讓大公子在皇上面前失顏面；一種是「武」，在狩獵途中暗箭傷人，損害大公子的身體安危！

聽到雲舒的提醒，大公子凝重地說：「妳說的話我都記在心上，我會當心的。」

晚宴時間將至，雲舒命博望苑服侍的宦官抬來熱水，讓大公子沐浴更衣，幫他收拾整齊後，才送他出門。

剛到博望苑門口，就有宦官躬身跑來，說：「皇上口諭，命雲舒姑娘一同參加晚宴。」

雲舒和大公子對望一眼，苦笑道：「看來今晚注定不平靜了。」

略微收拾一番，雲舒便和大公子一起朝舉行晚宴的饗會殿走去。

第二十八章 晚宴考題

華燈初上，饗會殿中燈火通明，各個角落裡都安放著如層層瀑布般相疊的燈臺。晚風拂過，空氣中帶著微微的燃燒油脂味，吹進雲舒的鼻端，讓身處恢弘大殿的她覺得此情此景又真實了幾分。

雲舒和大公子兩人的席位靠中後方，但因總人數較少，所以他們的到來依然顯眼。雲舒的身分很不合適出現在這個場合，所以眾人看到一個不知名的小丫頭出現在宴廳中時，紛紛議論起來，少數幾個認識雲舒的人，臉上也浮出驚訝的神色。

雲舒悶不吭聲地跟著大公子走進殿中坐下，跪坐到大公子後方的榻上，將自己瘦小的身影藏在大公子背後。

一陣環珮相擊之聲從門口傳來，眾人放在雲舒身上的目光瞬間轉移到殿前的麗人上。平陽公主劉娉換了一身粉紫色漢服，頭上插著展翅的鳳釵，腰間掛著長短不一的玉珮和玉璜，盛裝出現在宴廳門口。在她身後跟著四名宮女和兩個男人，其中一個就是卓成。

看見公主駕到，眾人紛紛離席轉身相迎，雲舒仿照他們的樣子，同樣行禮迎接。卓成若有似無地掃向雲舒那邊，見她出現，略微皺了皺眉，似是不太高興在這個場合見到她。

劉娉大步走向左前方空置的榻旁坐下，與周圍的人打招呼。

雲舒聽到有人稱讚道：「公主的騎術又精進了，今日騎馬而來，公主不輸給男兒分毫！」

又有人說：「皇上這次出宮狩獵，女眷中只帶了公主，可見皇上重視公主。」

劉嫖聽到眾人巴結討好的言語，只是揚眉笑了笑，並不接話。

雲舒在心中竊笑。誰都知道劉徹和劉嫖姊弟關係好，那些想拍馬屁的人也不分一分場合。

參加晚宴的人來得差不多了，大家的談論聲愈來愈大，忽然間，一道尖細的聲音傳來：「皇上駕到——」

眾人起身迎接，又是一番行禮的儀式。

劉徹身著黑色滾紅邊的漢服坐在正席，揚聲道：「諸位今天趕路辛苦了，開宴吧！」

接著便有一排排宮女捧著食盒，送到每個人的食案上。雲舒不太懂宴會的規矩，於是悄悄看著周圍眾人的行動，依樣畫葫蘆。

宴會開始後，位於大殿一角的樂師們演奏了起來，一隊紅衫舞姬翩然走進，開始扭動身體，為宴會助興。

雲舒今天只在出門前吃了一點東西，早已餓了，見到食案上金燦燦的肉，哪裡顧得上看舞蹈，埋頭就吃東西去了。

大公子聽到背後不斷傳來碗筷相擊的聲音，悄悄回頭看了雲舒一眼，發現她十分認真地與碗中的羊腿戰鬥，不由得輕笑起來。

聽到笑聲的雲舒抬起頭，不期然碰上大公子的目光，不禁有些臉紅。看起來，她吃飯的姿勢似乎太不雅了……

兩人正在暗暗偷笑時，突然聽到劉嫖對劉徹說：「皇上，席末的桑弘羊就是你準備招為侍中之人嗎？」

大公子和雲舒趕緊端正坐好，抬頭看向劉徹。

劉徹點頭道：「正是他，皇姊有何意見？」

劉嫖當然有意見。她原本以為憑著她跟劉徹的關係，劉徹會把侍中的名額留給她推薦的人，沒料到卻因「出身不明」的緣由，拒絕她選送的人。

劉嫖嘟了嘟嘴，說道：「聽說桑弘羊以心算聞名，我手下有賢士，也善於計算，我想讓他們較量一下，皇上應該不會拒絕吧？」

劉徹無奈地看著劉嫖。他這個姊姊當真肆無忌憚，早知道她可能會為難桑弘羊，但是沒想到第一頓飯也不讓他好吃。

如此想著，劉徹便對大公子說：「桑弘羊，你出來接受皇姊的考驗吧，別讓她說朕選些不中用的人。」

大公子出列對劉徹行禮領命，答道：「是。」而後又轉向平陽公主，說：「公主，請。」

劉嫖對卓成勾了勾手指，說道：「你去考一考他吧。」

卓成自信地站了出來，與大公子對立，想了一瞬便說：「今有雞翁一，值錢五；雞母一，值錢三；雞雛三，值錢一。凡百錢買雞百隻，問雞翁、母、雛各幾何？」

雲舒聽到卓成的問題，頓時出了一頭汗，雙手不由得拽緊了衣服！卓成問的是數學史上著名的「百錢百雞」，問題是記載於中國五～六世紀時成書的《張邱見算經》中，求不定方程式整數解的題目。

雲舒只知道大公子心算加減乘除很快，卻不知道他有沒有學過方程式，一時之間，心就這麼提了起來！

宴廳中傳出一陣陣討論聲，有的人低頭掐手指，默默算著卓成所出的題目，有的人則像看好戲般瞧著卓成和大公子，猜測這輪較量誰贏誰輸。

雲舒在下面心急如焚，這個題目就算是她，也得列兩個方程式，提筆算一算才知道結果，但大公子卻只是微微垂著眼睛，默不作聲地看著前方地板。

他是在心算嗎？三個變數，這也太難了點吧?!

說起來，大公子不過十三歲，加上時代限制，雲舒真的很擔心大公子會敗下陣來！

卓成見桑弘羊聽了題目之後沒有說話，臉上隱隱浮現出得意之色，接著又觀察起雲舒的神色。他之前不知道雲舒要參加晚宴，沒有防備她這個變數，現在有些擔心她會站出來幫桑弘羊化解難題。就算他還不夠確定這個雲舒就是他認識的那個，但種種跡象都顯示他不能對她大意。

不過他轉而想到，縱使雲舒出來幫桑弘羊回答，那麼桑弘羊的能力也會受到劉徹懷疑，這樣的話，只要再拜託平陽公主從中周旋，自己還是有可能頂替他的位置。

卓成愈想愈覺得有這種可能，臉上的笑意也就更明顯了！

不知是宴廳的油燈點得太多，導致室內燥熱，還是雲舒心急發熱，她的額頭上浮出一層密密的細汗。不要說她現在沒有紙筆，一時算不出答案，就算她知道答案，大庭廣眾之下，也不能站出去解答，害大公子丟臉。

劉徹冷眼看著場下的兩人，提聲問道：「桑弘羊，你可答得出？」

桑弘羊手向劉徹一拜，說道：「回稟皇上，草民已得了三種答案，只是擔心有所疏漏，所以未敢草率回答。」

他剛說完這話，卓成的臉色就白了。他沒想到，在這麼短的時間之內，桑弘羊就把三組答案都算了出來，而且根本沒有動手，只是心算！

「百錢買百雞，可以是雞翁四隻，雞母十八隻，雞雛七十八隻；也可以是雞翁八隻，雞母十一隻，雞雛八十一隻；亦可以是雞翁十二隻，雞母四隻，雞雛八十四隻。不知我回答得是否正確？」桑弘羊雙眼含笑看向卓成，讓他一臉得意之色瞬間變為菜色！

雲舒忍不住在心中暗暗叫好，大公子果真好樣的！

這個「百錢百雞」問題真的不好答，不僅要三種雞的數目加起來是一百，還要牠們的總價也是一百。大公子不僅心算出結果，更難得的是把三種答案都算全了，看卓成還有什麼好說！

雲舒也不禁感嘆道，古人的智慧實在不可小看。縱使她和卓成這些千年後受過高等教育的現代人，也不過是「站在巨人的肩膀上」，知道歷史的先機罷了，其實並不比古人聰明多少。至少對於大公子，雲舒是打心底佩服，他心算的底子果然紮實！

卓成不得不低頭說：「桑公子果然名不虛傳，所答皆對！」

一時之間，在場的官宦子弟看大公子的神情有些不一樣了。他們原本看不起商賈之後，覺得他們不過是憑藉一些小手段從中牟利，沒想到大公子真的有些才學。

劉徹很是高興，仰頭哈哈大笑道：「答得好，賞！」話音剛落，下面便傳來一陣陣附和聲，有誇大公子聰明的，更多的則是讚劉徹英明。

大公子叩首領賞之後，默默退回席位上，竇華、東方朔等幾個跟大公子交好的人遙遙向大公子舉杯敬酒，臉上全是喜色。

不過平陽公主的臉色就沒那麼好看了，但她也不是拿得起放不下的人，只是有點怪罪卓成太過於自誇，之前還說什麼桑弘羊絕對答不出這個千古難題！

偏偏劉徹還特地對劉嫖說：「皇姊，朕選的人，可還入得了皇姊的眼？」

劉嫖下頜微揚，頗不情願地說：「皇上選的人，自然是好的。」

劉徹個性好強，自己這一方占了上風，他的心情頓時大好，但又怕令劉嫖太丟臉，傷了姊弟情誼。

劉徹心想，出宮狩獵之前，劉嫖特地要他把雲舒帶來，還說什麼「那個女孩挺好玩，叫來逗我開心甚好，以解出行的枯燥」。於是他龍睛一轉，瞅到了縮在大公子身後的雲舒身上。

雲舒正傻呵呵地看著大公子發笑，察覺到劉徹正看著她時，頓時繃直了身體，轉頭看向劉徹。

劉徹笑著瞇起眼，揚聲道：「桑弘羊有如此才智，想必身邊的人也不差。雲舒，上前來！」

雲舒一顆心如同急鼓亂敲，卻不得不硬著頭皮走到眾人眼前。

對很多在場的人而言，雲舒能在這種場合上列席，讓人難以理解，如今劉徹甚至點名讓她上前，更使人訝異，看向雲舒的眼神也多了幾分探究。

只聽劉徹道：「之前在長春湖上，朕聽妳說起接楹聯，覺得有些意思，這回妳可有什麼新奇的東西說來給朕聽聽？」

雲舒心中苦嘆一聲：當我是專門逗人開心的俳伶嗎?!

不過縱使再不願意，雲舒也不得不冷靜思考應對之策。

大公子適才已經在眾人面前揚眉吐氣，若她這個小丫鬟也語出驚人的話，勢必會給人譁眾取寵的感覺，對大公子和她都會造成不好的影響。再者，卓成在場，她也不好多說什麼，免得露了餡，加重卓成對她的猜疑。

在心中作了決定之後，雲舒跪著說：「民女無才無德，不過是跟在大公子身邊受了幾日薰陶，才略懂了一點道理。民女能夠得見陛下，已是天大的殊榮，民女拙口鈍腮，不知說什麼才好……」

劉徹見她在眾人面前與當日在船上之時截然不同，想到可能是小女子沒見過世面，難免怯場，便有些興趣缺缺，轉頭問劉嫖：「皇姊，妳專程要她來一趟，總不能就這麼放她回去吧？」

劉嫖擒著酒杯，瞥眼看了卓成一下，似是隨意地對劉徹說：「這丫頭看著老實，很中我的意，不如皇上將她賜給我，我帶回去調教一段時日，必不是現在這副小家子氣的樣子。」

一語既出，如五雷轟頂！

雲舒若落入平陽公主之手，豈不是等同於任卓成處置？

雲舒警戒地抬頭看向劉徹，忍不住全身緊繃，心中祈禱劉徹千萬不要同意劉嫖的要求。同時她一顆腦袋也飛速思考著，萬一劉徹真的要把她扔給劉嫖，她又該怎麼辦？

對上雲舒萬般不願的眼神，劉徹笑了一聲，揚聲對繃直著身子坐在下面的大公子說：「桑弘羊，你調教的人被長公主看中了，你可願意割愛？」

雲舒聽到劉徹把問題踢到大公子身上，忽然輕鬆了下來，雖然還沒有聽到大公子的回話，但雲舒知道大公子絕不會把她賞給平陽公主的！

果然，大公子起身站到中間，躬身回話道：「皇上、公主請恕罪，並非草民不捨割愛，而是雲舒並非我桑家的奴僕，她乃自由之身，只是暫時服侍我而已，我並不能把她隨意送人。」

劉徹似是料想到他不會放人，便淡淡說道：「哦？是嗎，看來皇姊要失望了。」

劉嫖今晚一而再、再而三地不順心，脾氣不禁有些上來了，瞪著雲舒問道：「好。既然雲舒妳是自由之身，那我就問妳，妳可願意到公主府來服侍我？我賞妳珍珠三斛！」

滿座頓時譁然，眾人都不明白他們為何為一個丫鬟爭論起來，而且長公主還出價頗高。

三斛珍珠對長公主來說可能不算什麼，但若是買個丫鬟奴隸，可是天價了！

雲舒一顆心頓時穩定下來，既然是讓她決定自己的去留，她就有辦法了！

只見雲舒跪到地上，不是對平陽公主劉娉，而是對皇帝劉徹說：「皇上，民女年初遭遇天災人禍，不得不背井離鄉流落在外，在民女性命垂危之際，是我家大公子救我於深淵，不僅給我吃穿，還待我親厚如親人！民女受公子如此大恩，理應誓死回報，今日承蒙公主厚愛，願以重金換我，可是民女大恩未報，怎能拋棄舊主？還請皇上成全雲舒的報恩之心，讓我留在大公子身邊！」

這一番話說得聲淚俱下，眾人不禁唏噓，劉徹也眼放炫彩，嘆道：「想不到妳這小女子還是個知恩圖報、重情重義之人，既然如此，朕怎能為難妳的一片忠心？」

雲舒的話觸動了劉徹的心事。他現在最缺的，就是誓死效忠的心腹。他身邊不是這一系的人，就是那一派的人，真正要做些私密的事，都找不到人。一時之間，他竟然有些羡慕桑弘羊，雖然雲舒只是一個小小婢女，卻對他死心塌地。

劉娉心中怒火沖天，偏偏不能強行要人，若再逼迫，只會落得一個以勢欺人的名聲。要雲舒和桑弘羊退下去之後，劉徹對晚宴的事就不太上心，眾人見他沒興致，也草草吃完，早早散席。

平陽公主在回御宿苑的路上，對卓成甩袖子低吼道：「你不是說這個千古難題，桑弘羊一定答不出來嗎？大話說在前頭，平白丟了自己的臉！」

卓成心中也氣得很，但不得不低頭道歉說：「是小的失察，連累公主了。」

平陽公主又瞪了他一眼，說：「還有那個叫雲舒的，我看她資質平平，空有一顆忠心，並沒有你說的那樣奇特，你為何三番四次央求我把她討給你？」

卓成心知想透過平陽公主把雲舒弄過來的事已經沒戲，於是回稟道：「這都是小人的錯，小人誤把她當作以前一位故人了，給公主添了麻煩，小人罪該萬死！」

平陽公主有氣發不出來，丟下一句「你的確罪該萬死！」之後，就帶著侍女匆匆離去。

平陽公主平日帶在身邊的有兩名男隨從，一個是卓成，另一個則比較木訥，在劉嫣訓斥卓成時，一直沒說話，直到劉嫣走後，那人才拍著卓成的肩膀安慰道：「你別喪氣，公主還是很看重你，不然也不會不罰你，只說你兩句就走掉。」

卓成聽了，抬起頭，對同伴笑道：「謝謝你的安慰，衛青。」

另一邊，雲舒和大公子在回博望苑的路上，大公子對她說起晚宴上的事。「聽說平陽公主之前極力向皇上推薦一個人，那人肯定就是卓成，不然她也不會在晚宴上讓卓成向我發難。說起來，卓成的題目有些意思，讓我一陣好算呢！」

雲舒笑著稱讚道：「大公子聰明。當時我聽了題目，急得不得了，沒想到大公子輕輕鬆鬆就答了出來，真行！」

得到雲舒直言不諱的誇獎，大公子臉色微微發紅。他暗自慶幸：幸好天色暗了，看不太出來。

他想了想，又有些擔憂地對雲舒說：「妳最近幾天跟緊我，千萬別落單！我看那個卓成一直糾纏妳，甚至還有本事讓長公主開口討妳，著實把我嚇了一跳！」

大公子頓了一下，臉龐紅通通地繼續說道：「雖然受了驚嚇，但是長公主用三斛珍珠要妳，妳卻一口拒絕，還說了那些報恩的話，我聽了很開心……」

雲舒低低一笑說：「我當然不會跟她去！大公子對我這麼好，從不重言重語對我，還給我好吃的和漂亮衣服，我怎麼捨得離開大公子呢？再說，大公子你說不定比長公主有錢呢，三斛珍珠算什麼，只要大公子您願意，三十斛珍珠也不是問題！」

大公子被雲舒一番話逗樂了，靦覥地低頭笑了起來。兩人慢慢走回博望苑安置歇息，好應付第二天的狩獵。

第二十九章　獵場意外

第二天也是個好天氣，雲舒早起幫大公子找出今日穿的衣服，又翻出帶來的書簡，拿著繩子玩起花樣。

大公子一起床就看到雲舒低著頭搗騰著書簡，好奇地問道：「雲舒，妳在做什麼？一大早的就看起書來了？」

雲舒手上不停，只匆匆抬了一下頭，說道：「大公子稍等一下，先別穿外衣，我這邊馬上就弄好！」

大公子點了點頭，穿著白色褻衣走到雲舒背後，看她拿著繩子，手指飛快地在竹簡上穿梭。不一會兒，雲舒就高興地跳起來。「做好了！」

看著她手上做好了像馬甲一樣的東西，大公子詫異地問道：「妳這是做什麼？」

雲舒睜圓了眼睛說：「給大公子您穿的呀，今天狩獵，很危險的！」

大公子接過雲舒手上的竹簡馬甲一看，驚訝地說：「唉呀，這是我的《周髀算經》！」

雲舒賠笑道：「書可以重新再抄，身體傷了可就沒辦法挽回了！大公子，快穿上吧！」

雲舒說著，強行將馬甲為大公子套上。那是由兩卷書簡做成的，很粗略，只不過是將胸口、背心圍了一圈，而後用繩子在肩膀上穿上。

一方面為大公子穿竹甲，雲舒一方面還叨唸著：「我早先沒想到，不然在來之前就幫大公子準備一件防護衣了。狩獵的時候飛箭無眼，要是傷到大公子，那可怎麼辦？」

大公子苦笑一聲說：「怎麼會有這樣的事？」

雲舒在心中嘀咕，怎麼沒有？

史書上可寫得清清楚楚，劉徹手下的驃騎將軍霍去病，就是在狩獵的時候「失手」把飛將軍李廣的幼子李敢給射死了。雖然劉徹後來為此事懲罰了霍去病，但李敢畢竟是人死不能復生。

雖說這是很久以後的事，然而畢竟有史可鑑，雲舒怎能不防備？特別是在有卓成這種心狠手辣的人在場的情況下！

按照歷史，桑弘羊命中無此劫，但雲舒就是怕萬一歷史因她和卓成這兩個穿越者而改變，讓大公子真的出了事，她後悔都來不及，所以還是提早防備為妙！

穿好竹甲之後，雲舒再幫大公子穿上外衣。

大公子不舒服地動了動。「挺不方便的……」

雲舒哄道：「安全第一，大公子姑且忍忍吧！」

穿戴好之後，兩人隨著在博望苑外引路的宦官來到獵場前的高臺下集合，眾人已來了大半。大公子到了之後，就跟他們見禮打招呼。雲舒明確地感覺到，大家對大公子的態度已友善許多。

漢朝有規定，男子年滿二十後，除了一些滿足免役條件的人，大多數男子必須服勞役，二十三歲後正式服兵役。劉徹身邊許多人都服過兵役，因此馬術和射箭都很不錯。

由於大公子年紀還小，只會騎馬，尚不會射箭，所以在劉徹傳令進入獵場開始狩獵時，大公子只是跟在眾人身後，助助興而已。

雲舒和其他宮女守在獵場外的休息臺上，為下獵場的人準備飲水和飲食，等著他們回來享用。

之前跟雲舒結識的夏芷也在這裡，她見宮中管事的人都去場下照顧狩獵的人，沒人管自己，便悄悄走到雲舒身邊，高興地說：「雲舒，我就知道妳今天會來！」

雲舒看到她，也開心地打招呼說：「夏芷，妳這幾天還好嗎？」

夏芷點點頭說：「我很好，妳教我認的幾個字，我每天都在練習，已經記熟了，回去的路上，如果我們再坐同一車，妳再教我認幾個常用的字吧！」

雲舒很喜歡像夏芷這種認真好學的女孩，哪有不答應的？

夏芷見雲舒答應，高興極了，又壓低聲音問她：「我聽昨晚在晚宴上服侍的姊妹說，長公主要用三斛珍珠換一個丫鬟，是不是妳？」

雲舒很驚訝，沒想到這種事情竟會在宮女間相傳。

她不好意思地點了點頭，夏芷卻興奮得臉都紅了。

「我就知道妳不簡單！三斛珍珠，值好多錢呢！更難得的是，妳被長公主看中了，像我這樣的人，一輩子也不可能遇到這種事情！」

雲舒苦笑，又不能跟夏芷明說其中的原因，只得笑著應付了一下。

夏芷又說：「聽說妳為了報妳家大公子的大恩，沒答應跟公主走，真可惜……不過，妳這樣做很對，要是我，也不會忘恩負義背棄舊主的！」

雲舒明確地感受到，夏芷因為識字和三斛珍珠這兩件事，對她有了一些崇拜，不禁覺得夏芷這個姑娘還真是純樸！

兩人交談了一會兒，又做了一些事，看時辰，差不多到了該休息的時間。

雲舒便站在休息臺上翹首看向下面的林子，等待大公子歸來。等了一會兒，果然有一些人回來了，大公子也在其中，只是，他是被駕回來的！

雲舒倒抽了一口冷氣，急匆匆跑下臺子向大公子衝去，忙問道：「大公子，您這是怎麼了！」

竇華等人合力駕著大公子，大公子因疼痛難忍，額上流了很多汗，瞧雲舒急到臉色蒼白，勉強笑著說：「沒多大的事，只是從馬上摔下來，傷了腳踝。」

雲舒低頭一看，大公子的腳踝腫得快像小腿肚那麼粗，周圍青紫一片，看了就知道十分嚴重！

待眾人合力把大公子抬上休息臺後，隨狩獵隊伍前來的太醫很快就到了。診斷結果是傷了筋，但沒有損到骨，太醫開了喝的和敷的藥之後，劉徹等人也回來了。

劉徹見有太醫在場，就皺眉過來問道：「怎麼回事？」

竇華忙了一身汗，轉身回稟說：「我們在下坡的時候，桑弘羊的轠繩突然鬆了，當時騎得快，沒控制好，就從馬背上摔了下來。幸而太醫說只是傷了腳，休養一段時間就好了，沒折斷脖子真是萬幸！」

劉徹看了他的傷勢一眼，而後對旁邊的宦官怒喝道：「把養馬的人帶來，查查那匹馬究竟是怎麼回事？」

提供給皇家用的馬，韁繩怎麼可能莫名其妙斷掉？更何況，這些馬牽出來之前都提前做過檢查！

桑弘羊聞言，趕緊說：「皇上，我沒事，是我自己騎術不佳，怪不得別人。」

劉徹和雲舒同時望向他。大公子雖然不想讓人調查，但是這兩人的神色中都有幾分了然。

劉徹頓了頓，命人送桑弘羊回博望苑休息，又囑咐雲舒說：「好好照顧妳家公子，若要宣太醫或是缺什麼東西，只管開口。」

雲舒叩謝皇恩後，便緊隨大公子回房。

待沒有旁人了，雲舒才小聲問道：「大公子，您騎的馬究竟怎麼了？」

大公子皺著眉頭，良久才說：「沒憑沒據的事情，我不想亂猜測，不說也罷！」

雲舒感覺到大公子想息事寧人，是不願挑事得罪人？還是不想讓劉徹為難？不管怎樣，雲舒不弄清楚，心裡總是不踏實。只不過大公子不想提，雲舒就不在他面前追問此事，而是安安分分侍奉湯藥，陪他說話。

雲舒假裝抱怨道：「唉，怎知大公子傷的是腳，可惜我為您做的竹甲沒派上用場！」

大公子見雲舒有些失落，忙說：「用上了！山坡上很多石頭，若不是這竹甲護著我的胸口，說不定我還會受其他傷，真是多虧它了！」

雲舒看見大公子急著安慰她的模樣，忍不住笑了。

主僕兩人談天說話，時間過得倒也不算慢。到了下午的時候，劉徹在獵場打到一隻黑熊，興致十分高昂，眾人都得了賞，連在養病的大公子也不例外。

雲舒聽了，卻是偷笑。這是皇家獵場，那黑熊只怕是底下人偷偷安排的，為了哄劉徹高興吧！

當然，這種事情肯定沒人會拆穿，劉徹也不一定不知道，但這終歸是玩樂，大家都高興就好了。

第三天早上，眾人開始收拾東西，準備中午過後返回長安。因大公子有傷不能騎馬，劉徹特別恩賜他單獨坐一架馬車，雲舒可以跟他共乘伺候他。

雲舒一面將他們的東西往馬車上裝，一面想著：要讓夏芷失望了，她原打算回去的時候，再教她認一些字的。

正想著夏芷，卻見她鬼鬼祟祟碎步走了過來，見到雲舒後，不待雲舒詢問，她就低聲快速說：「昨天晚上皇上對韓大人發脾氣了，有人聽到皇上質問韓大人前天晚上為什麼要去馬棚。我得到這個消息，特地來告訴妳，讓妳心裡有底……」

說完，她又擔憂地看了雲舒一眼，而後左右張望了一下，速速低頭走了。

雲舒目瞪口呆地看著夏芷的背影，萬萬沒有想到夏芷會向她提供這些資訊，但是……這些話可信嗎？

韓大人，是韓嫣嗎？他在大公子的馬上動了手腳？

並不是雲舒懷疑夏芷，可她實在無法理解韓嫣為什麼要害大公子，而且出了這種事，劉徹縱然表面上不查，背地裡肯定會調查出真相。韓嫣為什麼要親自去馬棚？這種事情只要被人看見，劉徹就會知道，韓嫣縱使要動手腳，也不會蠢到讓自己被人發現吧？

再者，雲舒昨天明明看到，除了皇上、公主及特殊的幾個人之外，眾人都是在進入獵場前臨時選馬，韓嫣既然是頭一晚動手腳，又怎麼會知道大公子要騎哪一匹馬？大公子的馬，應該是進入獵場之後才被人動了手腳。

只要一細想，雲舒就覺得韓嫣八成是被人嫁禍了，劉徹該不會想不到吧？還是說，他是故意發韓嫣的脾氣，讓人傳出風聲？

雲舒想了很多，一直到車隊出發，她依然在悶頭想這件事。

大公子原本在閉目休息，此時緩緩睜開雙眼，淡淡說道：「妳還在想韁繩的事情嗎？不要想了，窮追無益。」

雲舒輕輕嘆了一口氣，說：「看來大公子知道是誰動手腳，可為什麼不說出來呢？」

大公子沈靜地說道：「不用我說，皇上也會知道是誰，他心中自有分寸。」

既然大公子都這麼說了，雲舒也別無他法，只好任由他跟劉徹打啞謎。

第三十章　墜馬真相

車隊回到長安時，已是暮色四合。

劉徹在回宮之後，特地留下平陽公主劉婞。「皇姊，我正要去長門宮向奶奶和母親報平安，要不要隨我一起去？」

劉婞想到太皇太后身子不太好，應該多去探望，便將卓成和衛青先遣回去，跟劉徹一起搭上宮內的馬車，向長門宮駛去。

「我看皇姊很看重卓成，是嗎？」劉徹問道。

劉婞微微嘆息道：「卓成這個人，對國家大事很有見地，我曾聽他談過一些事情，是個治國良才。」說著，她看向劉徹，十分真摯地說：「徹兒，皇姊極力推薦他，一心是為了你好，希望你身邊多幾個有用的人，你可千萬別覺得姊姊是在逼你。」

劉婞十分了解劉徹的性格，典型的吃軟不吃硬。她隱隱感覺到劉徹因為她之前在晚宴上為難桑弘羊而不高興，所以現在主動在劉徹面前服軟，走起親情路線。

劉徹很吃這一套，劉婞畢竟是他的親姊姊，兩人感情一向不差，現在又見劉婞為他擔憂，便軟語說道：「皇姊一向對朕好，朕又怎麼會不知道？只是卓成這個人用不得。」

劉婞吃驚地問道：「徹兒為什麼這麼說？你也許不了解他，他的確有才幹。」

劉徹伸手搖了搖，制止了劉婞的話。他緩緩說道：「早在皇姊向朕推薦他時，朕就派人查過。卓成是妳在長安街上救回府的，妳對他而言，有救命和知遇之恩。像雲舒一個小女子都知道知恩圖報，不可背棄舊主，卓成為什麼只把皇姊妳當成踏腳石，一心只圖自己的飛黃騰達？」

因劉嫖跟卓成的想法比較相近，所以她一直想把卓成放到劉徹身邊，因此沒從這個角度思考過，現在被劉徹點出，她心中微微一涼。細細一想，卓成似乎真的從未想過留在她身邊，難道……他真的只是把她當成踏腳石？

劉徹年紀不大，但心思卻很多，他繼續說道：「朕現在需要的是對朕忠心耿耿的人，像卓成這樣一心貪圖富貴，不要也罷。而且，他心思太過複雜狠辣，令朕很不喜歡！」

說卓成貪圖富貴，劉嫖尚能理解，但說他狠辣，劉嫖便有些不解了，於是問道：「他做什麼事讓你生氣了？」

劉徹冷哼一聲，說：「桑弘羊在獵場從馬上掉下來，這件事肯定是他做的！」

劉嫖心頭一驚。昨天她聽聞桑弘羊墜馬時，也嚇了一跳，第一個反應就是看向卓成，有些懷疑此事跟他有關。可是她看卓成面色自然，又沒向她提起此事，便以為不是他做的，現在劉徹這樣說，劉嫖自然要問個究竟。

劉徹說：「桑弘羊墜馬之後，朕派人問馬夫，曾有何人單獨去過馬棚？馬夫說事發之前沒人去過，只是事發之後，有個人去馬棚看了那匹出事的馬。皇姊，那個人正是卓成！若此事跟他無關，他事後為什麼要急匆匆地去看那匹馬？」

聽了這些話，劉嫖的心情很複雜。她之前聽人說，劉徹當晚曾訓斥韓嫣，她便以為墜馬之事是韓嫣做的，但現在看來，此事根本與韓嫣無關，而是劉徹為了保住她的顏面，讓韓嫣當了卓成的代罪羔羊！

想到這裡，劉嫖心中難受，說道：「徹兒能顧及姊姊的顏面，姊姊很是欣慰。待我回府，便好好拷問卓成，必定給你一個答覆。」

劉徹擺了擺手說：「答覆就不必了，他是皇姊的人，妳處置了就算了。」

姊弟兩人還說著話，馬車就到了長門宮。由於有人提前傳報此事，因此竇太皇太后早在王太后服侍下起了身，待兩位孫兒進來，便笑著問他們玩得可開心等話。

祖孫幾人說著說著，不知怎麼說到韓嫣身上。竇太皇太后閉著眼睛說：「韓夫人今天進宮來看我了，跟我話了一些家常。她不說我還沒想到，咱們彘兒都成親了，韓嫣那小子也到了該娶妻的年紀。韓夫人問我有什麼合適的孩子介紹給她，我就要你母親幫忙留意了，彘兒不會有什麼意見吧？」

竇太皇太后針對韓嫣的婚事問劉徹的意見，自然意有所指。

韓嫣跟劉徹兩人從小就走得近，加上之前被皇后陳嬌在宣室殿現場「捉姦」，他們兩人的事已在宮內宮外亂傳。

韓家因為這件事情急得不得了，一直在替韓嫣物色娶妻人選。可韓嫣偏偏百般不願，在家裡胡鬧。韓夫人實在沒辦法，只有進宮求太皇太后賜婚，這樣的話，韓嫣再怎麼樣都不可能拒絕了！

竇太皇太后這番話，劉徹一個字也不想聽，但他不得不低頭順從地說：「這件事情奶奶和母親作主就行了，我能有什麼意見？」

從長門宮出來以後，劉徹因韓嫣的事情受了一肚子的氣，劉嫖見狀打趣道：「韓嫣娶妻你急什麼？難道你們倆真如傳聞中那般胡來嗎？」

劉徹甩了甩袖子，說道：「皇姊妳就別說笑了！朕跟韓嫣是什麼關係，妳還不清楚？朕就是不願意看到他跟朕一樣娶個自己不喜歡的人！妳看看朕跟阿嬌，哪次見面不吵架的？這樣的日子，不如自己一個人過！」

劉嫖說：「你既然是為他好，當初就不該惹出那些亂七八糟的流言。那些說韓嫣是你床上弄臣的話，傳得那樣難聽，也不見你阻止，想必你是故意的。既是這樣，現在又急什麼？」

想到之前的事情，劉徹有點後悔。當初他只顧著要氣一氣陳嬌，完全沒想到韓嫣的立場和後果，現在想想，便覺得是自己害了韓嫣。可是他是一國之君，這些話他只能在心裡面想，無論如何都不能說出來。

嘆了口氣，劉徹決定抽空找韓嫣好好商量一下應對的方法。

在劉徹為韓嫣的事情煩惱時，雲舒和大公子已回到清平大街的宅子。

顧清和旺叔見大公子受傷，都緊張得不得了，大公子見眾人如此焦急，又是一陣安撫。

顧清揹著大公子回到房中以後，雲舒又將陸笠請來為大公子醫腳。

陸笠診斷的結果跟太醫一樣，只不過他說他有一副膏藥秘方，能迅速活血化瘀，給大公子用正好。

雖然天色已晚，但雲舒還是趕緊隨陸笠去回春堂配藥給大公子用，等她帶著膏藥回來時，大公子正在屋內跟旺叔細談。

旺叔低沈而清晰的聲音隔著門簾傳出來。「大公子雖然是不得已而為之，可是跳馬這種事實在太危險，再不可如此了。縱使是為了打擊對手，可您萬一傷重了，該如何是好？」

雲舒站在門外，一時之間渾身僵硬，旺叔的話一字一句都敲在她心坎上！

這是什麼意思？難道大公子是自己跳下馬的？他這是在用苦肉計嗎？

接著雲舒又聽見大公子說道：「謝謝旺叔提醒，不會再有下次了。」頓了一下，他又說：「你去看看雲舒怎麼這麼久還沒回來，是不是路上出什麼事了？」

雲舒趕緊調整心情，掀開門簾走了進去。「剛回來就聽到大公子在叨唸我，我這不是回來了嘛！快來試試陸先生配的藥膏，他說十分有效呢！」

大公子有些尷尬地看著雲舒，不曉得她在門外聽到了多少。他一直沒有告訴雲舒墜馬事件的真相，就是不想讓雲舒覺得他是個奸詐之人，可是……她終究還是知道了，如果不告訴她，兩人之間會不會產生嫌隙？

思來想去，大公子在旺叔離開之後，終究選擇對雲舒說了真話。

「在獵場，是我自己從馬上跳下來的。當時卓成一直在我附近，我看他不斷盯著我，就覺得他在謀劃不好的事。與其等他來害我，不如我先一步出擊，於是我就選了一片草厚的地方跳了下來。

「今天離開獵場時，皇上曾找我談話，他說他已查明卓成在我墜馬後，第一時間就跑去馬棚查看我騎的馬。卓成必定是怕我在馬上留下什麼東西栽贓於他，所以才去查看的。但皇上不知是我自己跳下來的，便懷疑此事是卓成所為。懷疑的種子一旦種下，卓成就再也別想被皇上重用了。」

雲舒靜靜聽著大公子解釋，大公子說完了，她也沒有開口。

大公子見雲舒不吭聲，心裡有些難過，垂著頭輕輕眨眼。

雲舒突然伸手輕輕握住大公子的腳踝，惹得他渾身一顫。只聽到雲舒說：「腫得這麼厲害，多疼啊！再不要有下次了，要對付別人，也得想個不讓自己受傷的方法！」

大公子迅速抬起頭，臉上壓抑不住喜色，問道：「我使用陰謀手段，妳不討厭我嗎？」

雲舒笑說：「為什麼要討厭大公子？大公子這樣做是為了你我不被卓成傷害。對付他，再卑鄙的手段也得用！」

大公子原本很怕自己這種小人行徑會被雲舒瞧不起，如今聽她這樣說，心頭重擔頓時放下，輕鬆了許多。

第三十一章　出任侍中

陸笠的膏藥的確很管用，大公子用這膏藥養了幾天傷，青腫就消得差不多了。就在此時，任命大公子為侍中的聖旨下來了。

為了此事，大公子顧不得腳上有傷，先是瘸著腳進宮謝恩，而後又辦了一系列手續，訂下正式進宮就職的日子。

為了慶賀此事，雲舒特地辦了一次宴席，讓家裡上上下下的人都樂一下，大公子也與前來祝賀的好友陸續應酬了幾次。

等這些事都做完，大公子又養了一下腳傷，接著就到了進宮任職這一天。

雲舒和大公子在寅時起床，雲舒鄭重地幫大公子穿好深棕色的官服、黑色布靴，繫好玉珮和腰牌，又幫他理了理鬢角，這才送他出門上馬車進宮。

旺叔親自為大公子駕車，顧清則跟在他身旁侍候。雲舒持著小燈籠送大公子上車，想囑咐些什麼，但想到憑藉大公子的聰穎，應該不會有什麼問題，便沒有把話說出口，只是笑著目送他們離開。

他們三人一走，宅子裡就空蕩了許多，雲舒也閒了下來。她回到房裡時，吳嬸娘已經起身，低聲道：「姑娘再睡個回籠覺吧。」

雲舒搖了搖頭說：「已經醒了，就睡不著了。」

她看了看尚在熟睡中的阿楚，便與吳嬸娘退到房外，說道：「最近大公子的事情多，我也沒能顧得上阿楚和妳，一切都還好嗎？」

雲舒還記得廚房裡那些人背後說的話，也不知她上次的警告有沒有用。

吳嬸娘忙說：「沒事！照顧個娃娃我還能做得好，多虧大公子和雲舒姑娘，我得了雙份工錢，再做不好就該死了。陸先生也是好人，不僅治好了我家男人的傷，還讓我家兩個混小子去醫館幫忙，你們真是我的大恩人吶！」

雲舒聽了，笑著點了點頭。只是她突然想到一事，便問道：「我記得妳家還有個丫頭，大叔和家裡的男孩子都出去做事，那小丫頭一個人怎麼辦？」

吳嬸娘露出為難的神情說道：「我把她託給隔壁的阿婆照顧，眼下實在顧不得她了。」

雲舒說道：「吳嬸娘不如把丫頭帶到這裡來陪阿楚吧，妳能同時照顧她們，阿楚也能有個玩伴，多好！」

吳嬸娘一聽，臉上浮現出激動的神色。「真是謝謝雲舒姑娘，只是怕我家三福會吵到姑娘。」

雲舒笑著說：「小孩子嘛，吵鬧些也是常有的，只管帶來吧。」

吳嬸娘再三謝過，趁阿楚還沒起床，趕緊回家帶孩子過來。

三福被吳嬸娘帶來時，還有些睡眼惺忪。孩子雖然瘦了些，但看起來很乖，不是很怕生，雲舒牽著她的手，她就順勢依偎在雲舒懷裡了。

「妳叫三福嗎？今年幾歲了？」

三福用軟軟的聲音說：「五歲。」

雲舒又在她耳邊問：「從今天開始，妳每天跟妳母親一起來這邊陪床上的妹妹玩，好不好？」

三福轉頭看了吳嬸娘一下，見她正在為床上的阿楚穿衣，就點頭說：「好，我跟娘一起照顧。」

見三福如此乖巧，雲舒便放下心來。如今吳嬸娘已心無罣礙，孩子們想必能被照顧得很妥當，她也能少操一份心了。

洛陽那邊派來照顧大公子的人這幾天就快到，雲舒找來宅子裡的灑掃僕婦，開始收拾起屋子。聽說這次來了幾十人，之前空置的屋子，都要派上用場了。

白天大公子進宮，雲舒就在家整理宅院，晚上大公子回來了，雲舒就在他跟前服侍，陪他聊一聊宮中的事情。

做劉徹的侍中其實不會太難，一般朝政之事自有三公商議好，劉徹只需點頭蓋璽印，若有三公解決不了的事，他們自會去找竇太皇太后商議，劉徹也插不了話。作為劉徹的侍中，不過是伴著他讀讀書、騎騎馬，偶爾再聽他發發牢騷，談一談朝政。

大公子頗感無奈地說：「皇上現在有滿腔抱負卻無處可用，心裡很著急。」

雲舒說：「那是自然，在老人家眼裡，孩子不管多大、多有本事，都是孩子。太皇太后從以前到現在一直都有干涉朝政，操心慣了，自然不願意也不放心鬆手。皇上現在還年輕，你得勸他隱忍幾年，多培養些可用之人，到時候接手就不怕別人說什麼了。」

大公子點頭說：「我都是這麼勸，皇上自己也知道，可是他偏有忍不住的時候。」大公子頓了一下，突然低聲對雲舒說：「雲舒，我有個想法，不知道是否可行，我說給妳聽聽？」

雲舒見大公子一副神秘的模樣，就傾過身子，認真聽了起來。

「在未央宮中，處處都是耳目，皇上辦什麼事、說什麼話，下一刻就傳到太皇太后耳中。我想，若皇上能有片屬於自己的地方，要做什麼都自由多了。像上次我們去狩獵，陪著的都是皇上自己挑的人，也就不用忌憚什麼。」

雲舒想到歷史上說劉徹早年曾長期滯留在上林苑，偷偷訓練羽林軍，到後期，他身邊的心腹大臣，多是羽林軍中的人。

「大公子，現在有個叫作上林苑的地方嗎？」雲舒試探地問道。

大公子思索了一會兒說：「秦朝有個舊苑叫上林苑，我們上次去狩獵的獵場就叫上林。妳問上林苑做什麼？」

雲舒思忖著，看來此時上林苑還未擴建。她雖然是漢朝迷，也知道漢朝歷史，卻不可能像學者那樣清楚，更沒辦法記得所有細節，只知漢武帝劉徹擴建秦朝上林苑，作為行宮。

大公子見雲舒還在思考，繼續說：「上林這個地方不錯，離長安不遠也不近，皇上在那兒的話，不會像在未央宮和長門宮那麼拘束。我打算明天就跟皇上說，如果他也贊同，可以把那裡修建成行宮。」

雲舒想了想，開口說道：「修建行宮需要很多銀子，而且必須得到太皇太后允許。」

大公子卻是輕鬆一笑，說：「銀子的事情倒不難，到時候可以說皇上喜歡那個獵場，想經常過去狩獵，但行宮年久失修，需要修葺。我們可以表面上休憩，暗地裡擴建。不足的銀子，待我跟父親商量，由桑家出也沒問題。」

雲舒一直都知道桑家是洛陽首富，是非常有錢的人，但由於大公子並不是非常揮霍，所以她一直沒有對洛陽首富之名有真正的感受。可現在，大公子竟然笑著說他要出錢幫劉徹擴建上林苑！

「這可是一筆鉅資啊！」雲舒驚訝道。行宮不是普通的宅子，當真不是說著玩的。

大公子點了點頭說：「等韓管事來了，我會好好跟他商議，然後再跟父親說。」

吃驚過後，雲舒漸漸理解了大公子出資的用意。

大公子能夠入眥侍中，就是因為劉徹看重他的心算能力和背後的財力。然而現在劉徹在朝堂上形同被架空，無法插手朝廷的財政大權，縱使大公子有才能，也沒有可以施展拳腳的地方。

大公子無法展現自己的賺錢和計算能力，就只能透過現有的財富，贏取劉徹的信任和重視。

雲舒想到上林苑對劉徹的發展有極為重要的意義，便點頭說：「大公子這個主意極好，皇上有了自己的小天地，才能實施一些想法。」

得到了雲舒的支持，大公子的信心就更足了，認真籌劃起此事。

幾日後，韓管事帶著洛陽本家的人抵達長安了。雲舒看到他們幾十人帶著十幾車物資，著實驚嘆了一番，再看送來的那些人，更是訝異了。

以前筠園的大小丫鬟都來了，杏雨、稻香、閒雲、漁歌四個大丫鬟，還有茉紅、清泉、墨鐲、丹秋四個小丫鬟。另有灑掃婆子、廚娘、車馬小廝、採買小廝等十幾人。

最讓雲舒驚訝的是，就是桑家大小姐，大公子的胞姊桑招弟，竟然也來長安了！跟她一起的有她房裡的管事王嬤嬤和大小丫鬟數人，她的突然到來，頓時讓雲舒手忙腳亂。

之前收拾的屋子都是針對下人準備的，大小姐既然來了，自然要另外整理出園子。雲舒偷偷向韓管事抱怨道：「大小姐要來，這麼大的事，韓管事怎麼不事先跟我們說一聲呢！」

韓管事一向面無表情的臉竟然露出了為難的神情，他低聲說：「二夫人不准我們說，大小姐怕大公子不讓她來，也不讓我們說。」

雲舒狐疑地看了韓管事一眼，頓時覺得事情有些蹊蹺。

不過現在不是想這些問題的時候，雲舒急忙帶著大小姐房中的王嬤嬤去收拾大小姐的住處，還要設法安置其他人，真把她忙了個暈頭轉向。

待初步安頓妥當了，雲舒來到宅子最北角的園子，親自拜見大小姐。

因有搬東西的人進進出出，桑招弟依然戴著帷帽，端莊地坐在最裡面的窗邊，安靜地看著眾人忙碌。

雲舒走過去屈膝行了一禮，說道：「雲舒見過大小姐。因不知大小姐前來，準備得倉促了些，還請大小姐勿怪。這個園子位在宅子最北角，偏僻了一些，因為宅子本身就小，加上南邊住著陸先生，東邊的園子還堆著東西，又時常有大公子的客人來往，只能委屈大小姐暫居於此，等過幾日收拾好東邊那裡大一點的園子，再請大小姐搬過去，此前還請大小姐見諒。」

桑招弟上下打量了雲舒一番，聲音細柔緩慢地說道：「我要來這裡，沒有事先跟你們說，倒讓妳措手不及，原是我的不該，妳不用緊張。我就喜歡清靜，住在這裡挺好，不用另外收拾園子了。」

雲舒感覺到這位大小姐性格很柔順，不禁鬆了口氣，笑著說：「大公子不知道大小姐今天要來，所以進宮去了，等回來了，不知道有多高興呢！」

「許久沒有看見弘弟了，我也很想他。」桑大小姐看了雲舒兩眼，又說：「妳就是弘弟身邊的雲舒嗎？我在家時常聽到別人說起妳。」

雲舒覺得如芒在背，桑家內宅的人為什麼會說起她？都說了些什麼？這些她都不得而知。

雲舒不知該不該問，偏偏桑招弟不繼續說了，只客氣道：「今天人雜事多，妳下去忙吧，我這裡有人照顧，妳不用擔心。」

雲舒行了一禮退出去，才沒走幾步，身後就傳來一個微微有些熟悉的聲音說：「大小姐，她不過是個丫鬟，為什麼要對她這麼客氣？」

桑招弟柔柔的聲音略帶責備地說：「不可亂說話，快幫王嬤嬤收拾衣服去。」

雲舒回頭看了已經垂下的簾子一眼，有些疑惑地想了想，卻記不起那個聲音的主人是誰。繼而又想，以後他們常會接觸，若真是認識的人，將來就知道了，便匆匆去忙其他事情去。

雲舒很清楚大公子回家的時間，早早就站在門口迎接他。當他在暮色中走下馬車時，雲舒急忙上前說道：「大公子總算回來了，韓管事他們已經到了，大小姐也跟著一塊來了！」

大公子猛然停下腳步，回頭問道：「誰？」

雲舒不得不重複一遍說：「大公子的姊姊，大小姐也跟著韓管事來了。」

大公子眼神中露出驚喜之色，只不過轉瞬間，他眼裡的喜色就被疑慮所替代。「大姊怎麼會到長安來？也沒人提前報個信？」

雲舒正想說此事。「韓管事說是二夫人安排大小姐過來的，二夫人和大小姐都不准他們提前報信，所以才瞞了下來。」

大公子聽到「二夫人」三個字時，握了握拳，憤怒地說了兩個字：「胡鬧！」

雲舒帶著大公子到北邊的園子去看望大小姐，大公子見到桑招弟之後，臉上的怒色已散去，全然感到歡喜。

桑招弟見到弟弟，有些激動，一度還拿手絹抹了抹眼淚。

大公子扶著她坐下，問道：「姊姊怎麼突然來長安了？這裡不比家裡，萬一照顧不周，豈不是讓姊姊受委屈了？」

桑招弟帶著哭音說：「自我跟著奶奶住在內院，我們姊弟兩人就見得少了，之後你來到長安，半年也收不到你一點消息，教我怎麼放心？這次聽父親說你在皇上身邊做了侍中，要在長安久住，奶奶和二娘都擔心你身邊沒人照顧打理，不知成了什麼樣子，便商量好派個能主事的人來，剛好我也想來陪你，所以就送我來了。」

是這樣嗎？大公子心裡的疑慮更深了，但礙於剛剛才跟桑招弟見面，也不好細問，只得日後再慢慢了解原因。

而雲舒在旁聽了，心中略微有些想法。

大公子要在長安久住，家中撥了幾十人過來，日常開銷和孝敬皇上的銀錢必不會少，而大公子年幼未娶妻，後院無人管理，大權總不能落到雲舒一個丫鬟手上，所以才派了大小姐過來。

想到這裡，雲舒就盤算著今晚要把以往的帳簿和各個庫房的鑰匙整理出來，明日一早交給桑招弟，免得讓人嚼舌根。

第二日，雲舒上午拿著帳簿和鑰匙去找桑招弟，向她交出宅院裡的管理職權。桑招弟笑著收了下來，不禁多看了雲舒幾眼，心中嘆道，這個丫頭果然懂事，不用自己說出口，就知道該做什麼。

雲舒將日常開銷和幾個庫房分別放了些什麼東西說清楚之後，又向桑招弟說了陸先生及阿楚的事情。

桑招弟聽完之後說：「讓人把孩子抱到我院子裡來養吧，總歸是個小姐，養在弘弟的園子裡像什麼話？」

雲舒對此並不反對，桑家人對陸笠十分禮遇，桑招弟想必會照顧好阿楚。領了桑招弟的命，從北園出來後，雲舒就讓吳嬸娘以奶娘的身分，帶著阿楚和三福搬去跟桑招弟一起住。

吳嬸娘很是惶恐，十分不願意離開雲舒，雲舒安慰道：「妳不必怕，大小姐不會為難妳們的，陸先生與我們住在一塊，大小姐總要看著他的面子，妳們若被人欺負，只管來找大公子或陸先生。」

聽到雲舒這樣說，吳嬸娘才抱著孩子過去。

送走阿楚，大公子園子裡就恢復了以前在洛陽筠園的樣子。

再次見到曾經同園的丫鬟，有人與雲舒親近，也有人與雲舒疏遠。與她親近的好比小丫鬟丹秋、與顧清交好的杏雨，還有直爽的漁歌。她們再見雲舒，都感嘆一陣子不見，她的模樣和境況竟已發生翻天覆地的變化，還好奇地拉著她談論京城裡的風物。

眾人一來，雲舒就清閒了，家裡的事情不用她管，自有大小姐和管事的嬤嬤安排，她也不用照顧大公子，自有大丫鬟服侍他，這回她又變成之前在桑家當的「書僮」。

暗地裡有人議論雲舒，被丹秋聽到了，憤然不平地告訴雲舒。雲舒聽了也只淡淡一笑，並不與人爭論。有什麼好爭的？大公子需要雲舒的地方，是別人怎樣都取代不了的，要說什麼只管說，只要別欺負到她頭上就好。

大公子平日不在家，雲舒沒什麼事做，等大公子回來，也不過是偶爾與她商議一些宮內朝堂上的事，如此一來，雲舒白天的時間就完全空了出來。

雲舒左思右想，趁大公子在家時提議道：「自上次陸先生進宮為太皇太后醫病，治好了太皇太后的發熱嘔吐之症，回春堂的生意就愈來愈好了。家裡的人手齊備，我白天沒什麼事好做，所以想去回春堂幫忙，不知公子允不允？」

大公子有些意外。「沒事做的話就歇著，別累到自己。如果是閒來無事，妳想去回春堂看看，就去吧。」

見大公子這麼輕易就同意，雲舒十分高興。去回春堂幫忙只是藉口，關鍵是她可以隨意出門了！

大公子忽然想起一事，說道：「對了，鍾家前幾天送來書信給鍾小姐，兩家有和好之意，鍾小姐和寶華都很高興，打算趕在入冬之前回南陽一趟。妳幫我準備一些長安特產，在他們出發前送過去，也算是送給鍾老爺和鍾夫人的一點心意。」

雲舒聽了直點頭，鍾小姐能與父母重新和好，她聽了很高興，這也算是她和大公子做的一件好事。說來，父母不管再怎麼生氣，只要晚輩能夠主動示好，哪有什麼解不開的結！

雲舒次日在街上轉了轉，列了一張送禮清單，交與大公子查閱允許後，再去桑大小姐那裡支取銀子。

桑大小姐拿著單子看了半晌，細細向雲舒詢問了鍾家事情的來龍去脈，待雲舒講清楚了，她便對在一旁服侍的丫鬟秋棠說：「要翠屏從我帶來的翡翠玉串中挑三串出來，另外拿一對纏絲金手鐲過來。」

雲舒有些發愣，翠屏？是剛好同名，還是說……她真的是南陽王大當家的二女兒？

桑招弟以為雲舒疑惑為什麼要多添東西，就笑著說：「我與鍾小姐雖未見過面，但兩家世交，也有姊妹之情，我添些東西，權當我送給鍾小姐的見面禮，妳一起帶過去吧。」

雲舒點頭應下。沒多久，就有丫鬟捧著盤子進來，雲舒悄悄側頭一看，這個翠屏不正是南陽王大當家的二女兒嗎？

桑招弟見她們兩人互相打量，就說：「聽翠屏說，妳們原本就一起服侍過弘弟，現在雖不是一起當差，但情分還在，以後要常走動才是。」

兩人屈膝稱是，但彼此心裡都不以為然。

她們兩人因為南陽王家發生的一些事情，不太喜歡對方，雲舒看到翠屏，不禁想到她之前扮作丫鬟故意接近大公子，現在她真的成了桑家的丫鬟，不知對大公子的心思有沒有改變？

不過，大公子在南陽的時候就不喜歡翠屏，就算她現在千方百計從南陽跟到洛陽，又從洛陽跟到長安，恐怕也是無濟於事。

雲舒不再多想，從桑招弟手裡接過東西和銀錢，叫上丹秋和顧清，就上街採購去了。

丹秋是小丫鬟，在洛陽不能輕易出門，在長安更是如此。這回雲舒帶上她上街，讓她激動得面紅耳赤，倒把雲舒和顧清逗笑了。

丹秋難得露出一絲羞怯的表情，說：「雲舒姊姊別笑我，我自打六歲被賣進桑家做丫鬟，上街的次數一個手掌都數得出來，更不要說走在長安街上了！」

雲舒摸摸她的頭說：「不笑話妳了，妳今天就好好看看，只要別走丟就行了。」

看著丹秋蹦蹦跳跳走在前面，雲舒突然覺得有些人真的很容易知足。像吳嬸娘一家，給個謀生的飯碗，就把她當恩人，還有丹秋，給點自由就高興到如此地步，跟這種簡單而純粹的人相處起來，很是輕鬆。人若知足一點，也更容易快樂吧？

像翠屏、卓成這種慾望過重的人，到最後只怕是人心不足蛇吞象，世事到頭螳捕蟬！

雲舒不知不覺想得有點遠了，待她回過神來，丹秋和顧清已在她前方很遠的地方衝著她招手，她急忙收起突然冒出的思緒，快步追上他們。

三人採購回來時有點晚，顧清一路上都在抱怨催促。「都怪妳們磨磨蹭蹭，讓我錯過了接大公子回來的時辰！」

大公子每天申時出宮，旺叔和顧清都會在宮門前接他。

丹秋還沒玩盡興，聽顧清抱怨了半天，忍不住說：「你不在家，旺叔自會帶著別人去接大公子，你又不是偷玩，大公子不會說你的，這麼著急做什麼？」

顧清回頭瞪了丹秋一眼說：「不一樣，妳不懂！」

丹秋還想回嘴，雲舒趕緊把她攔下，不讓她多說，免得兩人真的吵起來。經過這段時間的相處，雲舒知道顧清對大公子十分忠誠，只要跟大公子有關，再小的事在顧清眼裡也是大事。

「都別說了，咱們快點趕回去才是正經，不然誤了晚膳，可沒有吃的了。」

因為採購的東西多，三個人實在走不快，回到清平大街時，已是酉時。

雲舒見清平大街外停了一輛陌生的馬車，便說：「家裡有客人，我們從後門走，別撞到客人。」

這個時間若有客人來訪，大公子多半陪客人在宴廳用飯。

三人從後門回到屋裡，先去庫房放了東西，雲舒才帶著丹秋回大公子的小院。一進小院，倒把兩人嚇了一跳，杏雨、稻香、閒雲、漁歌四個大丫鬟守在書房外廊下，站得整整齊齊。

見雲舒回來，閒雲急忙走過來說：「妳可回來了！快洗手去，好了馬上來書房服侍。」

雲舒疑惑地問：「這個時候來了客人，難道不是在宴廳用飯？」

閒雲指指書房，小聲說：「誰知道呢，前面已經準備好了晚宴，但是大公子不請客人過去，進去之前還吩咐不准別人打擾，只說等妳回來了要妳進去服侍，趕緊去吧！」

雲舒聽出了些名堂，怕是來了什麼重要的人，於是急忙洗手淨面，扯了扯衣服後，端上閒雲遞來的點心，敲門走進書房。

書房中門窗緊閉、光線不足，卻沒點油燈，給人一種昏昏暗暗的感覺。

雲舒垂首走到書案邊，只見大公子跟一個面生的中年人一左一右相對跪坐，因雲舒突然進入，兩人都靜下來沒有說話。

雲舒把點心分別放到兩人的案上之後，正在考慮要留下還是退出時，就聽見大公子用平穩的聲音吩咐道：「雲舒，續茶。」

——未完，待續，請看文創風140《丫鬟我最大》2

不按牌理出牌、妙語如珠盟主／涼風有信

宅鬥（誤）／宮鬥（大誤）／原創好文開心就好

福晉很忙

全套三冊

吾本逍遙一宅女，愛山愛水愛畫畫，
奈何一日入皇家，
吃得苦中苦，方為小福晉……

站在風口浪尖不好玩、在皇子身邊求生存的日子當真挺難過的，
耿綠琴怨氣頗深，隨時蹺府出走的念頭越來越強。
總之福晉可不當、自由不能棄，這詭異平和的日子不適合她！
可謎啊謎～～幾年過去她竟兒女成群，儼然府裡第一主母？!
這事事不如意不順心外還倒著發展的情況真令她暈！
並且有賴她的平庸平凡平常心，竟在皇阿瑪那兒也得緣，
最愛對她呼來喚去，每每交付特艱鉅又莫名其妙的任務，
讓她不時得離開四爺忙活，夫妻倆鴛鴦兩分飛……
說真的，唯一只有這事兒令她好——開心哪！
看夫君冷面暗怒就偷笑，因為她吃定他了！
大老爺對外人刻薄寡恩氣場驚人，偏就對她這小福晉無可奈何，
她出外放風得償所願，他政事繁忙理應不在乎也管不著，
卻不料，寡言四爺對她實有驚天動地的陰謀安排……

慧心巧思、獨樹一幟／凌嘉

穿越時空／靈魂重生／政商鬥爭／婚姻經營之傑出作品！

丫鬟我最大

全套五冊

知悉歷史，讓她洞燭先機、如魚得水；
運用智慧，計謀信手拈來、無往不利。
是個丫鬟又怎樣？她可不會那麼輕易就低頭認輸！

文創風 139 1

雲舒作夢也想不到，她不過是去相親，卻穿越時空來到漢朝！
原本身旁還有個看似可靠的相親對象陪伴，
結果他竟狠下心殺了她，只為了在沙漠生存下去！
痛苦絕望之中，她覺得自己的意識正一點點抽離肉體……
再次醒來，一雙小小的手與未發育的身材告訴雲舒，
她重生成一個十來歲的小女孩了！

文創風 140 2

收拾完幾個不識相的傢伙，雲舒在桑家的地位已不可同日而語，
然而大公子在仕途上的平步青雲，卻引來各方人士覬覦，
拉攏的人不怕死，說親的人厚臉皮，
就連雲舒本人的詢問度都大增，著實讓她嚇出一身冷汗。
只是幾年過去，兩個人都還抱持單身主義，
一個不嫁、一個不娶，看起來，似乎有點意思……

文創風 141 3

就在雲舒為這段戀情努力打拚的時候，
死亡的陰霾卻如影隨形地籠罩在她身邊……
當初殺害她的仇人，就像打不死的小強，一次次捲土重來，
教人防不勝防，時時刻刻提心弔膽！
老天啊，既然重新賜給她這條生命，還讓她找到真愛，
為什麼就不能善待她一些呢？!

文創風 142 4

眼看大公子無可避免地被捲入其中，
雲舒冒著生命危險趕到戰地，只為見他一面，
卻沒料想到他身邊竟有個才貌兼備的女子……
真是太讓人失望了！不給個合理解釋，她就跟他沒完！
什麼？兩年之約不算數？這玩笑也開得太大了吧？
在雲舒默默接受事實，聽從桑弘羊安排時，宮中傳來消息——
皇上召見她？這到底是怎麼一回事……？

文創風 143 5 完

她重生的這個身體，竟是漢朝皇室流落在外的公主！
雲舒除了震驚，再也找不到別的形容詞。
原來上天還是待她不薄，只是多花了點時間而已！
這下她不但被迎回宮中居住，還能風風光光嫁給桑弘羊，
看到老夫人面如土色，卻不得不恭恭敬敬接受她這個孫媳時，
長久以來的怨氣真是一吐而盡！

妙趣橫生的種田文／玖藍／祝你持家不敗

年年有魚

全套五冊

小小女子為自己掙得一片天，掙得深情體貼好夫君……
熟讀此持家寶典，愛自己過好日，永遠不嫌晚啊!!

萬物齊漲！
這年頭兒日子不好過，求生存不容易啊！
東方不敗有了葵花寶典，成了武林不敗，
姊妹們，想掙錢、理家、財庫年年有餘，
還想嫁個好人家，成就女人不敗，
就不可少了這部「持家寶典」，
保妳活得生氣盎然，心滿意足！

文創風 134 1

投身農家的杜小魚發現，原來小農女真不是那麼好當的！
地少要買田，沒肉吃要開源，看病沒錢要自個兒學醫……
光靠天吃飯絕不靠譜，靠自己真個實在……

文創風 135 2

她整日埋首農書，種這種那地攢銀子，
沒想到連親姊姊的情事也落到她來操心，
加上山上來了隻吃人猛虎，壞了她採草藥掙錢的大計，
她得說服初來村裡的那位神秘的「高手」上山打老虎，
這農家日子過得可精采了……

文創風 136 3

她杜小魚年紀小小，做起生意倒是很有一套，
這村裡村外，誰不知她杜家有個會掙錢的小女兒，
因為太會掙錢、太會理家，她成了理想的媳婦人選，
對於只想掙錢不想嫁人的她，一點也不高興成了搶手貨，
掙錢不難，怎麼掙得單身的權利真是難倒她了……

文創風 137 4

打小一起長大的二哥，竟然不是爹娘親生的，
身家還顯赫得很，這已經夠教她驚訝，
更驚訝的是二哥對她的情意！
她不是不心動，只是一時轉不過來，
從二哥變成夫君，對於這個親上加親，還真的有點羞呢！

文創風 138 5 完

唉！嫁了個人見人愛的男人，果真不是簡單的事！
不過，她打小就不是個怕麻煩、怕事的，
能被這麼優秀出采的男人看上，她當然也不是個草包村婦，
她可不能辜負夫君的疼愛，
以及那些出難題的「長輩們」的期待、情敵的暗算，
她決心要做到讓所有人心服口服，小人通通退散……

種田重生／豪門恩怨／婚姻經營

痛快逆襲、深情不悔／不要掃雪

難為侯門妻

全套五冊

她，人們戲稱為京城裡的一朵奇葩，
仗著父親是大將軍王，任性妄為、胡攪蠻纏，
不顧一切嫁給癡戀的男人，
卻因此付出最慘痛的代價……
沒想到死後重生，回到一切悲劇上演之前，
這一世，她真能改變自己去糾正前世的錯誤，
阻止不幸的命運再次發生嗎？

文創風 129 1
她已下定決心不再去招惹那些虛有其表的世家公子，
一心想拜師學醫，成為真才實學的女大夫，
才有能力改變自己與父親的不幸，挽救夏家的崩毀，
但是天下第一的神醫早已放話不收徒弟，連要見上一面都很難了，
這重生後跨出的第一步還真有點傷腦筋～～

文創風 130 2
沒想到世事難料，一切似乎完全反了過來，
尤其小侯爺李其仁的出現，意外打亂了玉華的全盤計畫，
他外向、開朗，真心誠意對待她，對夏家更有莫大的恩情，
她不知道怎樣才能表達心中的感激，同時也越發的不安起來，
人情債、感情債似乎越欠越多，多得根本沒有辦法還清……

文創風 131 3
無論哪一世、無論什麼事，為了女兒，父親都可以付出一切，
這一世，就換她來付出，並討回原本屬於父親的東西吧！
哪知父親才歷劫歸來，唯一的弟弟又遭人下毒，命在旦夕，
這夏家真是屋漏偏逢連夜雨，倒楣事一齣又一齣，
但只要父女同心，其利斷金，便沒有過不了的難關……

文創風 132 4
莫家是天下首富，身為接班人的莫陽個性內斂而清冷，
給人一種不怎麼好親近的感覺，卻總在下令玉華急難時伸出援手；
一個曾經親手為母親煮麵，如今也願意為她煮麵的男子，
這樣的他便足以讓玉華動容，永遠記在心中……

文創風 133 5 完
眼看婚姻中出現了大麻煩，即便錯不在自己，畢竟事情因她而起，
解鈴還需繫鈴人，玉華決定親上火線，化解婚姻危機，
她從不信什麼改命之說，自己的命只有自己能夠改變。
兩世為人，她真真正正懂得要珍惜這愛她及她所愛的人，
斷不會再讓自己留下更多的遺憾……

風 文創
139

丫鬟我最大 1

國家圖書館出版品預行編目資料

丫鬟我最大 / 凌嘉著. --
初版. -- 臺北市 : 狗屋, 民102.12
冊 ; 公分. --（文創風）
ISBN 978-986-328-197-9（第1冊 : 平裝）. --

857.7　　102023098

著作者	凌嘉
編輯	連宓均
校對	黃薇霓　周貝桂
發行所	狗屋出版社有限公司
地址	台北市104中山區龍江路71巷15號1樓
電話	02-2776-5889～0
發行字號	局版台業字845號
法律顧問	蕭雄淋律師
總經銷	知遠文化事業有限公司
電話	02-2664-8800
初版	102年12月
國際書碼	ISBN-13　978-986-328-197-9
原著書名	《大丫鬟》，由起点中文网〈www.qdmm.com〉授權出版

定價250元

狗屋劃撥帳號：19001626

網址：love.doghouse.com.tw　E-mail：love@doghouse.com.tw